우리 안에 불꽃이 있어

우리 안에 불꽃이 있어

장아미 단편 소설집

황금가지

꽃불

후세에 거듭 망국의 기로에 섰을 때
교훈을 얻을 수 있을까 하여 이 기록을 남긴다.

희는 아버지의 성씨는 물론이거니와 어머니의 얼굴조차 알지 못했다.

때늦게 쏟아진 눈이 정강이까지 쌓인 날, 노파는 까맣게 그을린 소나무 밑에서 불이 핥은 것처럼 살결이 불그스름한 갓난아기를 발견했다. 아기는 검댕이 묻은 포대기에 감싸여 있었다. 노파는 이고 간 광주리에 아기를 담아 마을로 내려왔다. 칭얼대는 아기를 들쳐 업고 아픈 다리를 절뚝이며 젖동냥을 다녔다.

아기에게 희라는 이름을 붙여 준 것도 노파였다. 까막눈이던 노파는 그와 같은 소리가 나는 문자에 기쁨이라는 의미가 있다는 사실을 몰랐다.

먹은 귀로도 희가 우는 소리를 들을 수 있었던 노파는 7년 전 잠드는 것처럼 눈을 감았다. 희는 노파가 자신을 재우며 들려주었던 이야기를 기억했다.

"갓뫼는 불의 산이다. 아가, 네가 그 산에 버려져 있었다는 걸 들키면 안 돼."

희는 노파를 장사 지내고 돌봐 줄 어른이 없는 마을을 등졌다. 구걸을 했으며 벌레에게 살을 뜯기고 피를 빨리면서 한뎃잠을 잤다.

종일 배를 곯은 끝에 물 한 모금을 얻어 마시면 말라붙은 눈시울에 눈물 한 방울이 차올랐다. 소나무 속껍질을 벗겨 먹으면 배가 아팠고 흙을 쪄 먹어도 탈이 났다. 그럼에도 희는 살아남아 열다섯 해를 넘겼다.

그사이 희의 살갗은 여러 번 벗어졌다. 희의 낯은 이제 와 턱 아래부터 왼 눈썹까지 검붉은 얼룩으로 덮여 있었다. 흡사 뜨거운 물을 뒤집어쓰고 얻은 흉터 같았다. 그 때문에 왼눈은 감겨 있다시피 했고 왼 이마 위 한 뼘 정도는 털이 자라지 않았다.

추醜가 죄라면 희는 이 세상에 나와 첫 숨을 쉬는 순간부터 죄인이었다.

처진 어깨에 쇠스랑을 걸머메고 지친 발을 끌던 장정들은 희와 우연히 마주할 때마다 제 앞에서 썩 꺼지라는 듯 인상을 구기며 침을 뱉었다. 입덧에 시달린 탓에 신경이 과민해진 아낙들은 행여 눈길이라도 마주칠까 머리쓰개를 여미고 발걸음을 빨리했다. 쫓기듯 자리를 피한 뒤에는 뱃속의 자식이 저렇게 흉한 몰골로 태어나면 어쩌나 근심하면서 우물물에 누차 눈을 씻었을 것이다.

대한이 지난 어느 날, 희는 하나뿐인 보퉁이를 끌어안고 골목 모퉁이 후미진 곳에 웅크렸다. 눈얼음이 내린 지붕 사이로 딱따기 소리가 아스라했다. 희가 야경꾼들을 경계하며 돌담 위를 넘겨보았다. 돌담 너머 고드름이 얼어붙은 처마 밑에는 그 댁 도령이 씹다 뱉은 씨에서 움을 틔운 어린나무 한 그루가 자라 있었다.

희가 맞쥔 손에 입김을 불어 넣었다. 더운 김과 함께 뿜어져 나온 숨결이 너울너울 솟구치자 처마 끝에 매달린 고드름이 녹아 방울방울 떨어졌다. 희의 머리 위로 늘어져 있던 나뭇가지에서 봉오리가 부풀었다. 굼실굼실 커진 꽃망울에서 별안간 붉디붉은 꽃송이가 터져 나왔다.

그러나 아무도 모르게 피어난 꽃은 맹렬한 추위에 금세 시들어 희의 발치에 떨어졌다.

희가 보퉁이에 고개를 파묻고 꾸벅댔다. 희의 주변으로 동그랗게 온기가 퍼졌다.

잠시 후, 희가 몸을 기댄 돌담 근처로 그림자가 다가들었다. 갖신이 꽃송이를 밟아 으스러뜨렸다. 희가 졸린 눈을 비비며 머리를 들었다. 비단옷을 입은 패거리였다. 색주가에서 독주라도 걸쳤는지 수염도 돋지 않은 얼굴들이 불콰했다. 개중 우두머리로 보이는 청년이 희의 품속에서 보퉁이를 잡아채며 이죽거렸다.

"이 야심에 혼자 뭘 하고 계시나."

청년이 희를 거칠게 밀어 넘어뜨렸다.

"이런 몰골을 하고도 살 수 있다니 역겹기도 하지."

기다렸다는 듯 발길질이 쏟아졌다. 희가 무릎을 꿇고 머리를 감쌌다. 입안에 삼키지 못한 피가 고였다. 저항할 엄두는 내지도 못했다. 어떤 화는 감내하는 수밖에 없었으니까.

희가 머리채가 잡혀 휘둘리면서 생각했다. 이럴 바에야 죽어 버리는 게 낫겠어. 나는 왜 여태껏 살아 있는 걸까.

그때 피가 튄 주먹을 불끈거리던 청년이 골목 끝을 돌아보았다.

"이게 무슨 소리지?"

다른 청년들 역시 같은 곳을 주시하면서 경청하는 자세를 취했다. 언제부터 들려왔는지 모를 피리 소리는 달래는 것처럼 다정한가 하면 부추기는 것처럼 교묘했다. 맨바닥에 주저앉아 받은 숨을 몰아쉬던 희도 그 소리를 뒤늦게 알아들은 듯했다. 미간에 주름을 잡은 희가 피리 소리가 들려온 쪽을 향해 귀를 기울였다.

거부할 수 없는 호출처럼, 속수무책의 희락처럼 피리 연주는 계속됐다. 선 채로 졸기라도 하는 듯 야릇한 표정을 짓고 있던 청년들이 하나둘 움직이기 시작했다.

"우리를 부르고 계셔…… 가야 해…… 당장……."

희가 엉거주춤한 자세로 따라 일어났다. 한 걸음 한 걸음 뗄 때마다 핏속에서 설명할 수 없는 열락이 들끓었다. 저 같은 연주를 할 수 있는 귀인은 어떤 분일까. 그분과 함께라면. 영원히 떠날 수도 있을 것 같은데.

골목을 빠져나가자 대숲 앞에 철릭 차림의 악공이 서 있는 것이 보였다. 언제부턴가 청년들의 머리 위로 색색의 연기가 피어올라 있었다. 왠지 모를 불길한 예감이 든 희가 쭈뼛거리며 발길을 멈추는 순간, 피리 연주가 뚝 끊겼다.

악공이 입을 크게 벌렸다. 그러자 육신을 빠져나온 혼들이 바람결에 나부끼는 등잔불처럼 위태롭게 흔들렸다. 그제야 완전히 혼몽에서 깨어난 희는 그가 무엇을 위해 그들을 이곳으로 이끌었는지 깨달았다.

맨 먼저 먹힌 건 우두머리 청년이었다. 악공이 꿀떡꿀떡 목울대를 울려 몸에서 풀려난 혼들을 탐식하면 할수록 청년들의 낯에서 핏기가 빠지고 다리가 풀렸다. 반면, 악공의 입술은 붉어졌고 어딘지 모르게 아른아른하던 형체가 분명해졌다. 손톱은 길어졌고 눈매는 날카로워졌으며 옷자락에 은은한 향내가 감돌았다.

악공이 소맷자락에 피리를 감추며 웃었다.

"산해진미를 다 먹어 봤지만 방종한 젊은이의 혼에 비할 음식이 없군."

그런 다음 귀찮다는 듯 손을 까딱였다. 청년들은 피리 소리의 꾐에 넘어왔을 때보다 굼뜨고 무질서하게 왔던 길을 돌아갔다.

희는 악공이 인간사의 규율을 초월해 있을 것임을 확신했다. 어린 시절 노파가 들려주었던 이야기 속 신과 귀들처럼, 옥로를 얹은 갓을 쓰고 구슬을 꿴 갓끈을 드리우고 남빛 공복을 차려입었지만 겉으로 보이는 것과는 전혀 다른 존재일 것임을. 그 순간 희는 그곳에서 달아나야 했지만 그러지 못했다.

"어라, 너는?"

악공이 혼자 남은 희를 발견하고 눈썹을 치켜올렸다.

"허어, 그런 일이. 하기야 그럴 수도 있지. 오호라, 그래서였겠군."

"저들에게 무슨 짓을 하신 겁니까?"

하고 물은 뒤에야 희는 그것이 얼마나 어리석은 행동인지 깨달았다. 저자들이 어떤 봉변을 당하든 나와는 상관없는데. 나로서는 하등 슬퍼할 이유가 없는데.

악공은 예상 밖으로 선선히 대답했다.

"죽인 게 아니다. 한 입씩만 맛보았을 뿐이야. 그렇다고는 해도 천수를 다 누리지는 못할 게다. 총기를 잃고 집안의 부를 거덜 내며 오만불손한 행각을 이어 가다 채 늙기도 전에 비명횡사하겠지. 무뢰한들에게 어울리는 최후가 아니냐."

그러더니 턱 밑에 손을 대고 눈을 가느스름하게 떴다.

"참으로 귀여운 아이로구나."

"보, 보지 마십시오!"

희가 손을 들어 흉이 진 얼굴을 가렸다.

"그래, 그래. 인간의 눈으로는 신의 아름다움을 알아볼 수 없는 법이니까."

그렇게 타일렀음에도 희가 움츠린 어깨를 펴기는커녕 발작적으로 뺨을 문지르자 악공은 성난 말투로 덧붙였다.

"내 말을 믿지 않는 모양이로구나. 좋다. 여기를 보려무나."

악공이 허리춤에 달고 있던 물건을 꺼냈다. 비단 끈에 매인 면경이었다. 희가 평생에 걸쳐 두려워한 것.

"어허, 여길 좀 보래도. 네 목을 비틀어 억지로 들여다보게 만들기 전에."

그 어조가 이루 말할 수 없을 만큼 위협적이었다. 희가 씩

씩거리며 눈을 들었다. 곁눈으로 넘겨다본 면경의 표면은 반질반질했으며 칠흑같이 검었다.

"잘 보거라. 이것이 진짜 네 모습이다."

희는 경악한 나머지 숨 쉬는 것조차 잊을 뻔했다. 면경 위에 떠오른 소년의 얼굴은 껍질에 감싸여 있었다. 거뭇한 색조를 띤 그것은 일견 고목의 수피와 닮아 있었다. 그럼에도 무시무시할 만큼 수려한 소년이었다. 마주 본 사람을 소름 끼치게 만드는 미모였다.

희가 떨리는 손으로 뺨을 쓸었다. 손가락 끝에 우둘투둘한 살결이 만져졌다. 그러나 거울 속 소년의 윈 낯은 연갈색 껍질 밖에서 고혹적인 광채를 발하고 있었다.

"이 면경의 이름은 진경眞鏡이라고 한다. 진실을 드러내 비추는 거울이라는 뜻이지. 사람들은 네가 자신들과 다르다는 걸 터득하고 있을 게다. 그래서 너를 그토록 괴롭히는 것일 테지."

"……저 거울 속 아이가 저란 말씀입니까."

"이렇게까지 했는데 믿지 못하는 건 내 잘못은 아닐 테지."

악공이 면경을 허리춤에 도로 쑤셔 넣었다.

"도성에 온 지 얼마 만인지 모르겠구나. 사람도 많고 원한도 많고 귀신도 많고. 한동안 굶주릴 걱정은 하지 않아도 되겠어. 그것만은 다행이군. 얘야, 너는 혹시 갓뫼에서 태어났느냐."

"거기까지는 모르겠습니다만 포대기에 싸여 갓뫼 기슭에
버려져 있었다고 들었습니다."

희는 노파의 충고를 저버리고 순순히 털어놓았다. 아니,
저이에게는 아무것도 숨길 수 없을 것이다. 저 사람은 손바
닥 위 볍씨를 세듯 태연자약하게 진실과 거짓을 구분할 수
있을 것이므로.

"그렇겠지. 갓뫼는 불의 산이니까. 충분히 있을 법한 일이야."

중얼거리던 악공을 향해 희가 조심스레 물었다.

"저를 먹지 않으십니까?"

"너를 먹는다고? 너는 내게 먹히고 싶으냐?"

그 순간 희는 깨달았다. 자신은 죽고 싶지 않다는 걸. 아
리땁다기보다는 훤칠한 저 여자에게 먹히고 싶지도 않았다.
아직은 더 살고 싶었다.

희가 우물쭈물하자 악공이 상냥하게 덧붙였다.

"너처럼 크고 정결한 넋을 오늘 당장 해치워야 하는 건 아
니니까. 더군다나 이젠 전혀 배가 고프지 않거든."

희는 악공이 어이해 허기를 느끼지 않는가를 상기했다.
그런데도 악공이 무섭지 않았다. 오히려 이전보다 훨씬 친
근하게 느껴졌다.

갓 테두리에 손을 얹은 악공이 한 발을 디뎠다.

“오늘은 이쯤에서 헤어지는 게 좋겠다. 잘 있어라. 몸조심하고.”

“저기……”

희가 무심결에 악공을 쫓으며 우물거렸다.

“뉘신지 모르겠으나 다시 만나 뵐 일이 있을까요.”

“그게 나만큼 너한테도 좋은 일일지는 모르겠다만 돌아가는 꼴을 보니 그럴 것 같구나.”

싱긋 웃은 악공이 소매 밖으로 팔을 빼 가리켰다.

“저길 좀 보려무나. 네 눈에는 저것이 보이지 않느냐.”

희가 눈을 크게 떴다. 일순간 차디찬 손길 같은 기운이 등줄기를 쓸었다.

산마루 위 밤하늘이 타오르고 있었다. 별들마저 풀무질로 말미암아 일렁이는 불씨처럼 울긋불긋하게 번져 있었다. 불로 이루어진 강이 흐르는 듯했다. 흉조, 저것은 명백한 흉조였다.

악공이 희의 귓가로 몸을 숙이며 속삭였다.

“네가 생각하기에, 저 광경이 우리에게 이르고자 하는 바가 무엇일 것 같으냐.”

하지만 희가 그 질문에 답하고자 돌아섰을 때 악공은 이미 사라지고 없었다. 댓잎을 스치는 바람이 오랜 비통에서 우러난 한숨 소리 같았다.

희가 피멍이 든 뺨을 문질렀다. 갖신에 챈 가슴팍이 욱신거렸다. 목구멍에서 피 맛이 진동했다. 혀에 닿은 어금니 하나가 헐거워진 것도 같았다. 터덜터덜 걷던 희가 대숲 언저리 살얼음이 끼지 않은 터를 찾아 몸을 뉘었다. 세상으로부터 스스로를 보호하려는 것처럼 등을 돌리고 다리를 껴안았다.

하늘에서는 그때까지도 불길이 위협하듯 북두칠성을 에워싸고 있었다.

왕에 대한 소문은 파다했다.

누구는 그가 삼각산의 정기를 받아 잉태됐다고 했고 또 누구는 아리수의 물비늘을 받아먹고 고결해졌다고 했다. 왕이 대적하는 자들 앞에서 산처럼 사납고 보듬어야 할 자들 앞에서 강처럼 온유한 이유가 거기에 있다고들 했다. 산신이 점지하셨든 수신이 축복하셨든 왕이 현명한 군주라는 사실은 아무도 의심하지 않았다.

왕은 어질었으나 사소한 불찰도 허투루 넘기지 않았다. 왕의 치세에서는 실패로부터 배움을 구할 수 있는 학자들만이 등용될 수 있었다. 왕은 음률에서 이치를 들었고 문자에서 지고의 미를 읽었다. 새로운 지식을 습득하는 순간 귓가에서 울리는 풍경 소리를 사랑했다.

그러나 왕의 인물됨이 아무리 높고 고상하다 한들, 백성들 전부를 감복시키기는 어려웠다. 흉한 징조야 넘치도록 많았다. 광풍이 몰아치는가 하면 북녘에 붉은 기운이 끼쳤으며 사람이 일으켰다 할 수 없을 불이 곳곳에서 치솟았다. 왕은 거기에 자신의 과오가 정녕 없다고 할 수 있는지 자신할 수 없었다.

세자 시절, 왕은 서책을 베고 누운 채로 잠들었다가 기묘한 꿈을 꾼 적이 있었다. 꿈속에서 왕은 서가로 가득 찬 누각을 거닐고 있었다. 서가들이 층층이 쌓인 드높은 누각에는 보배로운 지식이 적힌 서책들이 꽂혀 있었다. 그 책들을 한 권 한 권 뽑아 탐독하던 왕은 별들의 운행을 기술한 서책들 틈에서 제목이 지워진 고서를 찾아냈다.

작자 미상의 참서에는 머지않아 이 나라가 멸망할 것이라는 예언이 쓰여 있었다. 왕은 그 꿈을 누구에게도 토로한 바가 없었다.

개들이 짖었다. 매들이 날아갈 준비를 마쳤다. 말고삐를 틀어쥔 왕이 혼잣말했다.

"아무래도 예감이 좋지 않아."

바람결에 펄럭이는 깃발을 바라보다 활줄에 화살을 물렸다. 뇌리를 어지럽히는 의문을 지워 버리고 화살을 쥔 손을 당겼다.

도성을 나선 지 이틀째였다. 왕비의 곁을 떠나는 건 쉽지 않았다.

그들은 금슬이 좋은 부부였다. 가약을 맺은 지 십수 년이 흘렀음에도 왕은 보자기로 감싼 기러기를 바치며 청혼한 날처럼 변함없이 왕비를 경모했다.

하늘 아래 최고로 존귀한 부부인 그들은 구슬을 굴리며 놀았고 가락지를 낀 손으로 유희했다. 보슬비가 내리는 어느 날에는 알몸에 너울 한 장 걸치고 맨발로 침전을 뛰어다니며 숨바꼭질을 했다. 그럴 때 둘 중 어느 쪽이 왕이고 어느 쪽이 왕비인지 분간하기 힘들었다. 긴 혼인 생활 끝에 그들은 호리호리한 체구에 명령하는 어투마저 닮아 있었다. 그런 밤에는 어린 나이에 입궁해 정인의 손 한번 잡아 본 적 없는 나인들까지 이름 모를 상대와 구름과 비처럼 어우러지는 꿈을 꾸었다.

봄맞이가 한창이던 날, 신하들이 강무를 중지할 것을 상소했지만 왕은 물러나지 않았다. 까다로운 사안을 처리한 뒤면 그렇듯 왕은 그날 밤에도 왕비를 찾았다. 왕비가 왕을 반겨 제 옆에 눕도록 했다.

왕이 왕비를 안고 치마폭 아래 부푼 배를 어루만지며 말했다.

"이런 시기에 궁을 비워야 한다니 마음이 편치 않소."

왕비가 그의 손을 잡고 위로했다.

"염려 마십시오. 이녁도, 뱃속의 것도, 다른 어린것들도 무탈할 것입니다. 제가 지키겠나이다."

왕비의 몸은 나날이 달라졌다. 가슴이 희어지면서 풍만해졌고 둥글어진 뺨에 윤기가 흐르면서 달콤한 향기가 배어났다. 왕비의 뱃속에는 곧 만조가 차오를 터였다. 도합 여덟 번째 회임이었다.

왕이 왕비의 저고리를 벗겼다. 입술로 귓불을 지분거리다 목덜미에서 어제까지 있는 줄도 몰랐던 점 하나를 새로이 발견했다. 혀끝으로 팔목에 진 주름의 개수를 셌고 귓바퀴가 구부러지는 모양을 되새겼다.

왕이 갈급한 몸놀림으로 왕비가 입은 치마를 헤쳤다. 허벅지 사이를 손바닥으로 쓸면서 아랫배에 귀를 댔다. 눈을 꼭 감고 돌아갈 수 없는 먼 곳을 그려 보았다. 먼 옛날 자신 또한 머물러 있었을 까마득한 어둠 속을. 밤이 새벽안개와 함께 물러났다.

상념에서 벗어난 왕이 화살을 쐈다. 활촉이 긋는 도저한 궤적을 바라보면서 그들이 도성에서 얼마나 멀어졌는가를 절감했다. 순간 아찔할 정도의 고독이 밀려들었다.

장수들이 일제히 활을 당겼다. 말들이 힝힝거렸고 개들이 달려 나갔다. 왕이 활을 쥔 손을 늘어뜨리며 고개를 저었다.

"왜 이리 조바심이 나는지."

매가 매잡이의 팔뚝을 박차고 날아올랐다. 왕이 또다시 화살을 메겼다.

봄은 더디게 찾아왔다. 입춘이 지나 한겨울의 맹위는 누그러졌으나 의탁할 곳이 없는 떠돌이들에게는 여전히 냉혹한 날씨였다.

새벽빛이 밝아오고 수탉이 운 지 오래이건만 희는 짚단 사이에 웅크려 미동도 하지 않았다. 잠은 죽음과 같았고 희는 하염없는 꿈을 꾸었다.

산령 너머로 화염이 솟구쳤다. 하늘마저 강렬한 붉은빛으로 번득이는 가운데, 한 여자가 흰 치마저고리를 입은 채 머리를 풀어 헤치고 있었다. 희는 여자를 단 한 번도 만난 적이 없지만 그가 누구인지 알고 있었다. 타다 만 소나무 옆에서 불이 추는 춤사위를 우러르던 희는 문득 잠 밖에서 흘러들어온 발소리를 들었다.

"죽었나. 아니면 숨만 붙어 있는 건가."

뒤따르던 말소리가 무례할 만큼 꾸밈없었다. 비단신이 엉성하게 묶인 짚단을 찼다. 그 탓에 아침 볕 아래 맨얼굴이 드러난 희가 눈가를 가렸다. 상대가 그럴 줄 알았다는 듯 혀를 끌끌 댔다.

"뭐야, 시체도 아니면서. 왜 죽은 척이야."

낯모를 소녀는 일찍부터 아궁이에 불이라도 지폈는지 희미하게 재 냄새를 풍겼다. 누비저고리를 걸치고 바지며 치마를 휘감은 데다 남바위까지 쓴 입성이 그럴싸했다. 하지만 길에서 먹고사는 패거리들은 서로를 알아볼 수 있었다.

희가 왼 낯에 아로새겨진 흉을 들키지 않으려는 듯 고개를 외로 틀었다. 소녀가 콧등을 찡그리며 물었다.

"너 참 흉측하게 생겼다. 그래서 혼자 다니는 거야?"

희는 대꾸하지 않고 그곳을 떠나려 했다. 소녀가 희의 앞길을 막아섰다.

"애, 잠깐만."

순간 손찌검을 당하는가 싶었는지 희가 움찔거리며 물러났다.

"미안. 때리려는 게 아니었는데."

소녀는 희가 동요하고 있다는 걸 단박에 눈치챈 것 같았다. 구슬리듯 묘한 미소를 머금고 희의 곁으로 다가들었다.

"나는 설화라고 해. 눈 설에 꽃 화 자를 쓰지. 어때, 예쁜 이름이지?"

눈 설에 꽃 화. 눈꽃이라는 이름. 불 속에서 소용돌이치는 재처럼 뺨이 희고 숯처럼 머리가 검은 소녀.

"나랑 같이 가자. 우리와 함께 지내면 굶어 죽지 않을 거야. 맞아 죽지도 않을 거고. 없는 처지에 서로 돕고 살아야지, 안 그래?"

희가 뒷걸음질 쳤지만 설화는 달아날 틈을 주지 않았다.

"네 이름이 뭐야?"

희가 간신히 대답했다.

"……희."

"기쁠 희? 그 꼴로 기쁠 일이 뭐 있다고. 누가 지어 줬는지 모르겠지만 이름 하나는 그럴듯하네."

이기죽거리던 설화가 대뜸 희의 팔죽지를 붙들었다.

"아무튼, 우리 같이 가는 거다."

희는 기겁해 어깨를 움찔거리면서도 그 손길을 뿌리치지 못했다. 불이 더 큰 불과 어우러지듯 설화를 따라나섰다.

무리의 우두머리는 눈빛이 매서운 노인이었다. 노인은 설화의 설명을 들은 뒤에도 화톳불을 쑤석이며 희를 요리조리 뜯어보더니 검댕이 묻은 손으로 허벅지를 치며 일어나 희의 어깨를 쥐었다 놓았다.

"잘 왔다. 큰 보탬이 되어 다오."

아녀자와 노인, 도망 노비가 뒤섞인 무리였다. 개중에는 발을 저는 자와 손가락이 많거나 부족한 자, 말이 어눌한 자들도 여럿 끼어 있었다. 그들은 버려진 신사神祠 주위에 기거하며 숙식을 함께하는 듯했다.

희가 불가에서 손을 쬐는 척하며 엿들은 바에 따르면, 노인은 한때 개와 돼지를 잡는 백정이었다고 했다. 설화는 노인이 늘그막에 얻은 자식이었다.

예쁘장한 그 소녀는 성격이 변덕스러웠다. 온종일 희를 무시하는 듯하다가 불쑥 나타나 살갑게 말을 걸곤 했다. 입속의 혀처럼 굴다가도 심통을 부렸다. 그럴 때 희는 손쉬운 노리개였다.

설화는 희를 꼬집었고 발을 걸어 넘어뜨렸으며 댕기를 잡아챘고 국그릇에 흙을 뿌렸다. 그런데도 희는 그를 미워할 수 없었다. 대갓집 벽에 그려진 귀한 그림을 훔쳐볼 때처럼 재 냄새를 풍기는 소녀를 먼발치에서 남몰래 관찰했다. 그리하여 화공이 벽화 속에 숨겨 놓은 사연을 터득하듯 남들은 모르는 설화의 비밀 몇 가지를 자연스럽게 알게 됐다. 이슥한 밤, 설화가 홍이와 더불어 눕는다는 것도 그중 하나였다.

그날 새벽에도 설화는 기척을 죽이고 일어나 불가에서 멀찌감치 떨어진 홍이의 잠자리를 찾아갔다. 희는 그 무렵까지도 깨어 있었다. 홍이가 설화를 부둥켜안고 찬 발을 비벼주었다.

"아아. 나도, 나도 좋아."

설화가 탄성을 터뜨릴 때마다 홍이가 신음 비슷한 소리를 흘리며 입술을 틀어막았다. 행위는 열렬했고 그지없을 듯했다. 둘은 지치지 않고 서로를 탐닉했다.

한참이 지나 홍이의 팔을 벤 설화가 숨찬 목소리로 소곤댔다.

"다음번 거사가 언제인지 알아?"

"아직은 몰라. 지켜보는 중인가 봐."

속살거린 홍이가 불만스러운 어투로 쏘아붙였다.

"그런데 너 그 새끼랑은 왜 그렇게 가깝게 지내는 거야?"

"누구?"

"누구긴. 알면서."

"설마, 희 말하는 거야?"

설화가 우스워 죽겠다는 듯 키득댔다. 홍이가 설화를 몰아세웠다.

"꼭 그래야 해? 꼭 그래야 하냐고?"

"무슨 얘기를 하고 싶어서 그래? 혹시 질투라도 해? 말도 안 돼, 네가 걜 질투하다니."

홍이가 우악스럽게 설화를 껴안았다. 설화가 그런 홍이를 밀치며 깔깔거렸다.

"간지러워. 그만, 그만하라니까."

희가 더욱 작게 몸을 옹송그리며 생각했다. 그날 악공이 보여 주었던 거울에 저들을 비춰 본다면. 저들은 진정으로 어떻게 생겼을까.

희는 제 핏속에 불이 흐르고 있음을 일찌감치 깨우쳤다. 노파에게조차 털어놓은 적 없는 그 진실이 희를 맹추위에 얼어 죽지 않게 했을 것이다. 희의 숨결을 받은 고드름을 녹이고 꽃망울을 터뜨렸을 것이다.

어떤 면에서는 악공의 말이 옳았다. 희는 저들과는 다른 존재였다.

그로부터 여러 날이 지났지만 희는 피리 악공과 재회하지 못했다. 이제는 그 밤 겪은 일들이 깜빡 졸다 꾼 꿈처럼 터무니없이 느껴질 정도였다. 그 거울에 비친 소년은 내가 맞을까. 그 악공은 과연 어디에서 온 누구였을까.

화로 속 불덩이를 들여다보듯 제 흉금을 살피던 희가 호흡을 골랐다. 가슴팍에 다리를 대고 팔을 두른 채로 잠을 청했다. 곧 꿈이 희를 장악했다.

능선을 따라 불길이 용솟음했다. 불붙은 소나무를 뒤로 하고 흰 치마저고리 차림의 여자가 포대기를 안고 서 있었다. 하지만 희는 그 포대기 안이 비어 있으리라는 것을 알았다. 자신이 어머니를 죽이고 태어난 자식임을 예감하고 있었다. 그의 아버지에게 성씨가 없다는 사실 역시. 신은 이름으로만 불리는 법이었으니까.

희가 용기를 내어 가까스로 목소리를 냈다.

"어머니, 어머니가 맞으세요?"

그러면서도 상대가 자신에게 답을 할 것이라고 기대하지는 않았다.

"그래. 아가, 용케 나를 찾아냈구나."

꿈이라는 것이 종종 부리곤 한다는 사술 때문이었을까. 어머니가 환하게 웃으면서 희를 돌아보았다. 늘어뜨린 머리채에서 불똥이 튀었다. 죽은 후에도 어머니는 떨칠 수 없는 열기에 사로잡혀 있었다.

"어쩜 너는 내가 상상한 그대로구나. 아가, 예쁜 내 아가."

어머니의 눈동자에 희의 모습이 어렸다. 왼뺨이 거무스레한 껍질로 뒤덮여 있었으나 그 사실이 무색할 만큼 가혹하도록 고운 소년이었다. 충격에 몸이 굳은 희가 몽롱한 표정으로 어머니의 눈 속 자신과 시선을 맞추었다.

어머니가 화염이 너울대는 팔을 들어 아들의 머리를 쓰다듬었다. 하지만 그 불은 희에게 옮겨붙기는커녕 그의 눈썹 한 올 태우지 못했다.

희가 목까지 올라온 울음을 삼켰다. 노파가 떠난 이후로 어떤 이도 희를 이토록 살갑게 대해 주지 않았다. 심지어 희 자신도 그랬다. 기실 희 스스로 누구보다 맹렬하게 자기 자신을 증오했다.

"어머니, 보고 싶었어요."

아들의 목소리를 귀담아들으면서 어머니가 다시없을 악기 연주를 감상하듯 황홀한 표정을 지었다. 그을린 손가락으로 아들의 뺨을 장난스레 슬쩍 건드리더니 재로 뒤범벅된 입술을 뗐다.

"얼마지 않아 이 나라에 큰불이 내릴 것이다. 살아 있는 것들을 모조리 태워 버릴 꽃불이."

"꽃불이요?"

"하나 너는, 너만은 무탈할 거다. 너는 갓뫼의 자식이니까. 불은 너를 다치게 하지 못해. 명심하려무나. 불은 다른 것들을 해치며 타올라. 반면에 홀로 남겨졌을 때 한없이 작아지지."

어머니의 혀끝에서 불티가 날렸다. 숱 많은 머리칼이 붉은빛을 띤 금사처럼 이글거렸고 부풀어 오른 치마가 아래에서부터 까맣게 바스러지며 말려들어 갔다. 어머니를 태우는 불의 기운이 거세어지고 있었다.

작별의 순간이 머지않았음을 직감한 희가 어머니의 손을 그러쥐고 소리 높여 물었다.

"대답해 주세요, 어머니. 왜 저를 낳으셨어요? 이렇게 고통받으리라는 걸 알면서도 왜! 도대체 왜!"

어머니가 눈물을 글썽였다. 그러나 눈물방울은 뺨에 닿을 새도 없이 말라 버렸다.

"맞다, 알고 있었다. 너를 이 세상에 내어놓는 즉시 나는 사멸하고 말 것이라는 걸. 네가 나만큼 큰 고통을 받을 것이라는 것도. 네 아버지는 깊은 산속에서 작은 불씨로 화해 산 것도 죽은 것도 아닌 상태로 긴 세월을 보낼 것이라고 했다. 내 넋을 사르는 화염이 사위고 우리 셋이 이전과 다른 모습으로 다시 만날 때까지."

어머니가 두 팔로 힘껏 희를 보듬었다.

"아가, 네게 이 얘기를 꼭 들려주고 싶었다. 나는 너를 선택했단다."

어머니의 형상이 몰아치는 잿가루로 뒤바뀌어 허물어졌다.

"나는 너를 선택했어. 우리는 늘 무엇인가를 선택해야 해."

불과 연기의 품은 따스했다. 잠에서 깬 희가 눈을 깜빡였다. 꿈 밖은 캄캄했고 뺨을 후려치는 바람은 감사나웠다. 체온을 나누려는 듯 삼삼오오 모여 누운 사람들이 송장들 같았다.

희가 땀이 밴 이마를 훔치며 앓는 소리를 냈다. 열병에라도 걸린 듯 목구멍이 뜨거웠다. 희가 제 날숨에 스민 그을음의 냄새에 몸을 떨었다. 이윽고 또 다른 잠이 희를 굴복시켰다.

희가 다시 한번 불 속으로 걸어 들어갔다.

보이지 않는 금수가 숲을 내달리는 날이었다. 썩은 물웅덩이 위에도 놈이 할퀸 흔적인 듯 사나운 물결이 일었다. 그 금수가 불러일으킨 파문은 들을 흩뜨리고 강을 첨벙이는 것도 모자라 집집마다 이엉을 들쑤시고 서까래를 삐걱거리게 했다.

요 며칠간 설화는 희를 전에 없이 친절하게 대했다. 건달 행세를 하는 아이들이 희를 따라다니며 해코지하려고 할 때마다 끼어들어 대신 화를 내 주었고 저녁을 나눠 주는 아낙에게 주걱을 빼앗아 그의 그릇에 직접 죽을 떠 주기도 했다.

그날 아침에는 화로에 떡을 굽다 땔감을 나르는 희를 마주하고 이리 와 앉으라는 듯 옆을 두드리기까지 했다. 희가 안절부절못하며 자리를 벗어나려고 하자 숯가루가 묻은 떡을 얼굴 앞으로 들이밀면서 권했다.

"받아. 먹어도 돼. 우리는 한 식솔이나 마찬가지잖아. 더더구나 너처럼 부지런한 일꾼을 누가 싫어하겠어?"

어제오늘은 희와 한 지붕 아래에 있는 것조차 끔찍해하며 유난을 떨던 아이들조차 이전처럼 무례하게 굴지 않았다. 이는 설화의 말대로 희가 그간 한 명의 일꾼으로서 스스로를 성실히 증명했기 때문일까. 설화에게 건네받은 떡의 맛이 무척 달았다.

며칠 전에는 젖먹이를 업은 아낙이 거적을 손질하던 희에게 다가와 먼저 말을 섞는 일도 있었다.

"고맙구나. 같이 빌어 주마. 무사히 돌아올 수 있을 거다."

희가 영문을 몰라 하는 사이 아낙은 저만치 가 버렸다. 아이들 몇이 그런 둘을 곁눈질하며 자기들끼리 눈빛을 주고받았다.

해 질 녘 홍이를 위시로 한 패거리가 무리에 합류했다. 그러나 평상시와는 다르게 그들이 부려 놓은 등짐에 훔친 음식이며 패물 따위는 들어 있지 않았다. 허락도 구하지 않고 짐꾸러미를 풀어 헤친 사내아이가 매듭을 끄른 보자기 안에서 송진이며 솔가지를 발견하고 실망한 표정을 지었다. 홍이가 대단한 비밀을 들킨 것처럼 역정을 내며 아이를 쫓아냈다.

패거리는 나뭇등걸에 걸터앉아 국 한 사발을 후후 불어 마시며 우두머리 노인과 무엇인가를 상의했다. 설화는 아버지 앞임에도 개의치 않고 홍이의 옆에 달라붙어 있었다. 희는 그릇을 닦고 숯을 옮기는 걸 돕느라 그들이 어떤 대화를 주고받는지 전해 듣지 못했다. 아이들이 잉걸불 가에 모여 앉아 옷 주름에 숨은 이를 잡았다.

잠시 후 설화가 우두머리 노인을 대동하고 희에게 다가왔다. 희는 그 노인과 마주하는 것이 불편했다. 찌르는 듯한 시선을 피하며 낯을 돌리려는 찰나, 노인이 대뜸 팔을 뻗어 희의 멱살을 틀어쥐었다.

"정신 바짝 차리고 제대로 처리하고 오너라. 그렇지 않으면 목숨을 부지하기 힘들 것이다. 알아듣겠느냐?"

잇새로 내뱉는 어투가 반협박조였다. 겁에 질린 희가 한사코 몸을 틀었다. 설화가 답답해 죽겠다는 듯 안달을 냈다.

"왜 말이 없어? 냉큼 대답하지 않고."

"네, 나리. 시키는 대로 따르겠습니다."

희는 무엇을 처리하고 오라는지 알지 못한 채로 주억거렸다.

"옳지. 그래야 착한 아이지."

노인이 더러운 것을 만진 양 탁 하고 손을 털었다. 희가 발끝이 바닥에 닿은 데 안도하면서 얼얼한 목을 만질 때였다. 화톳불이 깜빡이는 가운데 무리의 일원들이 그를 향해 서 있었다. 불빛이 끼쳐 빨갛게 일렁이는 눈들이 낯설었다. 희는 흙 진 얼굴을 가리는 것도 잊고 얼떨떨한 표정으로 그들을 마주 바라보았다.

설화가 희의 팔을 잡아끌며 소곤댔다.

"나랑 같이 가는 거야. 걱정할 거 없어. 일단 움직이자."

홍이가 패거리를 향해 눈짓하자 청년 셋이 그를 쫓았다. 그들은 무덤가를 둘러 군데군데 태운 흔적이 있는 숲을 따라갔다. 조용히 앞만 보고 걷던 희가 어깨 너머를 돌아보았다. 메마른 개울 건너 산어귀에 불 한 다발이 흐드러져 있는 것이 보였다.

떠나고 싶지 않다는 생각을 한 까닭일까, 은연중에 걸음걸이가 느려졌다. 시선을 떨어뜨린 희가 굳은 얼굴로 발길을 재촉했다.

홍이가 감시라도 하듯 희의 옆에 따라붙었다. 홍이가 걸친 저고리의 소매 위쪽이 불룩하게 부풀어 있었다. 희가 알기로 홍이는 왼 겨드랑이 아래에 끈을 매 단도를 패용하고 있었다. 해 질 녘 홍이는 불가에 자리 잡고 앉아 누구에게 빼앗았는지 모를 단도를 샘물을 끼얹어 가며 숫돌에 갈곤 했다. 희는 불빛을 머금어 선연한 빛을 발하는 그 날붙이가 불길하게 느껴졌다. 서슬 퍼런 것들은 언제든 피를 머금을 태세를 갖추고 있는 것처럼 보였기에.

오솔길이 끝나고 인가가 지근거리로 가까워졌을 때 설화가 몸을 돌려 희의 곁에 와 섰다.

"미안. 겁먹게 하고 싶지는 않았는데. 그래서 여태껏 비밀로 했던 거야. 하지만 너도 이제 알아야겠지."

뜸을 들이던 설화가 설명했다.

"별일 아냐. 오늘 밤에 우리가 어느 집 광에 불을 질러야 한다는 거, 그게 다야."

"불을 낸다고?"

깜짝 놀란 희가 딸꾹질을 했다. 설화가 쉬이 소리를 내며

희에게 몸을 붙였다. 홍이가 그런 둘을 흘기며 쳇 소리를
냈다.

"너랑 나는 몸집이 작잖아. 그러니까 몰래 들어갔다가 몰
래 빠져나오기도 쉽겠지. 안 그래? 다음 일은 걱정하지 않아
도 돼. 다른 애들이 처리해 줄 테니까. 어렵지는 않을 거야.
내가 도와줄게."

그럼에도 희가 멍하니 눈빛을 흐리고 있자 설화가 푹 한
숨을 쉬었다.

"내 말이 무슨 뜻인지 감이 안 오는 모양인데 아니면 다
른 애들이 해야 한다고, 우리보다 훨씬 어린애들이. 안 그래
도 가뭄 때문에 이리저리 떠밀려 다니는 신세인데 더는 내
몰릴 데도 없다고. 그나마 우리는 운이 좋은 편이야. 우리
아버지 같은 사람이 두령이니까. 아니면 진즉에 굶어 죽었
을지 모르지."

희는 며칠 전 자신을 불러 세워 덕담 비슷한 인사를 건넸
던 아낙을 상기했다. 아낙에게는 자식이 둘 있었다. 자나 깨
나 포대기를 둘러업고 다니는 젖먹이와 자신보다 서너 살쯤
어릴 듯하던 딸아이.

순간 머릿속이 밝아지면서 설화가 해 준 이야기의 전말이
훤하게 그려졌다. 그들은 아이들을 앞세웠을 것이다. 고사리
손에 송진을 묻힌 솔가지를 쥐여 주고 사지로 내몰았을 것

이다. 불을 일으키라고, 활활 타는 불길 속에서 살아 돌아오라고. 재와 연기가 소란을 일으킨 틈을 타 곳간을 털고 금은보화를 빼돌리기 위해.

희는 한참 동안 고민에 잠겨 있는 듯했다. 수그리고 있던 고개를 들고 기어들어 가는 말투로 대답했다.

“알았어. 할게.”

설화가 활짝 웃었다.

“잘 생각했어. 들키지 않을 거야. 붙들리지도 않을 거고. 야경꾼들이 다니는 길이야 빤하니까.”

그들은 시장터를 가로질러 가옥들 사이를 지났다. 홍이가 경계하는 눈초리로 주변을 살폈다. 간간이 딱따기 소리가 울렸으나 소로를 살금살금 둘러 간 덕분인지 야경꾼들과 마주하는 불상사는 벌어지지 않았다.

남새밭에서 오물 냄새가 풍겼다. 이 늦은 시각에도 다듬이질 소리가 끊이지 않았다. 희는 초옥들을 둘러보며 노파의 치마폭에 감싸여 지내던 시절을 회상했다. 그러다 저도 모르게 뒤처졌다는 사실을 깨닫고 앞서가는 설화를 놓칠세라 걸음을 서둘렀다.

얼마쯤 더 나아가자 골목 양편으로 높다란 담이 나타났다. 희가 한 번도 지나다닌 적 없는 길이었다. 설화가 담 앞에 서자 청년들이 덩달아 걸음을 멈추었다.

설화가 홍이를 꽉 끌어안았다. 홍이가 설화를 마주 안으며 다짐을 받았다.

"여차하면 고함을 질러. 구하러 갈게. 다른 애들도 근처에 있을 거야. 알겠지?"

"뭐야, 내가 그런 실수를 할 리 없잖아."

설화가 웃으면서 홍이의 이마에 입을 맞추었다. 치마를 당겨 고정하곤 홍이의 어깨를 밟고 홀홀히 담을 타 넘었다.

설화가 사라진 후에도 희는 멀뚱히 같은 자리에 서 있었다. 홍이가 짜증스러운 어투로 쏘아붙였다.

"설화가 한 애기 잊었어? 곧장 따라가야지."

"아."

희가 담장 위로 팔을 뻗었다. 하지만 담 끄트머리를 쥐고 매달린 뒤에도 몸을 끌어올리지 못하고 거푸 미끄러졌다. 홍이가 희의 다리를 받쳐 넘겨 주었다. 희는 고맙다는 인사를 남길 새도 없이 담 저편으로 굴러떨어졌다.

희가 화끈거리는 손바닥을 털면서 신음했다. 옆으로 다가온 설화가 입술 앞에 손가락을 눌렀다.

"쉬이이, 그러다 누가 깨면 어쩌려고. 그래도 이 집에는 개가 없으니 다행이야. 지난번에는 개한테 물려 죽을 뻔했는데."

돈깨나 있는 집인 듯 너른 터에 세워진 집채들이 번듯했다. 새로 발라 반들반들한 문종이에 빛일랑 묻어나지 않았

다. 행랑채마저 조용한 걸 보면 이 집의 가속들은 초저녁에
잠자리에 든 모양이었다.

설화는 거침없이 발길을 옮겼다. 마치 집 안 곳곳을 미리
수차례 둘러본 것 같았다. 얼마 뒤 설화가 멈춰 선 곳은 사
랑채 뒤편에 있는 광 근처였다. 낡기는 했으나 튼튼해 보이
는 나무문에는 큼지막한 쇠가 걸려 있었다.

하지만 설화가 노리는 건 그 문이 아닌 듯했다. 설화가 희
를 향해 눈짓을 보냈다. 자세히 보니 바로 옆 벽에 창이 하
나 나 있었다.

"뭐해? 엎드리지 않고?"

설화가 성화를 부리기 전에 희가 재빠르게 무릎을 꿇었
다. 설화가 희의 등을 밟고 창틀에 매달렸다. 들창이 들썩이
더니 창틈으로 늘어져 있던 치맛자락이 안으로 끌려 들어
갔다. 얼마 지나지 않아 스르륵 하는 소리와 함께 창밖으로
동아줄이 풀려 내려왔다.

희는 설화가 요구하는 것이 무엇인지 그 즉시 눈치챘다.
두 손으로 줄을 움켜쥐고 두 발을 차례로 내딛으면서 벽을
올라 들창 안으로 머리를 밀어 넣었다. 좁다란 광에는 뒤주
며 볏짚, 띠며 싸리를 꼬아 만든 물건들이 두서없이 쌓여 있
었다.

창을 타 넘은 희는 월담을 할 때처럼 볼썽사납게 엉덩이

를 찧지 않고 사뿐히 바닥에 착지했다. 설화가 동아줄을 기둥에 매어 놓으며 씩 하고 웃었다.

"제법인데?"

그러더니 한숨 돌릴 여유도 없이 다음 계획에 착수했다. 허리에 차고 있던 주머니를 끌러 묘한 냄새를 풍기는 나뭇조각을 꺼내더니 잿빛 돌들 사이에 끼워 세게 맞부딪쳤다. 그 즉시 유황을 바른 나뭇조각에서 불꽃이 튀었다.

눈이 휘둥그레진 희가 무의식적으로 불 쪽으로 다가들자 설화가 손사래를 쳤다.

"물러나 있어. 위험하니까."

설화는 나뭇조각을 이용해 송진을 묻힌 솔가지에 불을 붙이는 데 성공했다. 불꽃이 죽지 않도록 주의를 기울이면서 뒤주에 살포시 내려놓았다. 뒤주의 표면이 타들어 가면서 타닥타닥 기분 나쁜 소리를 퍼뜨렸다.

설화가 주홍빛으로 물든 얼굴에 미소를 띠며 중얼거렸다.

"조금만 천천히 타올라 주렴. 그래야 내가 달아날 시간을 벌지."

설화가 기둥에 둘러맨 동아줄을 풀었다. 희는 그때까지도 설화가 하는 모양을 지켜보고만 있었다. 동아줄을 감아 챙긴 설화가 이상스러운 눈빛으로 희를 응시했다. 불의 기운을 띤 눈동자에 뜻 모를 감상이 어른대는 듯했다. 하지만 희가 무슨 부탁이라도 할 참이냐고 물으려는 찰나, 휙 하니 고개를 돌리더니 냉랭한 말투로 윽박질렀다.

"밖에서 다시 줄을 던져 줄게. 아까처럼 나를 올려 줘."

희가 얼른 바닥에 무릎을 꿇었다. 희의 등을 밟은 설화가 들창을 넘으면서 잔기침을 했다.

"이러다가 내 명에 못 죽지."

설화가 사라지고 희는 벽 앞에 서서 줄이 내려오기만을 기다렸다. 연기가 점점 더 자욱해졌다. 뒤주 옆 볏단에 불똥이 튀면서 화염이 옮겨붙었다.

그러나 창은 굳게 닫혀 있을 뿐이었다. 희가 벽 쪽으로 다가가며 목을 뺐다. 혹여 일이 잘못됐을까. 이 집의 일꾼들에게 우리의 행각이 들통나고 말았을까.

걱정하던 희가 이쯤에서 설화를 불러야 할까 고민할 때 창밖에서 밉살스러운 말소리가 들려왔다.

"기다려 봐야 소용없을걸. 나는 이대로 돌아갈 거거든."

"뭐라고?"

희는 얼결에 큰소리를 내고 말았다. 설화가 조심성도 잊고 깔깔 소리 높여 웃었다.

"기왕이면 불에 탄 시체라도 나오는 편이 그럴싸하잖아?"

"왜, 왜 그런 짓을……."

희가 북받치는 감정에 못 이겨 말을 더듬었다.

"그럼, 내가 널 좋아하기라도 하는 줄 알았니? 병신 주제에, 웃겨."

벽에 붙어 선 채로 귀를 기울였지만 그 이상은 아무런 목소리도 들려오지 않았다. 불이 게걸스럽게 먼지를 덮어쓴 세간을 먹어 치웠다. 격분한 마음처럼 쉴 새 없이 이글거렸다.

희는 이 밤이 이렇게 끝나리라는 걸 믿을 수 없었다.

희는 자진해 이곳에 오는 것을 선택했다. 비록 처음부터 그런 건 아니라고 해도 자신이 나서지 않으면 더 어린아이들이 희생돼야 했기 때문에, 그를 받아들여 준 무리에 보답하기 위해 위험을 감수하기로 결심했다. 그러나 그 대가로 희가 돌려받은 건 죽음이었다. 배신이었다.

설화는 애초 이럴 작정으로 나를 꼬드겼을까. 그날 아침 같이 가자고 설득할 때부터 이런 식의 쓰임을 예상하고 있었을까.

울음을 삼킨 희가 불이 난 쪽을 향해 섰다. 등을 곧게 펴고 팔을 뻗었다. 저 불이 자신에게 독니를 박아 넣어 주었으면 하는 바람으로. 죽고 싶어서. 더는 목숨을 부지하고 싶지 않았으니까.

그러나 시시각각 맹렬해지던 화염은 희의 손끝에 닿기 무섭게 길든 가축처럼 순식간에 양순해졌다. 명주실이 실패에 감기듯 화기가 희의 손가락을 휘감았다. 격하게 피어오르던 불길이 잦아들면서 희의 몸속으로 스며들었다.

희가 감았던 눈을 떴을 때 불은 깨끗하게 꺼져 있었다.

희가 문 쪽으로 달려갔다. 두 손으로 가로장을 붙들고 마구 요동했지만 바깥에서 쇠가 걸린 나무문은 요지부동이었다. 만약 그때 희가 제 안에 담긴 불의 힘을 부릴 수 있었다면 어땠을까. 희의 앞에 전혀 다른 나날이 펼쳐지지 않았을까.

하지만 그 무렵 지칠 대로 지친 소년은 기운이 빠져 바닥에 털썩 주저앉았을 뿐이었다. 재와 그을음에 취해 자신도 모르는 사이 잠들어 버렸다.

들창 아래로 햇살이 흘러들었다. 아침이 왔다.

나무문이 덜컹이는가 싶더니 쇠가 벗겨졌다. 옅어진 연기가 문틈으로 스멀스멀 기어나갔다. 탄 냄새가 지독했다.

끄른 쇠를 손에 든 어멈이 뜨악한 표정을 지었다.

"이게 대관절 무슨 일이래. 마님이 아시면 경을 치게 생겼네."

어멈이 입술을 짓씹었다. 간밤에 부랑아들이 소동을 피웠다고 들었는데 그 사건이 이 일과 관련이 있을까. 초조한 몸짓으로 내부를 둘러보던 어멈이 틀만 남은 뒤주 옆에 쪼그려 앉은 희를 맞닥뜨리고 소리를 질렀다.

"에구머니나, 간 떨어질 뻔했네. 여기에는 어떻게 들어온 거지? 저 몰골을 좀 보라지. 흉측하기도 해라."

넌더리 친 어멈이 뒷걸음질을 하며 중얼거렸다.

"사람을 불러와야겠다. 가뜩이나 화적 떼가 기승을 부리
는 판에 조심해 나쁠 건 없겠지."

희는 손가락을 저릿하게 하는 통각을 인지했다. 그 감각
은 파도처럼 물결치면서 대번에 온몸으로 번져 갔다.

어젯밤 예기치 않게 거두어들인 불의 기운이 희의 살갗
밑에서 끓고 있었다. 실타래가 뭉쳐지듯 얽히고설키면서 두
터워졌다. 이는 또한 지금껏 단 한 번도 쏟아 낸 적 없는 분
노와 원망, 비애의 발현이기도 했다.

핏속을 달음질하던 화염이 희의 심장을 독차지했다. 곤두
선 머리카락 끝에서 불티가 빗발쳤다. 열기 어린 숨결을 시
근덕거리던 희가 소리 높여 외쳤다.

"나는 흉측하지 않아! 흉측한 건 너희들이지!"

눈앞에서 희의 변신을 목격한 어멈이 당황해 허둥거리다
제 발에 걸려 나자빠졌다.

"괴, 괴물이야! 괴, 괴물이 나타났다고!"

희가 이글이글한 혀를 놀렸다.

"태워라!"

희의 날숨에 서린 불꽃이 어멈을 덮쳤다. 검게 탄 사체가
바닥을 나뒹굴었다. 이제 그 여자가 이 세상에 살았다는 증
거는 한 덩이 숯밖에 없었다.

희가 흐뭇하게 웃었다. 희에게서 뿜어져 나온 화기가 탐스

러운 진홍빛으로 번뜩이면서 광 안을 채웠다.

이 순간 희는 누구보다 아름다울 것이다. 그러나 동시에 신열과 섬광으로 이루어진 요괴에 불과할 것이다. 인간의 눈으로는 신의 아름다움을 알아볼 수 없는 법이니까.

그때 어떤 목소리가 희의 귓가에 속삭였다. 태워. 먹어. 살아 있는 것들을 전부 네 앞에 무릎 꿇려. 너를 욕보인 인간들에게 복수하는 거야.

희가 그 목소리에게 도로 속삭여 주었다. 태울게. 먹을게. 복수할게.

불길이 대들보까지 치솟았다. 광이 허물어졌다. 으스러진 건물의 잔해를 짓밟으며 일어난 화염이 찬란한 잎사귀를 남실거렸다. 오색 가지를 내뻗으며 다른 가옥들을 향해 꿈틀꿈틀 나아갔다.

꽃불이 타오르기 시작했다.

왕비가 붓을 놀리던 손길을 멈추었다. 족제비 꼬리털을 잘라 만든 붓에서 먹물 한 방울이 떨어졌다.

서안 모서리를 팔꿈치로 누른 왕비가 의미심장한 눈초리로 병풍에 수놓인 국화를 응시했다. 하지만 기실 수방 나인이 손끝을 찔러 가며 한 땀 한 땀 뜬 수의 모양을 헤아리고 있지는 않았다. 왕비는 숨소리조차 가라앉힌 채로 경청하고 있었다. 먹물 방울이 종이에 부딪어 엉기는 소리마저 유난하게 들릴 만큼 또렷한 정적을. 그러다 미심결에 생각하고 말았다. 천지간에 나 홀로 남겨진 듯하구나.

그런 한편으로, 그것이 진실일 수 없음을 잘 알았다. 이 순간에도 이 땅 어딘가에서는 새로운 생명이 태어나고 있을 것이다. 병아리는 알에 난 금 사이로 그 무엇도 쫀 적 없는 연약한 부리를 내밀 것이고 송아지는 양수에 흠씬 젖은 채로 첫 숨을 쉴 것이다. 죽은 어미의 품에 안긴 아기조차 젖냄새에 이끌려 입술을 오물거릴 것이다.

그럼에도 왕비는 이 세상에 자신만이 유일하게 존재하는 듯하다는 착각을 떨칠 수 없었다.

또 엉뚱한 생각을 하고 있군. 조소한 왕비가 붓이며 벼루를 치웠다. 설사 나 홀로 살아남았다고 할지언정 온전히 혼자는 아닐진대. 왕비가 아랫배에 손을 포개고 중얼댔다. 안 그러니, 아가. 네가 나와 같이 있지 않으냐.

왕비가 서안을 짚고 몸을 일으켰다. 산보라도 하면 머리를 어지럽히는 잡념에서 벗어날 수 있을지 몰랐다. 그러면서 부지불식간에 또 다른 상상에 골몰하고 있었을까. 문턱을 넘던 왕비의 걸음이 흐트러졌다.

일순간 굳건하던 정적이 깨지면서 다급한 말소리가 터져

나왔다.

"마마, 괜찮으시옵니까."

왕비가 흥이 깨진 표정으로 손짓했다.

"나는 괜찮다. 잠시 걷고 싶을 뿐이야."

하지만 상궁은 물러서지 않고 다가와 왕비를 부축했다. 어깨를 붙들린 채로 몇 발짝을 걸은 왕비가 도움의 손길을 물리쳤다. 나인들이 왕비의 뒤를 따랐다. 왕비는 이마저 거부하지는 않았다.

왕비가 쓴웃음을 지었다. 궁에 머무르는 한 왕비는 무수한 눈과 귀들에 감시당할 수밖에 없었다. 문과 문 사이, 병풍 뒤와 벽 너머, 발과 너울 밖 아주 가까운 곳에서 그토록 완고한 침묵 속에서조차 왕비의 일거수일투족을 보고 듣고 나누었다. 그것이 왕비가 혼자만의 세상에 침잠하는 이유였다. 왕비의 삶이 투쟁의 연속인 이유였다.

왕비가 마루 끝에 가 섰다. 흘러넘치는 듯한 햇발을 온몸에 받으면서 제 속에서 성장하는 생명을 느꼈다.

이 아이는 건강하게 태어날 것이다. 일곱 명의 자식들이 그러했듯이, 주먹을 꼭 쥐고 세찬 울음을 터뜨릴 것이다.

기둥에 손을 댄 왕비가 산란하는 빛살을 따라 눈길을 내렸다. 한 줄기 빛이 버선코를 따라 흐르고 있었다. 낮이 길어지고 있으니 이 얼마나 다행인지. 왕비가 부푼 배를 받치며 상념에 잠겼다. 이는 다시 말해 왕비가 불면하는 시간이 줄어들고 있다는 뜻이기도 했다. 별다른 일은 아니었다. 입궐한 이래로 왕비는 언제나 잠을 이루지 못했으므로. 모든 밤이 어젯밤과 꼭 같이 고되고 지난했다.

혼자 깬 새벽, 왕비는 납촉이 퍼뜨리는 너울너울한 빛 아래 잠자는 왕의 모습을 들여다보았다. 나른하게 감긴 눈과 꼭 다문 입매, 발그레하게 달아오른 뺨. 즐거움과 괴로움이 교차하고 무자비함과 관용이 공평하게 서려 있는 듯한 이목구비. 왕의 침수는 여상했다.

하지만 보고 또 본 그 얼굴을 재차 더듬으면서도 확신할 수 없었다. 나는 이이를 사랑하는가. 미워하는가. 이이가 실패한 군주로 기록되기를 남몰래 염원하고 있는 건 아닐까.

왕비는 왕과 더불어 만끽하는 방법을 일찍이 터득했다. 이를 위해서는 스스로 먼저 즐거워야 했다. 비단 손수건으로 왕의 눈을 가리고 손뼉을 치는가 하면 그의 손에 한 번도 쓴 적 없는 새 붓을 쥐여 주며 제 몸에 글씨를 쓰도록 청하기도 했다.

어느 날에는 상소와 고발, 충언을 가장한 이간질에 지쳐 있던 왕에게 속살댄 적도 있었다.

"전하께서는 만백성을 긍휼히 여기는 자리에 올랐으니 남녀와 노소와 반상을 차별 없이 다스려야 할 터. 군자의 복색만을 따르는 것이 도리어 사리에 맞지 않을 것으로 압니다."

왕이 웃으며 너스레를 떨었다.

"그 말도 일리가 있구려. 하면 오늘은 어떤 놀이를 해 볼 참인가."

"맡겨 주시옵소서. 이쪽으로 오시지요."

왕비가 왕을 끌어 경대 앞에 앉혔다. 상투를 튼 머리를 풀어 가르마를 탔고 비녀를 찔러 쪽을 지어 주었다. 속곳과 치마를 입히고 저고리를 걸쳐 주었다. 왕이 경대에 비친 자신의 얼굴을 낯선 타인을 바라보듯 뚫어져라 주시했다.

왕비가 분을 바른 왕의 뺨을 훑으며 탄복했다.

"자네는 어쩜 이다지도 싱그러운지."

왕비가 연지가 번진 왕의 입술에 제 입술을 내리눌렀다. 왕이 왕비를 흉내 내듯 그의 품에 매달렸다.

왕비가 왕이 입은 속바지를 끌어 내리며 왕처럼 웃었다. 몸을 섞는 순간까지도 용포를 벗지 않고 왕처럼 행세하며 진짜 왕을 희롱했다.

번개가 치고 뇌성이 우르릉거리는 밤, 왕비는 자신을 닮은 그림자와 함께 열렸다 닫히는 문들을 지나 미로 같은 마루를 뛰어다녔다. 자신을 애무하는 손이 누구의 것인지 알고자 하지 않았다. 다만 이 팔에서 저 팔로 떠밀려 다니며 환희에 차 그들과 어울렸을 뿐이었다. 그들은 남자였고 또한 여자였으며 젊거나 늙었고 마르거나 비대했으며 난폭하면 서도 감미로웠다.

그 누군가는 오로지 왕이었을까. 왕과 비밀리에 동침한다는 소문이 도는 무사는 아니었을까. 왕이 서책을 읽을 때 그의 어깨에 기대 잠들곤 한다는 나인이었을까. 어쩌면 그들 전부였을지도.

강무를 떠나기 전날 밤, 왕은 왕비를 방문했다. 둘은 오랜 부부답게 세심하게 서로를 위무했다. 조화로운 춤과 같은 행위가 끝나고 왕이 벗은 몸을 아무렇게나 늘어뜨린 채로 말했다.

"지진이 일어난 데는 뜻이 없다. 하나 거기에는 분명한 이유가 있을 것이다. 뜻은 없되 이유는 있다. 그대에게는 그 말이 이치에 맞는 주장처럼 들리오?"

"그러하다고 봅니다만."

왕비가 문살 위로 드리운 그림자를 쏘아보며 나긋하게 대답했다. 왕이 내처 하문했다.

"누군가는 얼마 전 있었던 지진을 두고 망국의 징조라고 주장하더군. 대답해 보게. 지진이란 진정 망국을 계시하는 것이 맞는가. 하면 이를 일러 주는 이는 누구인가. 우리가 지은 죄를 헤아려 심판하는 이가 누구겠느냐는 말이다. 조상인가, 하늘인가. 천제인가, 신군인가, 아니면 온갖 귀신들인가.”

그러나 왕비가 미처 응수할 틈도 없이 화난 얼굴로 뇌까렸다.

“지긋지긋한 상소들. 끝도 없는 고발들. 그네들은 알까. 어좌에 앉아 있는 한 누구도 제정신일 수 없다는 것을. 왕들은 모두 미치광이들이야.”

과거에서 헤어난 왕비가 기둥에 대고 있던 손을 뗐다. 포석을 울리는 발소리에 이어 호령 소리가 귀를 잡아챘다. 맞배지붕 아래 문이 열리더니 공복을 입은 대신들이 모습을 드러냈다.

대신들이 계단 아래에 걸음을 멈추고 예를 표했다. 어찌나 다그쳤는지 이 날씨에도 망건 안쪽이 땀으로 흠뻑 젖어 있을 정도였다.

“송구합니다, 마마. 이런 소란을 피우는 것을 용서해 주옵소서. 다름이 아니오라 도성에 화재가 났다고 하옵니다. 군사들을 풀어 불을 잡기 위해 애쓰는 중이오나 그 기세가 심상치 않다는 소식이옵니다.”

“더 자세히 설명해 보세요, 어서요.”

상황의 급박함을 알아차린 왕비가 호통쳤다. 또 다른 대신이 말을 받았다.

“경시서는 물론이고 행랑 100여 간과 인가 2000여 호가

연소했고 죽은 자들부터 다쳐 쓰러진 자들까지 부지기수라 하옵니다. 더군다나 하필이면 바람마저 매서운 날이라 불을 끄는 데 어려움이 많다고 하옵니다.”

순간 질풍이 불어 왕비의 옷자락이 펄럭였다. 왕비가 찡그린 낯으로 하늘을 올려다보았다. 널따랗게 펼쳐진 기와지붕 위 멀리서 희끄무레한 연기가 피어오르고 있었다. 낮은 하늘을 가로막으며 넘실넘실 숫구치고 있었다.

왕비가 배를 감싸며 비틀거렸다. 나인들이 손을 뻗었으나 단호한 몸짓으로 그들을 물리쳤다.

“괜찮다. 수선 떨지 말거라.”

숨을 몰아쉰 왕비가 고개를 쳐들었다. 창백하게 질린 옆얼굴이 엄격해 보였다.

“들어라, 주상께서 궁을 비우셨으니 이 몸이 그분을 대신함이 마땅한 일일 터. 대신과 백관들은 내 뜻을 왕언으로 여기고 전심으로 따라야 할 것이다.”

하교하는 왕비의 목소리가 왕의 그것만큼 올곧고 근엄했다.

“귀신이 두 번 죽을 수 없을 것임은 당연한 이치. 화재를 다스리기 위해 전력을 다하되 사람과 가축을 먼저 구해라. 다음으로 식량을 보관한 창고를 지켜야 한다. 여력이 없거든 재물이 든 창고와 묘와 사당은 포기하라. 이미 죽은 자

들은 살아 돌아올 수 없으니 산목숨을 보살피는 것을 최우
선으로 해야 한다. 이것이 그대들에게 내리는 명령이다."

　머리를 조아린 대신 하나가 입술을 씰룩였다. 묘와 사당
을 포기하라니, 이미 죽은 자들은 살아 돌아올 수 없으니
산목숨을 보살피는 것을 최우선으로 하라니. 망국의 조짐
이 도처에 나타나는 때에 저리도 불경한 말씀을 하시다니.
그러나 속마음을 감추고 다른 대신들과 더불어 외쳤다.

"그 말씀 받잡겠나이다."

　왕비가 달래듯 치마 아래를 쓸었다. 수심 어린 눈초리로
다시금 하늘을 우러러보았다.

　연기가 한층 짙어져 있었다.

　녹사 일행이 말에서 뛰어내렸다. 고생한 역마를 다독여
줄 여유도 없이 발길을 뗐다. 호위병들은 가뜩이나 피로한
일행을 심문했다. 녹사는 시급한 사안임을 강조한 뒤에야
호위병들에게서 풀려날 수 있었다.

　녹사가 사기소 안으로 입장했다. 관료들이 녹사의 등장
에 의아해하며 눈짓을 주고받았다. 막 사냥을 마치고 귀환
한 참인지 왕은 벗은 상체에 저고리 하나만을 걸치고 있었
다. 적신 수건으로 왕의 가슴팍을 닦던 시종은 검은 눈동자

가 미려한 젊은이였다. 손을 들어 시종을 비켜서도록 한 왕이 묻는 듯한 눈초리로 녹사를 응시했다.

존엄하신 분 앞으로 다가든 녹사가 서찰을 받쳐 올렸다.

"도성에서 보낸 전갈이옵니다. 한시가 급박한 사안이라 결례를 무릅쓰고 이리 들이쳤습니다."

"그렇군. 수고 많았다."

서찰을 향해 손을 뻗으려던 왕이 미간을 찌푸렸다. 어디선가 어렴풋하게 불 냄새가 나부끼는 듯했다.

서찰을 집어 펼치면서 왕은 어제 아침에 깨뜨린 찻잔을 떠올렸다. 폭풍이 몰아친 날이었다. 잔이 바닥에 떨어져 부서진 모양새가 아궁이에서 뻗치는 불길과 닮았다고 생각했건만.

왕이 두루마리를 펼쳐 들어 왕비가 전한 전갈을 읽어 내려갔다. 왕비의 언어는 바르고 정연했다. 획들 위 점들마저 어긋난 데 없이 견고했다. 한 글자 한 글자 의무를 다하고 있는 듯했다.

하지만 왕은 그 문장들 아래에 깃든 동요를 한눈에 꿰뚫어 보았다. 사태가 얼마나 위태로운지를 감지했다.

왕의 눈가에 팬 주름이 깊어졌다. 수염이 돋은 뺨이 푸르르 떨렸다. 왕이 힘줄이 도드라진 손으로 서찰을 그러쥐었다.

"예감을 믿었어야 했어. 경고를 무시하지 말았어야 했어."

왕의 눈앞에 환시에 가까운 풍경이 뒤죽박죽 스쳐 지났다. 화마가 정전正殿에까지 번진 가운데 왕비와 자식들이 재 속에 쓰러져 있었다. 내관들과 궁인들이 가슴을 쥐어뜯으며 포석을 기어다녔다. 제 눈으로 확인할 수 없을 때 위험은 더욱 치명적으로 여겨지는 법이었을까.

"듣거라."

왕이 명령했다.

"날이 밝는 대로 당장 궁으로 돌아가겠다. 몰이꾼들을 돌려보내고 환궁할 채비를 서둘러라."

"예이, 말씀 받잡겠습니다."

사기소에 있던 관료들이 한목소리로 외쳤다. 왕이 저고리의 깃을 낚아채며 제자리걸음 했다. 시종이 다가와 옷깃을 매어 주려 했지만 사나운 몸짓으로 이를 물리쳤다.

이 순간 왕은 철저하게 무기력했다. 절망에 사로잡혀 종이 위 글자들에서 피어오르는 불길을 지켜보는 수밖에 없었다.

서찰에서 흘러나오는 그을음의 냄새가 머리가 어질어질할 만큼 매캐했다.

왕비가 자식들을 한 명 한 명 번갈아 안았다. 어린 것들의 볼을 만지고 이마를 쓸고 어깨를 주무른 다음에야 품에서 놓아주었다. 둘째와 셋째가 선뜻 두르고 있던 팔을 푼 것과 달리 넷째는 어머니의 목에 매달려 떨어지려 하지 않았다.

"어마마마, 오늘 밤에는 아무래도 잠을 이루지 못할 듯합니다."

"왜입니까."

왕비가 묻자 넷째의 눈가에 그렁그렁 눈물이 차올랐다.

"무서워서. 혹시 모를 변고가 닥칠까 걱정스러워서."

왕비가 엄한 표정으로 넷째를 떼어 내고는 지그시 시선을 맞추었다.

"잘 들으십시오. 이럴 때일수록 잘 드시고 잘 주무셔야 합니다. 꿈에서 아바마마를 만나시거든 무사히 돌아오시라 인사 전해 주십시오."

넷째는 그제야 왕비의 저고리를 쥔 손을 놓았다. 왕비가 넷째의 매무새를 고쳐 주며 다감하게 웃어 보였다.

왕비가 나인에게서 막내를 건네받아 한쪽 어깨에 기대 눕혔다. 막내가 졸음에 겨워 옹알이했다. 자장노래를 불러 주며 막내의 등을 토닥이던 왕비가 돌연 아 하는 소리를 냈다. 뱃속에서 태아가 발을 차고 있었다.

왕비가 막내를 안은 채로 조심조심 보료에 기대앉았다. 국혼을 올린 지 20여 년, 그간 일곱 번의 출산을 치렀으면서도 왕비는 여전히 제 몸에서 벌어지는 일의 이치를 이해할 수 없었다. 자식들이 천진한 눈으로 자신을 올려다볼 때, 그 눈동자에 비친 제 모습을 확인할 때 매번 처음처럼 두려워졌다. 그들은 왕비에게 평생 풀지 못할 수수께끼와 같았다.

막내의 손을 편 왕비가 말캉한 손바닥에 난 손금을 쓸었다. 누구도 해한 적 없는 무른 손톱을 만졌고 누구에게도 해를 입은 적 없는 여린 살냄새를 맡았다. 생각이란 종내 다스릴 수 없는 짐승이었다. 이 아이의 앞에는 어떤 운명이 기다리고 있을까 의문하던 왕비가 무심중에 어제 벌어진 사건을 곱씹으며 몸을 떨었다.

왕비는 죽음이 두렵지 않았다. 가장 가까운 이들에게조차 털어놓지 못했지만 자신이 오래전에 이미 죽었다고 믿었다. 자식들을 수태할 때마다, 아버지가 사약을 받고 자진했을 적에도, 잠들지 못하는 밤들마다 죽고 또 죽은 듯했다.

사가에 살던 시절, 그림자마저 잠들어 버려 세상 전체가 짧은 오수에 빠진 듯한 정오경, 왕비는 혼자 몰래 안채를 나와 내문을 지나곤 했다. 배롱나무 옆, 바위를 밟고 올라가 찰랑이는 물속을 들여다보았다.

유모가 들려준 이야기에 의하면, 먼 옛날 집안의 규수 하나가 그 우물에 몸을 던진 적이 있다고 했다. 하지만 유모는 규수가 무슨 연유로 그리했느냐는 질문에는 답해 주지 않았다. 막 달거리를 시작한 몸종들은 보름달이 뜬 밤 우물을 들여다보면 연분을 맺게 될 사내의 모습이 아른거린다면서, 다음 만월에 자신도 그곳을 찾을 것이라며 시시덕대곤 했다.

왕비가 아는 유일한 진실은 그 우물이 몹시 깊다는 사실이었다. 저 달고 시원한 지하수는 어디에서 흘러나왔을까. 호기심 많은 소녀였던 그는 돌 가장자리를 손바닥으로 누르고 위태위태할 만큼 깊숙이 허리를 굽힌 채로 까마득한 아래를 들여다보았다. 저 물은 아스라한 땅 밑 저승에서부터 샘솟는 게 아닐까. 그렇다면 들릴락 말락 귓가를 울리는 저 소리는 필시 죽은 넋들이 슬피 우는 소리일 텐데.

긴 세월이 흘러 왕비는 마침내 깨달았다. 우물 속에 숨겨져 있는 것, 그는 대례복을 입고 어여머리를 한 앳된 여자였다. 그 여자는 방금 숨을 거둔 듯 해사한 얼굴을 하고 우물 바닥에 가라앉아 있었다.

졸려 떼를 쓰는 막내를 어르면서 왕비는 또다시 그 우물을 떠올렸다. 우물 속 여자를 상상했다.

우물은 잔잔했고 그 위에 떨어진 나뭇잎은 미동하지 않았다. 아주 고요했다.

아침 해가 뜨는 가운데 재들이 분분히 흩날리는 모양새가 폭설이 퍼붓는 풍경 같았다. 어떤 이는 그날을 뜨거운 눈이 내린 날로 기억하게 될 것이다.

　간밤을 꼬박 지새운 군사들은 실핏줄이 터진 눈을 부라리며 물동이를 날랐다. 검댕이 껴 더러워진 얼굴로 사람들을 대피시켰으며 오도 가도 못하고 갇혀 있던 가축들을 풀어 주었다. 여력이 있는 자들은 누구나 그들을 도왔다. 잿더미에서 세간살이를 끄집어냈고 먹을 것과 마실 것을 나눠 어리거나 늙거나 병든 자들부터 먼저 먹였다.

　여기저기서 힘찬 구령 소리가 울려 퍼졌다.

　"거의 다 잡혔어. 조금만 더. 포기하면 안 돼."

　그런 한편으로 울음소리가 끊이지 않고 이어졌다.

　"도와주시오…… 살려 주시오…… 나 여기 있소……."

　폐허 속 어디에나 시체들이 널려 있었다. 하지만 당장은 죽은 자들을 수습할 경황이 없었다.

　희는 수많은 가옥을 무너뜨리고 그보다 수많은 생명을 앗아 갔음에도 만족할 수 없었다. 태울 것이 있는 한 불은 꺼지지 않는 법이었으니까. 희가 바람의 등에 올라앉아 그 변덕스러운 금수를 몰며 불붙은 씨앗을 온 세상에 심었다.

　희의 심장은 숯이었다. 후우, 숨을 불어 넣으면 선홍색으로 맥동하는 뜨겁디뜨거운 보석.

　나는 왕이야. 희가 불똥과 더불어 노닐며 희희낙락했다. 나는 신이야. 아무도 나를 모욕하지 못해. 희의 희열에 조응한 화염이 핏줄처럼 새빨간 줄기를 부풀리며 백만 송이 꽃을 피웠다.

희가 떼는 걸음걸음마다 그을음이 내려앉았다. 나무들은 뿌리 한 가닥마저 익어 버렸고 새들은 놀라 지저귈 겨를도 없이 불쏘시개로 뒤바뀌어 곤두박질했다. 무덤 속 뼈들마저 녹아내렸다. 죽음조차 희의 숨결을 피할 수 없을 듯했다. 지옥 불은 귀신까지 태울 수 있었으니.

바로 그때였다. 희가 이맛살을 찡그리며 먼 곳을 노려보았다. 듣는 이의 혼을 빼놓는 유려한 선율을 희는 기억하고 있었다.

희가 불어오는 바람을 내리누르며 산개했다. 화마에 맞서 고군분투하는 군사들의 등을 밟고 날아올라 바로 옆 초옥을 덮쳤다. 처마 끝에 놋쇠를 두드려 만든 풍경을 달고 있던 그 집에는 오랜 지병으로 거동을 못 하는 쇠약한 노인이 누워 있었다. 아들은 눈 깜짝할 사이에 들이닥친 불에 기함하며 방으로 뛰어 들어와 아버지를 데리고 나가려고 했다. 그러나 불길은 가구들을 때려 부수며 인정사정없이 그들을 내몰았다.

아들은 수족처럼 자유자재로 화염을 부리던 소년을 순간적으로 알아보았지만 공포심에 못 이겨 목이 터져라 소리치는 대신 아버지의 손을 잡고 차분하게 읊조렸다.

"천지신명이시며, 저희를 보살피소서."

실소를 터뜨린 희가 갖은 빨강으로 염색하고 불티로 수놓은 너른 옷자락을 떨치며 솟구치는 즉시, 부자는 한 덩이 불꽃으로 화했다. 이엉지붕이 붕괴하면서 단말마의 비명처럼 풍경이 찢어지는 소리를 내며 쨍강거렸다. 도리 끝 새 둥지가 부스러졌다.

산 것들을 살라 먹고 자신만만해진 희가 화염을 곧추세웠다. 제 자태를 과시하듯 우아하게 나부끼면서 피리 소리가 들려온 곳을 향해 돌아섰다.

피리 악공은 엎어진 독 위에 걸터앉아 있었다. 불은 굶주린 포식자처럼 무엇이든 먹어 치울 수 있을 듯했지만 악공이 친 결계를 범하지는 못했다. 연기가 전설 속 맹수처럼 포효하면서 여러 번 돌변하는 중에도 악공은 천연하게 연주를 계속했다.

이윽고 한 곡조를 마친 악공이 피리를 입술에서 뗐다. 희가 뿜어낸 연기 한 줄기가 염탐이라도 하듯 악공의 발치에서 어물쩍대다 호들갑을 떨면서 사그라졌다.

"그간 잘 지냈느냐. 다시 만나는 일은 없기를 바랐건만. 기어이 알아냈구나. 옳다, 그것이 네 진짜 정체란다."

악공이 함박웃음을 머금었다. 하지만 희는 그것이 반가움에서 우러난 표정이 아님을 간파했다.

"너를 탓하려는 게 아니다. 누구든 본성을 거스르며 살 수는 없어. 신들조차도 그렇단다. 범이 다른 동물을 사냥해 목숨을 부지하는 것처럼, 내가 인간들의 넋을 먹어 존재를 유지하듯이, 너는 불을 일으킬 수밖에 없는 운명이야."

희가 악공의 둘레를 걸으면서 또 한 차례 화르르 불타올랐다. 피리를 철릭 소매에 흘려 넣은 악공이 갓끈을 만지작거리더니 무슨 좋은 생각이라도 났다는 듯 희를 향해 고개를 돌렸다.

"내 얘기를 한번 들어 보려무나. 우리끼리 서로 기분 상하게 할 이유가 뭐 있겠니. 둘이 힘을 합치면 훨씬 흥미진진한 일들을 도모할 수 있는데. 기왕 이렇게 된 김에 상부상조하는 게 어떻겠냐는 말이다."

희가 의구심을 떨치지 못하고 미적거렸다. 하지만 악공은 기죽은 기색일랑 없이 시시덕거렸다.

"네가 가는 길을 함께 걸어 주마. 길동무가 되어 주마. 지켜보고 대화를 나눠 주마. 대신 네가 해치운 목숨의 부스러기를 나눠 받는 거지. 나도 먹고살아야 하지 않겠니. 어떠냐, 우리 둘 모두에게 유익한 선택이 아니겠느냐."

그러자 희를 에워싸고 있던 불꽃이 붉으락푸르락하는가 싶더니 흰빛을 띠며 빙그르르 솟구쳤다.

"좋아요."

희가 더운 김을 실은 숨결에 불똥을 날려 보냈다. 한껏 들떠 불티들을 점멸했다. 둘이서 더불어 하는 사냥은 얼마나 재미있을까. 다른 누구도 아닌 저이와 짝을 지어 다닐 수 있다면.

그러나 동시에 희는 어떤 목소리가 말하는 것을 들었다. 본성이란 뭘까. 나는 진정으로 남을 해치며 살고 싶을까. 그렇게 유지하는 목숨에 무슨 의미가 있을까.

악공은 깜부기불이 즐비한 와중에도 비단을 담뿍 써 지은 매끄러운 겉옷을 더럽히는 일 없이 약삭빠르게 희의 곁으로 다가왔다.

"한 가지만 묻자꾸나. 너를 이 지경으로 몰아세운 사람이 누구냐."

희의 얼굴에 일어난 변화를 살피면서 악공이 어투를 바꾸었다.

"분노가 너를 각성하게 하지 않았니. 어떤 이가 너를 이리 화나게 했느냐. 맨 먼저 놈을 찾아가자꾸나. 세상을 모조리 무너뜨리기 전에 본보기로 뜨거운 맛을 보여 주는 거다. 신이란 정녕 어떤 존재인지 일깨워 주는 거다. 내 계획이 어떠하냐."

짙게 내리깔린 연기가 찢을 길 없는 장막 같았다. 재가 하늘을 덮어 사위가 새벽처럼 어두침침했다. 희가 골똘한 생각에 빠져 화덕처럼 반짝였다. 생애 처음 경험하는 도락에 빠져 잠시 잊고 있었음을 깨달았다. 설화와 홍이, 그리고 그 무리. 홀로 남겨졌던 밤들과 이유도 없이 감내해야 했던 구타와 조롱, 협박과 경고, 좌절과 실망과 지독한 고독까지.

그렇다면 찾아야겠지. 결단을 내린 희가 움츠린 몸을 폈다. 잠잠해졌던 불길이 확 치솟았다. 씨방에서 튕겨 나온 씨앗들처럼 불씨들이 쏟아졌다. 그로부터 맹아를 틔운 붉은 거인이 장해물을 불태우며 스스로 길을 냈다.

희가 명령했다. 가자. 그 소녀를 찾아가자꾸나.

지상에 통곡하는 소리가 드높아졌다.

왕비가 머리채를 풀었다. 일곱 번의 해산을 거치며 곡절을 겪었음에도 왕비의 머리칼은 소녀일 적과 다름없이 넉넉하고 윤기 있었다. 빗은 머리를 드리운 왕비가 몸을 젖혀 막 불을 끄려는 찰나였다.

문밖에서 웃음소리가 들렸다. 어린아이가 벌어진 입술을 사리물고 키들거리는 듯한 소리였다.

어느샌가 등불이 꺼져 등잔에서는 가는 연기가 피어오르고 있었다. 왕비가 문 쪽으로 자세를 기울였다. 다물린 입가에서 새어 나오는 듯한, 그러나 억누를 수 없는 행복에서 기인한 것임이 분명한 벅찬 웃음은 이내 날랜 발소리로 이어졌다.

대낮도 아니고 이 밤중에 무슨 해괴한 일인지. 주저하던 왕비가 미닫이문을 열었다. 고개를 젖히자 어둑어둑한 내문 안쪽에서 다홍색 치마가 나풀대는 것이 보였다. 왕비가 댓돌에 놓인 신을 향해 발을 내리려다 불현듯 몸놀림을 멈추었다. 아버지께서 사다 주신 꽃신은 입궐하기 전 유년 시절에 신던 것이었다.

왕비는 그제야 자신이 있는 곳이 궁이 아님을 알아차렸다. 마당 한편에 우두망찰하게 서서는 새벽빛에 감싸인 우뚝한 집채를 바라보았다. 어둠이 서린 안방에서는 아버지께서 침수에 드셨을까. 식구들 모두 편히 누워 이불을 덮고 있을까. 가문을 풍비박산 낸 비극은 아직 일어나지 않았을까.

그러나 얼마지 않아 멍한 낯을 돌리고 무심히 발걸음을 옮겼다. 후원 쪽에서 이전보다 높다란 웃음소리가 들려왔기 때문에. 그 소리를 놓치면 안 된다는 일념에 사로잡혀.

내문을 나가 후원에 들어서자 우물 옆에 철릭을 갖춰 입은 피리 악공이 서 있는 것이 보였다. 혼미한 상태에서도 왕비는 그가 이 세상 사람이 아님을 예감했다. 저를 이끈 것이 어린 자신의 환영이 터뜨린 웃음이 아니라 악공이 부는 피리 연주라는 것도. 그 사실을 깨닫자 느리게나마 정신이 돌아오는 기분이었다.

악공이 입술 앞에 대고 있던 피리를 내리고 예지했다.

"이 나라는 곧 멸망할 것이다. 모두가 죽고 아무도 살아남지 못할 것이다."

시험에 드는 것은 왕비에게 익숙한 일이었다. 왕 앞에서 언제나 그러하듯, 왕비는 본능적으로 올바른 답을 선택했다.

"그러면 저는 막겠사옵니다."

악공이 설핏한 미소를 띠며 철릭 소매에서 팔을 빼냈다. 왕비가 의아한 표정으로 악공의 손끝이 향한 곳으로 시선을 던졌다.

담 밖에서 연기가 솟구치고 있었다. 바람결에 탄내가 너울졌다. 왕비가 그 광경을 올려다보며 고했다.

"하나 저건 눈속임이지 않습니까. 한낱 환영으로 이 몸을 속이려 하지 마시옵소서."

"짐작은 했지만 보통내기가 아니군. 자네의 말이 옳다. 저 광경은 꿈이 불러일으킨 눈속임에 불과할 것이다. 하나 자네도 알다시피 지금 이 순간에도 도성이 불타고 있는 건 사실이지. 많은 백성들이 죽어 가고 있고."

악공이 되받기 무섭게 마을이 자리한 곳에서 비명이 울려 퍼졌다. 아기들이 울고 가축들이 짖었다. 불길이 거칠어지면서 밤하늘까지 흉악한 핏빛으로 물들었다.

왕비가 지지 않고 까랑까랑한 목소리를 냈다.

"나무들은 꺾이고 도끼질 당하면서도 잎눈을 돋고 뿌리를 키웁니다. 둥지에 홀로 남겨진 알은 마른 풀이 품은 온기 속에서 저절로 부화할 테고요. 오늘 죽은 어버이를 묻은 자식들은 내일 무덤 앞에 절을 올릴 것입니다. 그 무덤에 풀이 자랄 무렵 그 자식의 자식들이 태어나겠지요. 그러므로 멸망은 오지 않을 것입니다. 수없이 많은 사람이 죽어 나간다 해도 누군가는 반드시 살아남을 것입니다."

"하나 자네도 그 말을 믿지 않지 않느냐."

왕비가 흠칫댔다. 악공이 더욱 은근히 목소리를 낮추었다.

"이런 제안은 어떻겠느냐. 자네의 자식들을 바치게. 그리하면 나머지 모두는 살려 주겠네. 어떤가, 할 수 있겠는가."

"네 이놈!"

얼굴색이 일변한 왕비가 꾸짖었다.

"감히 내 자식들을 건드리려 하다니! 그 전에 나부터 죽여야 할 것이다!"

"어허, 성질머리하고는. 말조심하게. 지금 애걸해야 하는 쪽이 자네와 나 둘 가운데 누구인지 명심하게."

유들유들하게 웃던 악공이 갓끈을 만지며 고민에 빠진 시늉을 했다.

"옳지, 이런 제안은 어떤가. 자네에게는 이미 딸아들이 여럿 있지 않느냐. 한 명, 딱 한 명만 내어 주게. 그럼 망국을 막아 주겠네. 그 정도면 관대한 처분이 아니겠는가.”

“그럴 수는 없소!”

왕비가 파들파들 떨면서 목에 핏대를 세웠다.

“그걸 말이라고! 어느 부모가 자식의 목숨으로 내기를 한 단 말인가!”

“하면 이건 어떠한가. 자네의 뱃속에 든 자식, 아직 태어나지 않은 그 자식 한 명만 내어 주게. 그 정도야 받아들일 만하지 않은가.”

“아무도 못 준다! 한 명도 못 준다! 절대 내어 주지 않을 것이다!”

왕비가 노기발발해 내뱉었다. 악공이 실망스럽다는 듯 인상을 썼다.

“그렇다면 어쩔 수 없지.”

악공이 입술을 오므려 휘파람을 불자 늘어진 철릭 밑에서 불그레한 형체가 대가리를 들었다. 그것이 지나간 자리에 인두로 지진 듯 눌어붙은 궤적이 남았다.

불로 빚어진 뱀이었다. 뱀이 쉴 새 없이 형체를 뒤바꾸는 연기 같은 혀를 날름대며 각양각색의 비늘을 빛냈다. 붉어졌다 푸르러졌다 연거푸 색을 달리하면서 쉭쉭거렸다.

왕비가 홀린 듯한 눈빛으로 자신을 향해 기어 오는 뱀을 응시했다. 저 뱀은 현실인가, 환각인가. 뱀이 날렵한 긴 몸뚱이를 움직여 왕비의 발치를 스쳐 지났다. 면포로 지은 흰 치마가 그을음을 뿜으면서 조금씩 타올랐다.

왕비가 입술을 물어뜯었다. 도망치려 해 봐야 소용없으리라는 예감이 들었다. 왕비가 가쁜 숨을 고르며 치마를 더듬었다. 뱃속의 태아가 꿈틀거리는 것을 감지하면서 땀이 밴 주먹을 펼쳐 부풀어 오른 배 아래를 가렸다.

화염이 침 같은 재를 뚝뚝 떨어뜨리며 속바지를 베어 물었다. 화기가 끼치면서 통증이 살갗 깊숙이 파고들었다. 불꽃이 종아리를 태우며 허벅지를 타고 올라왔다.

왕비는 산 채로 불태워지고 있었다.

뜨거움이 도를 지나치다 못해 살점을 저미고 뼈를 빠개는 것 같았다. 미친 듯이 비명을 지르며 날뛰고 싶었다. 온몸을 바르작대면서 뒹굴고 싶었다. 악공은 무표정한 얼굴로 시종일관 고문당하는 왕비를 주시할 뿐이었다.

죽음조차 자비로 여겨질 듯한 고통 속에서 왕비가 이를 악물고 되풀이해 다짐했다.

"못 준다. 한 명도 내어 주지 않을 것이다."

그러자 우물 속에서 희미하게 철썩이는 소리가 들리기 시작했다.

희는 끊임없이 먹었다. 포만감은 샘물 같은 반면 허기는 깨진 항아리 같았다. 아무리 채워도 자꾸만 더 갈구하게 했다. 결 좋은 털을 나부끼며 뜀박질하던 바람이 배를 드러내고 드러누웠다. 희가 복종을 맹세하는 그를 쓰다듬어 주었다. 희는 그 맹수가 귀엽고도 성가셨다.

그러는 내내 피리 악공은 희와 동행했다.

화염이 불러낸 아수라장 속에서 어떤 이는 이득만을 좇아 움직였다. 화마를 입은 집에서 돈이 든 궤를 훔쳤고 시체에서 노리개를 끄르고 가죽 신발을 벗겨 냈다. 인륜이 녹아 사라진 곳에서 악심이 악취를 퍼뜨렸다.

단지들을 차 엎은 희가 누각을 쓰러뜨렸다. 와르르 불씨들을 쏟아 내면서 자신의 강인함에 감탄했다. 그러다 너르게 끌리는 옷자락을 밟는 경쾌한 발걸음을 인지하고 무심중에 몸을 돌렸다.

푸르스름한 연기 너머로 한 소녀가 비탈을 걷고 있었다.

눈꽃이라는 이름. 불 속에서 소용돌이치는 재처럼 뺨이 희고 숯처럼 머리가 검은 소녀. 예상치 못한 고난을 맞아 설화는 실의에 잠기기는커녕 외려 활기에 차 있는 듯했다. 걸음을 늦추지 말라 열띤 말투로 피란민들을 격려했다. 무리는 화재에 쫓겨 산을 넘어 피신하는 중인 듯했다.

우두머리 노인이 설화의 어깨에 손을 얹었다. 봇짐을 진 사람들을 돌아보며 설파했다.

"아이들과 노인들을 챙겨라. 독촉하는 대신 도와주어라. 잡아끄는 대신 밀어 주어라. 물과 음식을 나누고 돌아가며 쉬어라. 이럴 때일수록 힘을 모아야 한다."

희는 설화가 자신을 버리며 빌었던 것처럼 어떤 아이들은 스스로 낸 불 속에서 빠져나오지 못했을 것임을 알았다. 그 가엾은 것들은 연기에 질식해 고통스러운 최후를 맞았을 것이다. 이런다고 너희들의 죄를 덮을 수 있을 것 같아? 지금의 선행이 이전의 잘못을 없던 일로 만들어 주지는 않는다고.

소리 없이 이글거리던 희가 펄펄 끓는 숨결을 뿜어냈다. 뜨거운 증기가 끼얹어진 노인이 깜짝 놀라 발버둥 쳤다. 설화가 비명을 내질렀다.

"이게 무슨 일이야. 도와주세요, 도와줘요!"

젊은이들이 벗은 저고리를 저어 열을 식히려고 했으나 소용없었다. 섬광이 살이 벗어진 노인을 뒤이어 강타했다. 설화가 제 아비의 최후를 목격하며 애달프게 부르짖었다.

"아버지!"

희는 자신을 따르는 불티들이 기꺼웠다. 번제를 받아들이듯 오열과 개탄, 기름이 지글거리는 소리와 그로부터 우러나온 냄새를 음미하다 서너 발짝 거리에서 젖먹이를 업은 아낙이 딸의 손을 잡고 서 있는 것을 목격했다.

희의 계략을 알아챈 바람이 앞으로 일어날 일들에 흥분해 날뛰었다. 사방으로 튀어 오른 불씨 중 일부가 딸이 입은 저고리에 뿌리를 내렸다.

저고리 소매에서 탄내와 함께 불길이 번지자 딸이 당황해 울먹였다.

"불이야! 불이 옮겨붙었어!"

피란민들 사이에서 물동이를 가져오라는 외침이 터져 나왔다. 아낙이 맨손으로 달려들어 딸의 옷에 엉겨 붙은 불똥을 털어냈다. 열상을 입은 손바닥이 물집이 잡혀 퉁퉁 부었다. 아낙이 흐느끼는 딸을 부둥켜안았다. 불에 덴 손이 아프지도 않은지 무뚝뚝한 표정으로 딸을 위로했다.

"네가 멀쩡하면 됐다. 나는 괜찮으니 그만 그치거라. 뚝."

계획이 실패로 돌아간 탓에 심사가 뒤틀린 희가 한층 튼실하고 단단한 불씨들을 쏘아 보내려는 순간이었다.

"……너는 혹시."

설화는 아버지의 절명을 목격하고 반쯤 넋이 나간 상태였음에도 불꽃 속에 도사린 소년을 한눈에 알아보았다. 하기야 희를 맨 처음 찾아낸 것도 설화였다. 희의 손아귀 속 불의 심지가 조금씩 줄어들었다. 설화가 더듬더듬 물었다.

"그 모습은 뭐야? 어쩌다 그렇게 된 거야? 대답을 해 봐, 어서."

그럼에도 희가 침묵을 고집하자 새된 말투로 몰아붙였다.

"아버지를 죽인 것도 너니? 왜 그랬어, 왜 그랬냐고!"

끅끅 소리를 내던 설화가 더는 못 견디겠다는 듯 울음을 터뜨렸다.

"미안해. 나도 그렇게까지 하고 싶지는 않았어. 정말이야. 믿어 줘."

사죄를 구하는 소녀는 가련했고 간청하는 말소리는 애절했다. 인정하고 싶지 않았지만 희는 설화에게 끌렸다. 같이 가자고 손을 내밀어 준 소녀를 순애했다.

희가 화염 속에 감추고 있던 팔을 뻗어 설화의 뺨에 맺힌 눈물을 닦아 주려는 찰나였다. 바로 옆에서 시퍼런 날붙이가 쇳소리를 내며 허공을 갈랐다.

희가 자욱하게 피어난 연기를 헝클이며 물러났다. 홍이가 단도를 쥔 팔을 내질렀다. 배짱이 두둑한 그 젊은이는 희를 대면하고도 겁을 먹고 달아나지 않았다. 도리어 당장이라도 그를 향해 달려들려는 태세를 취했다.

"설화한테 손끝이라도 대기만 해 봐. 내가 그 꼴을 두고 볼 줄 알고."

홍이가 연이어 단도를 휘둘렀다.

"설화는 내 거야! 너 따위에게 넘겨주지 않을 거라고!"

홍이는 용맹했으나 신의 경지에 이른 존재에게는 진지하

게 상대할 가치가 없는 미물에 불과했다. 불꽃을 흩어 홍이의 공격을 회피한 희가 가소롭다는 듯 비소했다. 그 즉시 뾰족하게 촉을 세운 불화살이 홍이를 향해 쏟아졌다. 홍이는 필사적으로 단도를 내둘렀으나 빗발치는 불을 모두 막을 수는 없었다.

홍이는 불꼬챙이에 구워지며 목숨이 끊어질 때까지 절규해야 했다. 설화는 홍이가 형체를 분간할 수 없는 숯덩이로 나가떨어질 때까지 두 눈으로 똑똑히 지켜보아야 했다.

이제는 그 자리에 있던 피란민들 전부가 희의 존재를 인지한 듯했다. 그러나 공포심 때문인지 아무도 입을 열지 못했다. 불꽃이 자글거리는 소리만이 요란했다.

설화가 목덜미를 뜯던 손을 내리며 희를 돌아보았다. 얼마나 억세게 잡아당겼는지 저고리의 동정이 죄다 찢겨 있었다.

"살기 위해서였어. 그런 짓이라도 하지 않으면 그 많은 무리를 먹일 수 없었으니까. 그런데 너는. 무엇을 위해 이러는 거야?"

격노로 말미암아 쉰 목소리가 갈라졌다.

"나도 죽여! 태워 버려! 다 끝내 버리라고!"

순간 희가 난생처음 눈을 뜬 사람처럼 주위를 휘둘러보았다. 제 흥에 겨워 껑충거리던 바람도 그의 내면에 일어난 변화를 알아챈 듯했다. 낑낑거리며 다가와 괜찮으냐고 묻는 것처럼 바짓가랑이에 이마를 비볐다.

희의 시야에 들어온 모든 것이 불타고 있었다. 꿈속에서처럼. 아버지가 포대기에 감싸인 자신을 산기슭에 버리고 뒤돌아섰던 날처럼.

바로 그때 어떤 목소리가 희의 귓가를 울렸다. 네가 원한 게 이런 거야? 세상 전체를 궤멸하는 거? 뭇 생명들을 몰살하는 거?

피리 악공이 귀신이 추는 춤사위 같은 연기를 흩뜨리며 희의 옆에 다가와 섰다.

"그런 표정 지을 필요 없다. 동정해 봐야 무슨 소용이 있겠니. 저들은 인간인걸. 우리를 이해하지 못해."

희가 갑작스러운 한기를 느끼며 몸서리쳤다. 악공이 그런 희를 위로했다.

"이 땅을 불사르고 진정한 신으로 거듭나게 될 것이니, 그것이 네게 주어진 운명이 아니겠느냐."

희는 자신이 어느 때보다 강하다고 생각했다. 무수하게 먹어 치운 목숨들이 몸속에서 격동하는 것이 느껴졌다. 찬연한 꽃송이로 피고 지면서 흐드러지고 있었다.

그러나 목소리는 포기하지 않고 물었다. 도성을 무너뜨린 뒤에는? 살아 있는 것들을 모두 탐하고 나면? 해칠 것이 하나도 남지 않게 되면? 그때에는 어떻게 할 건데?

희는 찬물이라도 끼얹어진 듯 서늘한 깨달음에 사로잡혔다. 아니, 나는 그중 어느 것도 원하지 않아.

불의 빨강은 피의 색과 같았다. 희는 죽임으로써 존재하는 신이었다. 악귀나 마찬가지였다.

뒤이어 들려오는 피리 악공의 말소리가 가슴이 쓰라릴 만큼 다정했다.

"아무렴. 너는 그 운명을 선택하지 않을 것이다. 네가 그걸 바라지 않으니까. 그렇지 않느냐."

악공이 눈가에 주름을 잡으며 웃었다. 그 얼굴이 어쩐지 몹시 지쳐 보였다.

"하나 신들마저 이미 벌어진 일을 없던 것으로 만들 수는 없단다. 더군다나 저 불은 이미 스스로 생명을 얻었거든. 이제 와 멈추라고 명령해 봤자 네 말을 따르지 않을 게다. 그래도 최선을 다한다면 이쯤에서 사태를 정리할 수는 있겠지. 다만 이를 위해서는 맹세를 해야 해. 큰불만이 큰불을 끌 수 있는 법이니까. 얘야, 내 앞에서 약속할 수 있겠느냐. 자신을 희생하겠다고. 더 많은 죽음을 막기 위해 스스로를 던지겠다고."

희가 악공과 눈을 맞추며 미소를 지었다.

"네."

하겠어요. 내 운명을 내 손으로 선택할 수 있다면. 내가 원하는 방식으로 죽을 수 있다면.

희의 얼굴을 어루만지듯 잠자코 들여다보던 악공이 철릭의 소매에서 피리를 끄집어냈다. 주문을 외듯 한 자 한 자 혼을 실어 외쳤다.

"하면 갓뫼의 자식이여! 아름답고 잔혹한 불이여! 커지고 커지고 커지거라. 그리하면 이 재앙을 끝맺을 수 있을 것이다."

피리 악공이 연주를 시작했다. 불과 어우러진 그 연주를 들으면서 희는 자신이 무엇을 해야 할지 깨달았다. 춤을 추는 것. 어느 날 밤, 악공이 부는 피리 소리에 홀렸던 것처럼 넋을 울리는 음률에 몸을 내맡기는 것.

희가 춤을 추기 시작했다. 연기를 퍼뜨리는 팔이 창천을 휘젓고 불티를 솟구치는 발이 대지를 뒤흔들었다. 그 춤사위에 인근 계곡의 바윗돌 밑에 잠들어 있던 도롱뇽들이 한순간에 말라 죽었다. 희가 동굴 속 으슥한 곳에 숨어 있던 여우의 털을 그슬리면서 타는 마음으로 사과했다. 미안해. 하지만 나는 불인걸. 이게 내가 존재하는 방식이야.

피란민들이 능선을 따라 퍼지는 불길을 피해 달아났다. 하지만 설화는 실신이라도 한 것처럼 눈을 내리뜬 채로 그 자리에 허물어져 있었다. 희가 바람을 다그쳐 도피할 행로를 찾지 못하고 갈팡질팡하던 무리를 주저앉혔다. 오래된 성곽을 쓰러뜨려 설화가 주저앉은 자리 옆으로 높고 튼튼한 장벽을 세운 다음 거대한 불길을 뿜아내며 위로 더 위로 용솟음쳤다.

샘물이 마르면서 훈김이 피어올랐다. 나무들은 하나씩의 횃불들이었다. 1000년 묵은 고목이 살별 같은 꼬리를 펄럭이며 벼랑 아래로 곤두박질했다.

막무가내로 팽창한 화기가 희를 한계로 몰아붙였다. 어떤 불에도 상처 입지 않는 본성을 손상시켰다.

희가 새빨갛게 방울진 눈물을 떨어뜨리며 식식거렸다. 조금만 더 견디면 돼. 곧 모든 게 끝날 거야.

시야가 가물가물해졌다. 심장이 조여들고 격통이 참기 어려울 만큼 격해졌다.

불길은 어느덧 통제 불가능할 만큼 흉포해진 뒤였다. 피리 악공조차 똑바로 서 있지 못하고 허청댈 정도였다. 장벽 뒤에서 피란민들이 서로를 끌어안고 기도를 올렸다.

희는 그런 뒤에도 한참 동안 커졌다. 고통 끝에 올 안식을 상상하면서 모질게 자신을 벌주었다. 왈칵 코피가 쏟아지더니 손가락 몇 개가 잇따라 뭉개졌다. 한쪽 눈이 으깨지고 귓바퀴가 떨어져 나갔다.

그 무렵에는 도성에 있는 누구나 해를 향해 치솟은 어마무시한 불기둥을 알아볼 수 있었다. 화염으로 이루어진 강이 거꾸로 흐르는 듯했다. 우는 손자를 달래던 노파가 굽은 허리를 펴며 탄식했다.

"……봄꽃이 만발했구나."

화염이 마지막으로 궐기했다. 희가 거머잡고 있던 바람의 갈기를 놓으며 몸을 던졌다. 바람이 벗의 헌신을 위로하며 울부짖었다. 불의 휘장이 귀청을 찢는 소리와 함께 폭발했다. 위에서부터 쏟아지는 불이 그 아래에 번진 불과 격돌했다. 몸싸움이라도 벌이는 것처럼 엎치락뒤치락하면서 자욱한 연무를 퍼뜨렸다.

으깬 숯 같던 희의 육신이 만 갈래로 깨어졌다. 발끝부터 머리카락 한 올 한 올까지 조각조각 부서져 곱디고운 재로 뒤바뀌었다. 기왓장 위에 떨어졌고 나무 밑동을 뒤덮었으며 눈물이 차오른 눈으로 하늘을 올려다보던 설화가 내쉰 숨에 떠밀려 바스러졌다.

악공이 연주하는 피리 소리가 폐허에 메아리쳤다.

비로소 꽃불이 시들었다.

왕이 용포를 젖히며 일월오봉도가 그려진 병풍 앞 어좌로 걸어갔다. 익선관 옆으로 비어져 나온 귀밑머리가 희끗희끗했다.

신하들은 고개를 숙이고 있었지만 숭모를 뜻하는 듯한

그 몸짓과는 사뭇 다른 긴장이 정전 안에 들어차 있었다.

흰 털이 섞인 수염을 매만진 왕이 계단 아래에 정좌한 신하들을 향해 말했다.

"고하고 싶은 바가 많으리라고 생각한다. 하나 이 순간 가장 중요한 것은 재앙이 물러갔다는 사실일 것이다. 우리는 도성을 지켜 냈다. 불과 싸워 이를 다스렸으며 위험에 처한 사람들을 구했다. 가축들을 재 속에서 끌어냈으며 병자와 아이, 노인들을 돌보았다."

그 언사에 깃든 의지에 스스로 설득된 듯 왕의 어투가 한결 편안해졌다.

"앞으로 도모해야 할 일이 적지 않을 것으로 안다. 타 버린 건물을 재건하고 부상을 입은 이들을 치료해야 할 것이다. 더불어 가족과 재산을 잃고 굶주리거나 방황하는 이가 없도록 구휼에 힘써야 할 것이다. 일간에 금화를 위한 방책을 구색하고자 하니 충실히 따라 주기를 바란다."

"전하!"

어명의 여운이 채 가시기도 전에 백발이 성성한 대신이 더욱 깊게 머리를 조아리며 아뢰었다.

"송구한 일이오나 화재로 말미암은 피해가 입에 담기 어려울 지경이라고 합니다. 인가가 수천 호 넘게 불타고 수많은 백성들이 목숨을 잃었습니다. 가히 참언에 나오는 멸망의 순간을 송두리째 옮긴 듯한 광경이었습니다."

왕이 마디가 불거진 손을 움켜쥐었다. 그의 이마에 핏대가 불끈댔다.

왕은 지금 되새기고 있는지 몰랐다. 세자 시절, 꿈속에서 펼쳐 본 참서의 글줄을. 망국의 예언을.

"지난겨울에도 지진이 일어 큰 난리를 겪지 않았습니까. 그것으로 끝이 아니었습니다. 요사스러운 바람이 불고 흉한 기운이 하늘을 뒤덮는 데 이어 마침내는 망령들이 불러온 듯한 불길이 도성을 휩쓸기까지 했습니다."

꽉 쥔 주먹을 펼친 왕이 격앙된 마음을 다잡은 듯 무감한 눈빛으로 대신을 응시했다. 그 시선을 고스란히 받아내면서 늙은 대신은 굽히지 않고 여쭈었다.

"하면 거기에는 어떤 부덕도 없다고 봐야겠습니까. 이 땅을 휩쓴 화염의 의미는 무엇입니까. 이 같은 시련 앞에서 저희는 무엇을 뉘우쳐야 합니까."

침묵. 정전에 있는 모두가 숨소리도 내지 않았다.

왕이 껄껄 웃기 시작했다.

"그걸 내가 어찌 알겠느냐."

비난이나 다름없는 그 질문에 돌아온 건 웃음이었다. 냉소도 조롱도 아닌 뱃속 깊은 곳에서 터져 나온 듯한 대소.

"그런 건 우리로서는 알 수도 없고 알 필요도 없다. 우리는 다만 살아갈 뿐이다. 한낱 인간의 눈으로 보고 판단할 뿐이다. 어떤 거대한 힘이 우리를 망가뜨리려고 하든 할 수 있는 일을 할 뿐이다."

왕이 신하들을 둘러보았다.

"후세에도 이 나라는 거듭 망국의 기로에 서게 될 것이다. 왕은 죽고 왕가의 혈통은 끊어질 것이다. 도성에 있는 이름 높은 가문들은 모조리 멸문할 것이다. 양반과 천출의 구분은 덧없어질 것이다. 왕궁은 허물어지고 깃발은 바닥에 떨어지고 아무도 호령에 답하지 않을 것이다. 하나 슬퍼할 이유가 뭐 있겠느냐. 왕들의 무덤에 돋은 풀이 시든 후에도 뒤따를 세월이 가없을 터인데."

그런 다음 눈가에 미소를 띤 채로 읊조렸다.

"망국이란 세상에 남은 단 한 사람이 죽는 순간에 올 것이다. 하나 그는 결단코 왕은 아닐 것이다."

그 순간에도 사관은 붓을 놀려 왕언을 기록하고 있었다.

왕비가 살그머니 요 옆에 누웠다. 아기는 젖을 배불리 먹고 새근새근 잠들어 있었다. 태어난 지 이틀이 지나지 않은 아기의 손가락이 쪼글쪼글했다.

어느 봄날이었다. 밤이 짧아진 만큼 낮이 길어져 다사로운 한때. 만물이 소생하는 계절. 왕비가 기진한 얼굴로 아기를 들여다보았다. 오동통한 뺨과 곱실곱실한 머리칼, 배냇짓을 하는 입술을 하나하나 살피며 몇 달 전 꾸었던 꿈을 되새겼다.

꿈속에서 왕비는 환상이라고 치부하기에는 더없이 생생한 불에 휩싸였다. 극심한 고통에 시달리며 차라리 죽여 달라고 애걸하려는 순간, 깨달았다. 뱃속의 것을 살리기 위해서는 자신이 죽지 않아야 한다는 것을. 그가 살아야 아기도 살 수 있다는 것을.

그래서 왕비는 살아남기로 결심했다.

왕비가 아기의 손을 감싸 쥐었다. 부드럽게 나직이 자장노래를 불러 주었다. 자장자장 우리 아가. 무럭무럭 자라 오래오래 살거라.

별들이 빛날 때마다 이름도 붙여지지 않은 신들이 새로이 태어났다. 며칠 전 쏟아진 폭우 때문인지 계곡물이 불어 있었다. 북극성이 청명한 밤이었다.

피리 악공이 철릭의 소매에 간직하고 있던 악기를 꺼냈다. 소중한 상대를 대하듯 500년이 넘는 세월 동안 자신과 함께한 피리의 겉면을 손끝으로 얼렀다.

희는 큰불로 화해 스스로를 희생함으로써 걷잡을 수 없
어진 불길을 껐다. 희의 몸이 수만 개로 조각나 소멸하기 직
전, 악공은 신성이 어린 넋 한 쪽을 입에 머금었고 날숨에
실어 피리 속으로 불어 넣었다.

그날 이후로 희는 악공이 지니고 다니는 피리에 깃들어
살게 됐다. 악공이 연주하는 가락에 맞춰 춤추고 노래했다.
하지만 아직은 완벽하게 활력을 회복하지 못한 상태였다.
자신을 온전히 되찾을 때까지 긴 잠을 자야 했다.

간만에 깨어난 희가 기지개를 켰다. 아홉 개의 구멍을 넘
나들며 늘어지게 하품을 했다.

"낮은 저한테는 무리인가 봐요. 너무 눈부시고 정신없이
느껴져요. 우리가 언제부터 산길을 걷고 있었죠?"

"어젯밤부터. 너는 계속 잠들어 있었지만. 그동안 좋은 꿈
이라도 꿨느냐."

악공이 묻자 희가 구멍 밖으로 낯을 들이밀며 재잘거렸다.

"물을 봤어요. 아주 아주 큰 물이요. 거대한 물웅덩이가
살아 있는 것처럼 용틀임하고 있었어요. 강보다 훨씬 크고
거칠어 보였어요. 그렇게 큰 물은 한 번도 본 적이 없는데 어
떻게 그런 꿈을 꿀 수 있었을까요."

"꿈이란 본디 이치가 닿지 않는 것이니까. 내 생각에 그
물이란 아마도 바다를 뜻하는 것 같구나. 지금껏 한 번도

바다를 본 적이 없다니 다음 여정으로 포구에 들러 보는 건 어떻겠느냐. 그간 강이며 산이 조금 지겨워지기도 했고.”

“좋아요!”

희가 기뻐 날뛰자 피리에서 삑 하는 소리가 났다. 악공이 웃음을 터뜨렸다.

“곡우에 봄비가 내렸으니 올해는 풍년이 들 듯하구나. 곡식은 무르익고 모두가 살아 있는 것에 감사하며 잔치를 벌일 게다. 하나 세상을 무너뜨리려는 기운은 늘 되돌아오기 마련이지. 씁쓸한 일이구나.”

희가 머뭇머뭇 물었다.

“그러면 이 나라는 머지않아 몰락하는 수밖에 없을까요.”

“그건 나도 알 수 없지.”

“어쩌면 제가 문제였는지 몰라요. 제가 태어났기 때문에. 제가 생겨나는 바람에. 어머니도 그렇고 많은 사람들이 죽고 말았으니까요.”

“아니, 나는 그렇게 생각하지 않는다.”

악공이 잘라 말했다.

“태어날 때부터 죄인인 사람은 없어. 지난 사건들을 되짚어 볼 때 네가 저지른 죄가 작다고는 할 수 없겠으나 그럼에도 나는 너를 단죄하고 싶지 않구나. 그게 솔직한 내 심정이다.”

악공이 온화한 표정으로 희를 응시했다. 애써 기운을 차린 희가 쾌활하게 떠들었다.

"그 바다라는 곳에는 언제쯤 도착할까요?"

"조만간. 네가 또 한 번 잠에서 깨면."

"저는 언젠가 도성에 돌아갈 수 있을까요?"

"물론이지. 네가 원한다면 얼마든지."

대답하면서 악공이 피리 끝에 가볍게 입을 맞추었다. 희가 벅찬 마음을 다스리지 못하고 부산하게 굴었다. 피리의 겉면이 빨갛게 물들었다.

"하지만 그 전까지는 걷고 싶어요. 더 넓은 세상을 보고 싶어요. 당신과 함께요."

"그래, 그러자꾸나."

악공이 피리를 소맷자락에 넣었다. 화염으로 정화된 몸이 가뿐하게 느껴졌다. 게다가 그에게는 500년 만에 처음으로 사랑스러운 길동무가 생겼다.

별빛이 그들이 가야 할 길을 밝혀 주었다.

희는 금세 다시 잠들었다. 악공이 자신을 불러 줄 때까지 넘치는 기쁨 속에서 평화롭게.

붉은 돛

배는 해무 속에서 불쑥 나타났다. 갈가리 찢긴 돛이 핏빛으로 절어 있었다.

문영은 언덕바지에 서 있었다. 입속으로 맹렬하게 경문을 외면서 안개가 깔린 바다를 노려보았다. 빗줄기에 싸여 모습을 감추었던 돛단배가 물살을 헤치며 다시 나타났다.

문영이 망연한 표정으로 잡은 손을 떨어뜨렸다. 착각이 아니었다. 난도질이라도 당한 것처럼 너덜너덜하던 돛의 빛깔 역시 처음 본 그대로였다. 잇꽃을 넣은 잿물에 누차 담가 씻은 듯 붉었다.

비구름이 흩어지면서 안개가 옅어졌다. 아침 햇살을 받으며 쌍돛을 단 배는 부서졌을지언정 고고한 자태로 앞바다에 떠 있었다.

문영은 저 배가 어떻게 만들어졌는지 기억했다. 저판에

삼판을 대고 횡판을 놓고 멍에를 얹은 다음 물막이를 하고 돛을 다는 과정을 처음부터 끝까지 목격했다. 때로는 자진해 일손을 보태기도 했다.

희무는 배 목수였다. 체구는 작았어도 온몸이 근육질에 두 팔이 특히 딴딴하던 그는 목젖을 울리며 큰 소리로 웃었다. 톱과 대패, 끌과 망치를 다루는 데 익숙한 그의 손가락은 굵고 까슬까슬했으며 자주 뜯기고 멍들었다.

문영은 희무에게서 톱질하는 법을 배웠다. 대패와 끌을 이용해 나무를 다듬는 법과 힘을 덜 들이고 요령껏 망치질하는 법을 익혔다.

그런 밤에 희무는 못이 박인 손바닥으로 문영을 어루만졌다.

"당신은 나무야. 향기롭고 반드럽지."

그러면 문영이 희무의 팔뚝을 꽉 깨물며 응수했다.

"틀렸어. 나는 배야. 한자리에 붙박여 있지 않을 거거든. 수틀리면 확 떠나 버릴 거니까."

사흘 전 그날에는 아침부터 큰바람이 불었다. 돛은 팽팽하게 부풀었고 북소리는 긴 자취를 남기며 멀리까지 행군했다. 일꾼에서 전사로 변모한 사내들이 포구로 모여들었다. 희무는 스스로 쓸 무기로 창을 골랐다. 지갑紙甲조차 걸치지 않은 그는 안이해 보였다. 흡사 토끼 사냥이라도 하러 가는 것 같았다. 문영의 뺨에 입을 맞추곤 너털웃음을 터뜨리며 집을 나섰다.

문영은 다른 여자들과 더불어 포구에 나가지 않았다. 혼자 조용히 마을을 빠져나와 오솔길을 달렸다. 먼바다까지 한눈에 내려다보이는 언덕바지에 다다른 뒤에는 너럭바위 앞 돌탑을 향해 머리를 숙이고 손바닥을 비볐다. 저들이 무사 생환하도록 해 주소서. 누구 하나 큰 부상을 입지 않기를. 기껏 뺨 한쪽에 긁힌 생채기 하나 얻어 돌아오기를.

그러는 한편으로 기원했다. 하나 저들 모두가 그런 요행을 누릴 수 없다면 희무, 희무만은 온전하기를. 천지신명이여, 이 기도를 듣고 계신다면 그이를 내 품으로 고이 돌려보내 주시오.

배에 돛을 올리던 날이었다. 희무는 오랜만에 문영을 안았다. 정사가 끝난 후에도 둘은 뒤엉켜 떨어지지 않았다. 희무가 문영의 가슴에 얼굴을 묻고 중얼거렸다.

"살아 돌아올게. 약속할게."

"그런 걸 무슨 수로 장담할 수 있다고?"

문영이 신경질을 부렸다.

"내가 그 배를 만들었으니까."

희무가 문영의 귓불에 턱을 비볐다. 젖은 이마에 제 이마를 대고 맹세했다.

"그러니 그 배에 타고 있는 한 죽지 않을 거야. 배가 나를 구해 줄 거야. 참말이야. 흰 돛을 활짝 펼치고 올게. 다친 데 하나 없이 멀쩡하게."

문영은 희무의 맹세를 믿지 못했다. 그래서였을까, 그래서 희무를 잃었을까. 신실함이 부족해서, 그의 귀환을 확신하지 못해서?

문영이 괴성을 지르며 돌탑에 달려들었다.

"약속했잖아, 저 배와 함께 돌아올 거라고!"

문영의 손바닥에 피가 흐르고 손톱이 부서졌다. 문영이 돌들을 걷어차며 악다구니를 썼다.

"웃으며 가지나 말지, 괜찮을 거라고 말하지나 말지!"

북녘 숲 깊은 곳에서 자라는 나무를 베고 말려 구부려 이을 때 희무는 알았을까. 그 배에서 자신이 숨을 거둘 거라는 걸. 그 긴 시간 희무가 갖은 정성을 들여 완성한 건 바로 자신의 무덤이었다.

이 아침, 붉은 물이 든 돛이 의미하는 바는 분명했다. 마을의 젊고 용감한 사내들은 도살됐다. 이무기는 무명 돛을 찢어발기듯 큰 힘을 들이지 않고 그들을 살해했으리라. 저 돛의 빨강이 누가 흘린 피의 색인지는 자명한 터.

돛단배는 초혼에 부름받은 넋처럼 앞바다를 떠돌았다. 그러나 한 차례 소낙비가 퍼붓고 문영이 재차 해변으로 나갔을 때 배는 사라져 있었다. 바람에 홀리고 파도에 이끌려 먼 바다로 떠나 버렸다.

물 가장자리에서 나고 자란 아이들은 이무기가 나오는 이 야기를 단순한 전설로 여기지 않았다. 이슥한 밤, 바다 저편에서 울려 퍼지는 괴수의 울음소리를 들은 사람이라면 누구나 이무기가 그곳에 엄연히 존재한다는 사실을 믿지 않을 수 없었으므로.

어른들은 집안의 대소사를 앞두고 짠물 한 사발을 받아 놓고 치성을 올렸다. 이가 시리고 어깨가 결리고 눈이 침침해진 만큼 성미가 괴팍해진 노인들은 잠투정하는 손자를 어르며 당장 눈물을 그치지 않으면 이무기가 잡으러 올 거라고 겁을 주었다. 그러면 아이들은 주먹을 움켜쥐고 더욱 앙칼지게 울었다.

어부들은 그물에 낚여 올라온 고기들 중에 크고 싱싱한 것들만 골라 바다에 도로 놓아주며 빌었다.

"이무기님께 간청드리오니 씨알 좋은 놈들만 골라 잘 좀 몰아 주십시오."

진흙을 묻혀 와도 혼나지 않는 어린아이들은 갯벌에서 이무기 굴을 지으며 놀았다. 그보다 큰 아이들은 물살에 떠밀려 온 이무기의 비늘을 찾으러 다녔다. 문영 역시 볕에 비추면 여러 색으로 빛나는 배 비늘 하나를 옥갑에 보관하고 있었다. 이무기의 비늘은 귀했으며 지니고 있는 이에게 복을 가져다준다는 속설이 있었다.

이무기가 깃든 바다에는 대대로 태풍이 들지 않았다. 현명한 어른들은 예로부터 주장했다. 이무기가 드나드는 바닷목에 다가가지 말지어니, 그리하면 놈도 인간을 해치지 않을 것이다.

그 규칙을 엄수하는 이상, 사람들은 괴수와 공존할 수 있었다. 이는 수백 년 가까이 지켜진 평화였다.

드물게 뱃일을 막 시작한 젊은이들이 대어를 낚을 욕심에 이무기가 진을 친 돌섬 인근으로 배를 몰아가는 일이 없지는 않았다. 하지만 오래 산 만큼 현명한 괴수는 자신의 영역을 침범한 애송이를 죽이는 대신, 기다란 꼬리로 수면을 내리쳐 물보라를 일으켜 그들을 극심한 공포에 떨게 만들었다. 반파된 배를 부려 포구로 돌아온 젊은 어부들은 몇 날 며칠을 자리보전한 끝에 일어나 두 번 다시 경솔한 행동을 하지 않았다.

마을의 촌장은 성실한 인물이었다. 촌장의 아들은 그 나이답게 방자한 면모는 있었으나 부지런하고 착실했다. 어느 날 저녁 늦게 하선한 아들은 상괭이 한 마리를 짊어지고 귀가했다. 여느 상괭이와는 다르게 그 짐승의 몸뚱이는 신성해 보일 만큼 청아한 백색이었고 흠집이라곤 없이 매끄러웠다.

평상에 부린 상괭이를 경이에 찬 눈빛으로 뜯어보던 촌장은 몸이 흰 동물의 발견은 상서로운 징조임이 분명하므로 이를 기필코 임금께 진상해야 한다고 주장했다. 아들이 껄껄 웃으며 맞받았다.

"그야 물론이죠. 이번 기회에 제가 벼슬자리라도 하나 차지할지 누가 알겠습니까."

얼음까지 얻어 오는 등 공을 들인 덕분인지 상괭이는 갓 건져 올렸을 때와 별반 다르지 않은 모양새로 도읍으로 전해졌다. 그로부터 여러 날이 지나 촌장과 아들이 내일을 근심하며 어제를 잊어 갈 무렵, 관리 몇이 말을 타고 뭍 가장자리에 당도했다. 그들이 끌고 온 수레에는 비단이며 포목이 실려 있었다. 임금이 내리는 선물이라고 했다.

촌장은 그들을 자신의 집으로 모셨다. 그날 밤 관리들을 이끄는 우두머리인 평이 촌장이 따라 주는 술을 마시며 귀띔했다.

"주상께서 선물을 받고 아주 흡족해하셨소. 다만 그 짐승이 살아 움직이는 모습을 꼭 보고 싶으시답니다. 후원에 땅을 파 번듯하게 수조도 마련해 놓으셨소. 한 마리, 딱 한 마리만 생포해 도읍으로 올려 보내라는 명이오."

촌장이 술잔을 든 손을 멈칫했다. 일평생 한번 맞닥뜨리기도 힘든 짐승을 무슨 수로 또 찾아내라는 말인가. 하물며 생포해야 한다니.

"흰 상괭이를 다시 잡는 것도 모자라 산 채로 대령하라니요. 이런 말씀을 드려 송구스럽습니다만 도무지 불가능할 것 같습니다."

그러자 평이 기름기가 흐르는 두툼한 입술을 핥으며 되쏘았다.

"하나가 있었으니 서넛이 존재할 것은 당연한 이치 아니겠소? 같은 어미의 배에서 난 놈들이 더 있겠지."

아들이 그 꼴을 보다 못해 대화에 끼어드는 우를 범했다.

"그렇다고 하더라도 위험한 일임은 분명합니다. 돌섬에 이무기가 산단 말이오."

"뭐라? 이무기라 하셨소?"

평이 박장대소했다. 촌장이 아들을 말려 그쯤에서 이야기를 갈무리하려고 했다.

"마을에 전해 내려오는 전설이 있습니다. 돌섬 근방의 해류가 종잡을 수 없어 생긴 미신 같은 것이지요."

"하나 아버지!"

촌장이 아들을 향해 엄한 표정을 지어 보였다. 평이 턱수염을 쓸어내리며 이기죽거렸다.

"촌부들이란 얼토당토않은 미신을 믿기도 한다지만 아무리 그래도 저 바다에 이무기가 산다니 그 무슨 술주정 같은 소리인지. 여하간 명심하시오. 주상의 명이요. 한낱 필부의 주장을 어찌 어명에 견줄까. 못하겠다는 말은 넣어 두는 게 좋을 거요. 벌은 상과는 비교도 할 수 없을 만큼 혹독할 테니."

술자리는 파했고 촌장은 그 밤 내내 잠을 설쳤다. 아침나절에야 잠시 졸다 깬 촌장이 방에서 나왔을 때 아들은 동무들을 대동해 배를 띄운 뒤였다.

아들은 흰 상괭이를 잡아 오면 임금이 거하게 포상하리라며 다른 청년들을 설득했다고 했다. 자신이 살아 있는 동안 이무기의 발톱 끝도 보지 못한 걸 보면 놈도 이젠 늙어 기력이 쇠한 것이 분명하다고 장담했다고도 했다.

그날 풍랑이 일어 배들이 서둘러 포구로 귀환했다. 촌장의 아들과 동무들의 행방은 묘연했다. 그들이 몰고 간 배 역시 마찬가지였다. 확실한 건 돌섬 인근에 자욱한 해무가 낀 가운데 소용돌이가 쳤다는 사실이었다. 그처럼 거친 너울에 무사할 배는 없을 듯했다. 그들처럼 미숙한 어부가 모는 배라면 더더욱.

그날 이후 배들은 하루에도 수차례씩 이전에는 존재하는 줄도 몰랐던 암초에 부딪혀 좌초했다. 마른하늘에 뇌성이 울리는가 하면 폭풍우가 불어닥쳤고 미풍마저 그친 탓에 잔물결조차 지지 않아 배들이 바다 위에 꼼짝없이 떠 있는 일까지 벌어졌다. 어부들은 두려움에 떨며 조업해야 했다. 촌장은 앓아누웠고 평과 관리들은 인사도 남기지 않고 마을을 떠났다.

마을 사람들은 입을 모아 말했다. 이무기는 노했다. 괴수는 더는 인간과 공존하기를 원하지 않았다. 자신의 영역을 침입한 것들을 징벌하고자 했다. 하지만 척박한 이 땅에서는 고기잡이를 하지 않고는 생계를 이을 수 없었다.

그 무렵 희무는 눈코 뜰 새 없이 바빴다. 문영이 일터에서 돌아온 희무를 반겨 우물가로 데리고 갔다. 희무가 톱밥이 튄 팔을 씻으며 말했다.

"조만간 이무기도 노여움을 풀 거야. 그러면 지금처럼 일에 쫓기지 않겠지."

두레박을 내려놓은 문영이 그날 있었던 일을 털어놓았다.

"아낙들에게 그런 얘기를 들었어요. 바닷가 동굴을 찾아가야 한다고, 그 동굴에 사는 노파라면 방책을 마련해 줄지 모른다고."

"무슨 소리! 그 망할 할망구가 뭘 대가로 요구할 줄 알고!"

희무가 격분해 맞받아쳤다. 잠시 후 자신의 행동이 과했음을 깨닫고 문영의 손을 잡으며 덧붙였다.

"이런 일일수록 순리대로 풀어야 하는 법이야. 쓸데없는 얘기에 마음을 빼앗기지 말아. 조만간 다 해결될 테니."

그로부터 또 여러 날이 지나 펑이 이번에는 한 무리의 무관들과 함께 마을에 도착했다. 갑옷을 입은 무관들을 등 뒤에 세운 펑이 거들먹거렸다.

"주상께서 이무기를 무찔러 이 바다에 평화를 되찾아 줄 것을 명하셨다. 자네들은 그분의 은혜에 감사해야 할 것이야."

그런 뒤에는 그늘진 평상에 앉아 냉수 한 사발을 들이켜며 불평했다.

"이무기의 가죽을 벗겨 오라니 그걸로 뭘 하시겠다는 건지. 촌부들의 헛소리를 믿으시는 건지, 원."

그 무관들에게 이번 여정은 첫 출정이나 다름없었다. 전쟁에 참전하기는커녕 기근에 시달린 적도 없던 그들은 살찐 뺨에 흉터라곤 없었으며 손바닥이 보들보들했다. 잘 먹고 잘 자 체격이 좋던 그들은 새 검을 짤그랑거리며 골목골목을 쏘다녔다. 부녀자들을 희롱했고 개들을 괴롭혔다.

새파랗게 젊은 그 무관들을 뭍 가장자리로 내려보냈다는 사실이야말로 도읍에서 이무기를 심각한 위협으로 받아들이지 않는다는 방증이었다. 임금 스스로도 이무기의 가죽을 가져오라는 명령이 괜한 으름장임을 인지하고 있었다. 펑으로서는 그에 장단을 맞추는 시늉을 하며 시간이나 때우다 돌아가는 수밖에 다른 방법이 없었다.

마을 사람들은 평과 그 무리가 벌이는 짓거리가 괘씸했다. 하지만 임금의 권위를 등에 업은 패거리에게 대놓고 항의할 수도 없었다. 다 죽어 가는 촌장을 배려해 살림살이가 비교적 넉넉한 집안들, 특히 태윤이 자진해 평과 무관들을 대접했다. 태윤과 형제들은 세쌍둥이였다. 그들은 하나같이 허우대가 좋고 늠름한 사내들이었지만 그중에서도 태윤은 내기 씨름에서 한 번도 진 적이 없을 만큼 장사였다.

태윤의 거처에 짐을 푼 평은 그의 처인 연화에게 흑심을 품은 눈치였으나 부군이 저토록 헌헌한 장부인 마당에 허튼 짓을 도모하기란 쉽지 않았다. 연화는 자식이 있는 아녀자라고는 보이지 않을 만큼 앳되고 아리따웠다.

그로부터 또 여러 날이 지나 평이 다시 사람들을 불러 모았다.

"조만간 이무기 사냥에 나설 것이네. 바다에 사는 괴수를 포획하기 위해서는 바다에 나가야 하는 법. 자네들은 배 한 척을 내어놓아야 할 것이다."

진심으로 이무기를 잡을 수 있으리라고 믿어 내린 분부는 아니었다. 평의 계산은 단순했다. 이 촌마을에는 더는 즐길 거리가 없었다. 날마다 평상에 늘어져 빈둥거리기도 민망한 노릇이었다. 그렇다면 슬슬 앞바다를 유람해 보는 건 어떨까. 선상에서 바닷바람을 쐬며 마시는 술맛은 얼마나 기가 막힐지. 배까지 마련해 이무기 사냥에 애썼음을 밝힌다면 왕성의 철부지도 마침내 그의 충심을 알아주지 않을지.

한편, 마을 사람들의 입장에서는 환장할 노릇이었다. 고깃배도 귀해진 마당에 어디서 무슨 배를 구해 오라고? 하지만 희무가 삼판이 무너진 배 한 척을 보수해 바치겠노라고 제안하면서 사태는 가까스로 일단락됐다.

거사일 전날 밤, 바닷가 누각에서 무관들의 승리를 기원하는 잔치가 벌어졌다. 말이 잔치지 평의 반협박을 이기지 못해 마련한 자리였다. 별빛이 총총한 밤하늘 아래 파도 소리를 들으면서 술잔을 기울이는 건 제법 운치 있는 일이었다. 무관들이 흥에 겨워 상을 두들겼다. 시답잖은 농지거리를 주워섬기며 낄낄대다 시중을 드는 처자의 허리춤을 은밀히 어루만지기도 했다.

무관 하나가 피리를 꺼내 들자 다른 하나가 방석에서 일어나며 어깻짓했다. 남이 거둔 부를 자기 것처럼 누리며 자란 자들은 대저 여흥을 즐기는 데 도가 터 있는 법이었을까.

잔치는 삼경이 가까워지도록 끝날 줄을 몰랐다. 그 무렵 대취해 있던 평이 술상을 치우던 연화에게 다가가 물었다.

"듣자 하니 자네 춤 솜씨가 그리 뛰어나다고. 내 앞에서 한번 보여 줄 수 있겠나."

연화가 예의를 차리며 이를 물리쳤다.

“큰일을 앞두고 계시지 않습니까. 이러지 마십시오.”

“그러지 말고 부탁 좀 드리겠네.”

누구에게 전해 들었는지 몰라도 연화가 이 마을은 물론이고 성읍을 통틀어 제일 검무를 잘 춘다는 것은 틀림없는 사실이었다. 평은 끈덕지게 연화를 붙들고 늘어졌다. 손을 주무르는 것도 모자라 누각 한가운데로 억지로 끌고 나가려고 했다. 태윤이 당장에 뛰쳐나가려고 했으나 형제들이 그를 만류했다.

“여자들마저 사근사근한 맛이 없다니 촌마을은 어쩔 수가 없군. 내 이리 청하고 있지 않은가. 이리 와서 춤을 춰 보래도.”

바로 그때 해안을 따라 쌓은 돌벽 아래에서 눈을 의심하게 할 만큼 모진 파도가 들이쳤다. 바닷물이 누각 아래까지 튀어 올랐다. 저마다 다른 동작을 취하고 있던 사람들이 동시에 바다를 넘겨보았다. 쟁반을 든 채 누각으로 이어지는 계단에 한 발을 올리고 있던 문영 역시 그 광경을 목격했다.

이무기가 수면 위로 치솟았다. 그의 눈이 지옥 불이라도 담은 것처럼 새빨갰다. 비늘로 덮인 기다란 몸이 짠물을 머금고 영롱하게 빛났다.

무관 하나가 손에 쥔 잔을 놓으려다 술을 엎질렀다. 그는 괴수의 등장에 혼이 나간 나머지 바지가 젖은 줄도 모르는 듯했다.

펑이 입가에 흐르는 침을 닦을 생각도 하지 않고 혼잣말했다.

"하, 이무기가 진실로 존재했을 줄이야."

다음 순간 대가리를 튼 이무기가 펑의 머리를 물어뜯었다. 사람들이 비명을 지르며 흩어졌다. 머리통이 잘려 나간 펑의 몸뚱이가 누각 기둥에 날아가 부딪쳤다. 이무기는 무장하지 않은 사람들은 내버려두고 무관들만을 골라 삼켰다.

피리를 불던 무관이 악기 따위는 던져 버리고 활을 찾았다. 그러나 손이 떨려 살을 시위에 메길 수 없었다.

연화가 무관한테서 활을 빼앗아 들었다. 저고리 소매를 걷어 길고 튼튼한 팔을 드러내며 힘차게 활시위를 당겼다.

"그러지 말거라, 연화야, 연화야!"

태윤이 죽은 무관의 손아귀에서 칼을 낚아챘다. 연화가 쏘아 올린 화살은 사뿐히 날아올라 이무기의 입속으로 사라졌다. 이무기가 고통스럽게 몸을 뒤틀며 연화를 들이받았다. 연화가 활을 놓치며 그 자리에 쓰러졌다.

"연화야, 안 된다!"

태윤이 박차고 나가는 힘을 늦추지 않고 뜀박질했다. 그가 휘두른 칼이 시린 빛을 번뜩이며 이무기의 가슴을 그었다. 이무기가 지붕 귀퉁이를 깨부수며 나가떨어졌다.

태윤이 연화의 앞에 꿇어앉았다. 연화는 눈을 부릅뜬 채 숨져 있었다.

문영이 바다를 노려보았다. 포구 앞 바다에서 거친 물보라가 일었다. 문영은 어느 잠 못 들었던 밤 바다 저편에서 울려 오던 울음소리를 떠올렸다. 그러나 그 순간 그가 듣고 있던 건 조화롭고 경이로운 그 소리와는 달랐다.

"끝난 게 아니야. 하나가 아니었어. 둘이라고."

문영이 말을 채 끝맺기도 전에 또 다른 괴수가 파도를 가르며 대가리를 치켜들었다. 죽은 이무기의 짝, 놈은 먼젓번 놈보다 곱절은 더 몸집이 컸다. 희무가 나타나 문영의 팔을 휘어잡았다.

"여기서 빠져나가야 해."

반려를 잃은 괴수의 포효는 무시무시했다. 이무기가 돌벽에 몸을 부딪었다. 축대가 요동하는가 싶더니 기왓장이 쏟아졌다.

이무기는 밤새도록 부르짖었다. 누각은 물론이고 포구까지 박살 났다. 촌장은 그 밤이 지나기 전 혀를 깨물어 목숨을 끊었다.

마을 사람들은 비로소 평화가 저절로 찾아오기를 바랄 수 없음을 터득했다. 태윤이 사내들을 모아 칼을 쓰고 활을 쏘는 연습을 하도록 시켰다. 아내를 잃은 슬픔을 잊고자 그는 한 가지 일념에 몰두하는 듯했다.

며칠 뒤 아낙들 몇이 태윤을 찾아가 바닷가 동굴에 기거하는 노파에게 도움을 구하는 것이 어떻겠느냐고 물었지만 태윤은 이를 묵살했다. 괴수를 처치하는 건 그 자신이어야 했다. 다른 누구에게도 놈을 죽이는 영광을 양보할 수 없었다.

이런 날이 오리라는 것을 예감이라도 한 것처럼 희무는 수년 전부터 배 한 척을 짓고 있었다. 그로부터 얼마 지나지 않아 배뭇기는 마무리됐다. 문영은 희무에게 청했다.

"나도 톱질을 할 수 있어. 망치를 휘두르고 끌질을 할 수도 있어. 같이 가게 해 줘. 부탁할게, 응?"

희무가 고개를 가로저었다.

"태윤이 허락하지 않을 거야. 내가 어찌할 수 없는 일이야."

그리하여 문영은 희무를 보내고 마을에 남아야 했다. 사흘이 지나 위풍당당하던 배가 흰 돛을 피로 물들이고 돌아와 자신이 태우고 간 이들의 부고를 알릴 때까지.

어떤 사내도 배에서 내리지 못했다. 두 번 다시 뭍을 밟지 못했다.

그들은 모두 저 바다에 묻혔다.

문영은 나물을 캐고 돌아가는 길이었다. 마을 전체가 조용했다. 아기 울음소리는커녕 개 짖는 소리도 들리지 않았다. 광주리를 추스르던 문영이 어느 집 문종이에 비친 그림자를 보며 걸음을 늦추었다. 그러다 그것이 인영이 아니라 구름 그림자임을 알아차리고 쓸쓸한 표정으로 머리를 떨구었다.

문영은 떠나지 못하고 있었다. 갔어야 했는데. 이런 마을 따위 진작에 등졌어야 했는데. 미련 같은 건 남지 않았는데.

문영은 뭍 가장자리에서 태어나지 않았다. 조혼한 그의 부모는 화전민 무리와 같이 움직였다. 문영이 옛 시절을 회상할 때 맨 먼저 떠오르는 건 다름 아닌 냄새였다. 불과 나무의 냄새. 불길이 옮겨붙은 나무에서 풍기는 탄내는 매캐하고 달콤했다.

문영에게는 형제자매가 많았다. 둘째 여동생이 그를 거들어 집안일을 하기 시작했을 무렵, 부모는 맏이인 문영을 시집 보내기로 결정했다. 그날 밤 문영은 동생들이 코 고는 소리를 들으면서 자신의 앞날이 어떻게 이어질지 상상해 보았다. 아마도 평생 산을 떠나지 못할 터였다. 머리칼이 세고 다리에 힘이 빠져 지팡이를 짚어야 할 때까지 잡목을 베고 태우며 농사를 지어야 할 것이었다.

물동이를 인 제 머리에 앵초꽃을 꽂아 주던 남자가 싫었던 건 아니었다. 그럼에도 죽는 날까지 여기가 저기 같고 저기가 여기 같은 굽잇길을 손목을 붙들려 끌려가는 것처럼 하염없이 따라 걸어야 할 것임을 터득하는 순간, 창자가 뒤틀리고 신물이 올라왔다.

그래서 문영은 도망쳤다. 달 밝은 밤 보따리를 품에 안고 숲을 내달렸다. 사슴이 다니는 길을 더듬어 간 덕분에 맹수는 물론이고 화적 떼도 따돌릴 수 있었다. 어떤 객들은 문영만큼 운이 좋지 못했다. 문영은 굶주리거나 칼에 맞거나 산짐승에게 공격당해 죽은 시체와 맞닥뜨릴 때마다 발길을 멈추고 망자들의 명복을 빌어 주었다.

여남은 날을 배회한 끝에 문영은 지치고 남루해진 채로 외딴 언덕에 다다랐다. 깎아지른 듯한 비탈 아래로 대해가 내려다보였다. 짠 냄새를 머금은 바람이 낯설고도 신선했다.

문영이 너럭바위 앞에 잔돌을 하나 올려놓고 손을 모았다. 문영은 결코 신실한 사람이라고 할 수 없었으나 어떤 풍광은 암석을 깎아 만든 마음마저 움직일 수 있었다.

"무슨 소원을 빌었습니까."

문영이 마주 댄 손을 떼고 돌아섰다. 등 뒤에서 한 남자가 그를 바라보고 있었다. 문영은 어깨놀이가 유독 굳세어 보이는 남자가 부끄러움을 탄다는 걸 본능적으로 깨달았다. 자신에게 말을 거는 것 자체가 저치에게는 큰 용기를 내야 하는 일임을.

"머물 곳을 달라고요."

대답한 문영이 수일 넘게 목욕은커녕 세수도 하지 못한 낯이 신경 쓰였는지 목덜미에 손등을 대고 비켜섰다.

"제게는 집이라고 여길 만한 곳이 없거든요."

흠 소리를 낸 남자가 뺨을 쓸었다. 남자의 광대뼈 언저리가 이상할 만큼 붉어져 있었다.

"다른 건 몰라도 하룻밤을 의탁할 장소 정도는 내어 드릴 수 있을 듯합니다. 내려가십시다. 곧 해가 저물겠습니다."

하룻밤은 이틀 밤으로, 또 사흘 밤으로 바뀌었다. 희무는 문영에게 마을에 얼마나 오래 묵을 예정인지 캐묻지 않았다. 달걀을 받아 오고 머리빗과 분첩과 옥갑을 사 주었을 뿐이었다.

어느 날 문영은 도토리를 줍느라 정신이 팔려 늦게까지 뒷산을 헤매었다. 묵직한 둥우리를 짊어지고 길을 내려갔을 때 희무는 등롱을 들고 집 앞까지 나와 있었다. 그날 밤 희무는 돌아누운 문영을 부둥켜안고 되풀이 말했다.

"가 버린 줄 알았어. 말도 없이 훌쩍 떠나 버린 줄 알았어."

문영은 제 몸에 둘러진 팔의 무게에 안도하면서 생각했다. 이제 나한테도 살 곳이 생겼어. 여기가 내 집이야.

문영에게 희무는 닻이었다. 하지만 그는 사라졌고 문영은 어디로든 떠날 수 있었다.

문영이 터덜터덜 갈대밭을 지났다. 길 건너에서 사람의 형상이 어른거린다 했는데 자세히 보니 태윤의 막냇동생인 미희였다. 치마에 물 얼룩이 진 걸 보면 해안가를 돌아다니고 있었던 듯했다. 조개를 줍기 위함이었을까. 바닷말을 구하려고? 한낮에도 파고가 높아지고 해일이 들이닥치는 마당에 두렵지는 않았을까.

조카를 등에 업은 미희가 문영에게 다가왔다. 순하디순한 그 아기는 입을 벌리고 잠들어 있었다. 문영이 반가워하며 물었다.

"어디 다녀오는 길이에요? 점심은 먹었어요?"

미희가 얼굴을 들었다. 텅 빈 그 눈동자를 마주 보는 순간 문영은 자신도 모르게 머뭇댔다. 미희의 입성이며 머리 모양이 엉망이었다. 기미가 낀 낯에 핏기라곤 없는 것이 변변찮은 음식을 먹지 못한 지 오래인 듯했다.

문영이 광주리를 뒤져 먹을 것을 꺼내 건네주었다.

"받아요. 계속 그렇게 굶으면 안 돼요. 아기는 어때요? 잘 먹고 잘 자요?"

"아기는 무탈해요. 잘 먹고 잘 자고 보채지도 않고요."

미희가 하얗게 튼 입술을 쌜그러뜨리며 웃었다. 문영의 눈에 그것이 웃음이라기보다는 극심한 고통을 견디려는 표정처럼 보였다. 미희가 문영에게 한 발짝 다가들며 말소리를 낮추었다.

"소망을 이루기 위해서는 바칠 것이 있어야 한대요. 그 노파는 셈에 꼭 맞는 제수를 달라고 청한다니까요."

"노파라면, 혹시 해안가 동굴에 있다는……."

"오빠들은 건장하고 용감한 남자들이었어요. 한날한시에 태어난 것도 모자라 한날한시에 죽다니 운명이란 얼마나 얄궂은지."

키득거리던 미희가 의미심장하게 덧붙였다.

"오빠들이 태어나기 1년 전에 계집종 하나가 아비 없는 자식을 낳았거든요. 그 아기들이 세쌍둥이였대요. 자식들을 빼앗기고 실성했다는 종을 나는 한 번도 본 적 없지만."

잠에서 깬 아기가 칭얼댔다. 미희가 조카의 엉덩이를 토닥였다. 문영이 오싹해져 물었다.

"그게 무슨 뜻이에요?"

"나는 이무기를 잡을 거예요."

미희가 한 글자 한 글자 단호하게 내뱉었다.

"산 채로 눈알을 파내고 심장을 씹어 먹을 거예요."

하지만 당신도 알고 있잖아요? 이무기가 분노한 진짜 이유를. 놈 역시 혼자 남겨졌잖아요. 나처럼. 당신처럼. 문영이 혀뿌리까지 올라온 질문을 삼켰다.

"바닷가 동굴로 가는 길을 찾아야 해."

미희가 돌아섰다.

"그 노파와 만나야 해."

문영은 멍하게 미희의 뒷모습을 응시했다. 그에게 하루라도 빨리 이 마을에서 벗어나라고 외치고 싶었지만 끝내 아무 말도 하지 못했다.

오랜만에 물살이 잦아든 바다가 고요했다.

그 밤, 문영은 잠을 이룰 수 없었다. 산 자와 죽은 자가 동시에 터뜨리는 아우성이 그의 귓가를 울리는 듯했다. 희무가 속삭였다. 나와 같이 가자. 내가 만든 배를 타고 머나먼 곳으로 떠나는 거야. 그런가 하면 미희가 외치기도 했다. 이 무기를 잡을 거예요. 산 채로 눈알을 파내고 심장을 씹어 먹을 거예요.

문영이 이부자리를 박차고 일어났다. 손톱을 깨물며 어둠이 내린 마당을 맴돌다 집 밖으로 뛰쳐나갔다. 나를 외롭게 만들지 마. 당신이 없으면 세상 어디도 집일 수 없다고. 뜨거운 뺨을 문지르며 휘청이다 갈대밭 사이로 실처럼 가느다란 길을 발견했다.

문영이 샛길을 따라 내려갔다. 갯바위를 넘은 뒤에도 한참 더 갯벌을 가로질렀다. 돌산 비탈에 사람 하나 가까스로 드나들 법한 틈이 나 있는 것을 보고 통탄했다. 그 여자가 이르지 못한 곳에 나는 기어코 다다르고 말았구나.

동굴 안은 밤보다 어둡고 잠보다 깊었다. 문영이 멀리서 깜빡이는 빛에 홀려 앞으로 나아갔다. 가쁜 숨소리가 암벽에 부딪혀 되돌아왔다. 동굴 위쪽에서 물방울이 떨어졌다. 문영이 입을 벌려 한 방울을 받아먹었다.

젖은 돌고드름 옆을 돌아 나가자 숨 막히도록 협소한 공간이 활짝 열리더니 시야가 밝아졌다. 이끼 낀 돌들 사이로 달빛이 여러 갈래로 쏟아지고 있었다. 문영이 눈을 가리며 비틀댔다. 잠시 후 손을 내리자, 공동空洞의 가운데 바윗돌 위에 한 사람이 걸터앉아 있는 것이 보였다.

노파가 희끗한 막이 덮인 눈을 홉뜨고 문영이 서 있는 자리를 더듬었다. 하지만 문영은 눈이 보이지 않는 그가 자신의 등장을 진즉에 예감하고 있었으리라고 직감했다. 노파가 주름이 자글자글한 입술을 오그리며 물었다.

"무슨 일로 나를 찾아왔는고?"

대답을 망설이던 문영이 말문을 뗐다.

"여기서라면 도움을 얻을 수 있을 거라고 해서요."

"맞네. 그런 용무라면 옳게 찾아왔네."

노파는 앉은 자세로 미끄러지듯 움직였다.

"그래서 자네는 내게 무엇을 줄 수 있는가."

"어르신께, 주다니요?"

문영이 확신 없는 말투로 우물거렸다. 그러면서도 한편으로는 소망을 이루기 위해서는 바칠 것이 있어야 한다는 미희의 언질을 되새겼다.

"복은 넘쳐서는 안 되고 흉 또한 그러하지."

노파가 움푹 팬 볼을 부풀리며 키들거렸다.

"나는 자네의 소망이 무엇인지 아네. 이를 위해서는 세 가지를 내어 주어야 해."

"세 가지라면요?"

"자네의 혀와 눈과 심장을 바치도록 하게. 그리하면 원하는 바를 이루어 주겠네."

문영이 저고리 앞섶을 쥐어뜯었다. 커다란 손이 심장을 옥죄는 기분이었다. 눈앞이 흐릿하고 혀 밑에 신침이 고이고 숨쉬기가 힘들었다.

"두려워서 그러는가. 하나 잊을 수 있을 것 같은가. 자네 역시 괴수의 눈을 들여다보지 않았나."

"저는, 저는 아니에요……."

문영은 뺨을 타고 흐르는 눈물에 전율하면서 생각했다. 미희는 실성했다. 어쩌면 마을에 남아 있는 여자들 모두가 그럴 것이다. 그렇다면 나는, 나만은 제정신이라고 장담할 수 있을까.

"저는 이곳에서 태어나지도 않았어요. 잊을 거예요. 모두 잊고 살 거예요.”

“그렇게 저어할 것 없네. 자네가 생각하는 것과는 다를 테니. 이리로 와 보게. 옳지. 더 가까이 다가와 보래도.”

노파가 손짓했다. 문영은 덜덜 떨면서 바윗돌에 걸터앉았다. 노파가 조그마한 동물을 다루듯 문영을 얼렀다.

“저런, 아직도 떨고 있구먼.”

“무서워서, 너무 무서워서……”

“괜찮네. 곧 끝날 걸세.”

바닷말이 기어와 문영의 팔목을 붙들었다. 문영은 반항할 새도 없이 위를 올려다본 자세로 바로 누웠다.

노파의 다음 동작은 재빨랐다. 손가락을 문영의 입속 깊숙이 찔러 넣는가 싶더니 혓바닥을 끊어 냈다. 문영의 목구멍에 핏물이 들어찼다. 노파는 문영의 눈알을 뽑았으며 가슴을 갈랐다. 문영은 비명을 지르기는커녕 울지도 못했다. 핏물로 세수를 한 채로 입을 뻐끔댔을 뿐이었다.

노파가 허리를 펴고 일어났다. 한 줌 남짓하던 백발이 까맣게 물결치면서 허리 아래로 흘러내렸다. 노파가 한때 문영의 것이었던 눈을 반짝이며 문영에게서 빼앗은 목소리로 외쳤다.

“이로써 자네의 소망은 이루어졌도다!”

그런 다음 흡족한 웃음을 터뜨리면서 동굴을 빠져나갔다.

쏴쏴 하는 소리가 가까워졌다. 동굴 끝에서 해수가 밀려들었다. 바윗돌 아래로 축 늘어진 버선이 젖어 들었다.

문영이 물 밖으로 내던져진 물살이처럼 헐떡였다. 이제 와 자신이 무슨 꿈을 꾸었는지 아득하기만 했다.

바닷물이 문영의 치맛자락을 가지고 놀았다. 피 웅덩이가 씻겨 나갔다. 문영은 더는 자신의 것일 수 없는 목소리로 호소했다. 나를 데리고 가 줘. 내 목숨을 거둬 줘. 나를 편히 쉬게 해 줘.

파도가 문영을 휩쓸었다. 문영은 기진맥진한 채로 물살에 떠밀려 갔다. 동굴 입구를 지나 바다로 쓸려 들어갈 무렵, 타는 듯한 통증이 식어 있음을 깨달았다. 두 눈을 잃었던 것 같은데 물속 세상이 더할 나위 없이 또렷하게 보였다. 입 안을 가득 채운 짠물이 다디달았다. 아무렇게나 내던져져 있던 팔다리에는 기운이 넘쳐흘렀다.

문영이 힘차게 자맥질했다. 내가 헤엄을 칠 수 있었던가. 이토록 유유히 유영할 수 있었던가.

문영이 물살이들과 더불어 앞바다를 노닐었다. 비늘을 어루만지는 물거품이 간지러웠다. 그때 바다 밑바닥에서 거센 물보라가 솟아오르더니 거대한 형체가 문영을 향해 돌진했다.

이무기 두 마리가 격돌했다. 잔뜩 화가 난 문영이 꼬리 끝으로 놈을 내갈겼다. 놈은 목덜미를 뜯겨 피를 흘리면서도 문영을 공격하지 않았다. 도리어 어떤 진실을 알려 주려는 듯 가슴을 맞대고 낮게 으르렁거렸을 뿐이었다.

문영이 수면 밖으로 머리를 치켜들고 포효했다. 이무기가 따라 울부짖었다. 문영의 귀에는 그것이 위로하는 말소리처럼 다정하게 들렸다.

문영이 그때까지도 품고 있던 인간의 마음으로 생각했다. 나는 누구일까. 무엇을 위해 이곳까지 왔을까.

문영은 자신이 바다에 머물리라는 것을 알았다. 뭍에서 보낸 나날들일랑 잊고 새하얀 돛을 부풀린 배가 자신을 죽일 영웅을 싣고 나타날 때까지, 긴 세월 바다와 섬, 파도와 안개, 꼬리로 움직이고 아가미로 숨 쉬는 것들을 호령하는 존재로 살리라는 것을.

마을 사람들을 해치지도 않을 것이다. 그들은 이제 혼자가 아니었으니까. 한 쌍이었으니까.

문영이 파도를 헤치며 괴수의 심장을 박동했다. 해무가 걷혔다.

또 다른 아침이 시작되고 있었다.

푸른 신명

손가락 새가 끈적였다. 혀를 내밀어 핥아 보니 쓴맛이 났다. 수풀을 헤치며 애기똥풀을 잡히는 대로 뜯은 탓일까.

경련은 멎은 뒤였다. 이명 역시 사라져 있었다. 등을 곧게 펴고 대모玳瑁로 만든 안경을 바로잡았다.

산 전체가 수실을 고루 써 수놓은 치마폭 같았다. 떡갈나무와 층층나무, 오동나무와 졸참나무, 소나무 따위가 저마다 군락을 이루고 있었다. 바람은 느려졌지만 나무들은 계속 흔들렸다. 잎을 오므렸고 가지 끝을 마주 비볐으며 수액을 방울졌다. 결과結果를 떨어뜨렸고 씨방을 터뜨렸으며 잔뿌리를 꿈틀거렸다.

숲은 적요했으나 그 이면으로 무수한 전언이 오가고 있었다. 나는 이를 뒤늦게 깨달았다.

오라버니가 어느 짐승이 내어 놓았는지 모를 길을 따라

내려오는 나를 반기며 물었다.

"어디에서 뭘 하고 있었느냐. 불러도 답이 없어서 걱정하고 있었는데."

"잠시 주변을 둘러보고 있었어요."

"설마하니 몸이 불편한 게냐. 말해 보아라. 어디가 얼마나 안 좋은 거냐, 응?"

웃으면서 오라버니의 손을 붙들었다. 오라버니는 걱정이 지나치다 못해 별 대수롭지 않은 문제로 수선을 떨곤 했다.

"오라버니도 참. 저는 괜찮으니 마음 놓으세요."

"그렇다면 다행이구나, 참말로 다행이야."

그제야 표정을 푼 오라버니가 내 어깨를 당겨 안았다. 우리는 나란히 서서 완만하게 펼쳐진 경사지를 내려다보았다. 오라버니가 손을 들어 바로 앞 어딘가를 가리켰다.

"저기를 좀 보거라. 좋은 터이지 않니? 볕이 잘 드는 데다 경사가 가파르지도 않지. 비탈에서는 폭우가 내리면 산사태가 나기 쉽거든. 또 계곡이 지척에 있어 물을 얻기도 쉽지. 경아야, 우리는 이곳에 머물게 될 거다. 논배미를 일구고 조와 메밀, 기장과 수수를 심게 될 거야. 어떠냐, 우리의 앞날이 선하게 그려지지 않느냐."

오라버니의 목소리에서 활력이 넘쳤다. 눈길을 들어 새삼스레 오라버니의 모습을 뜯어보았다. 고향을 떠난 지 스무

날이 지났을 뿐인데 그는 내가 일평생 알던 사람과 다른 인물로 바뀌어 있는 듯했다. 희었던 피부는 그을렸고 보드랍던 손바닥에는 굳은살이 박였다. 삼베 저고리의 깃이며 소매에는 때가 탔고 진창을 건너며 튄 흙물 때문인지 바지가 너저분했다.

오라버니가 미소를 머금으며 덧붙였다.

"새 삶을 살게 될 거다. 처음부터 다시 시작하는 거야. 우리 손으로 하나하나 새롭게 만들어 가는 거다. 우리는 산 밑에서 자랐을지 몰라도 산 위에 묻히게 될 거다. 그게 내 바람이다."

그때 홰나무 뒤에서 범연 할아범이 모습을 드러냈다. 한 발을 들어 바윗돌을 디디고는 먼 데를 응시하면서 말했다.

"나무뿌리가 깊고 돌들이 커 터를 닦기 쉽지 않아 보입니다. 독사는 얼마나 많은지. 방금도 사내애 하나가 뱀에 물려 처치해 주고 오는 길입니다. 어찌하실 작정이십니까. 정녕 이 산에 정착할 생각이십니까."

"자네는 아직도 그 소리군. 물론이네. 물론이고말고."

오라버니가 그답지 않게 역정을 부렸다. 범연 할아범은 화난 기미라곤 없이 진중하게 반문했다.

"도련님께서도 듣지 않으셨습니까. 이 산에 어떤 괴담이설이 깃들어 있는지. 지금이라도 늦지 않았습니다. 갑시다. 움직입시다. 다른 땅을 찾읍시다."

"이야기는 이야기일 뿐일세. 누구도 살리고 죽이지 않아."

오라버니가 맞섰다. 범연 할아범은 불만스러운 듯 눈 밑을 불끈거리면서도 이를 되받지 않았다.

"하나 전세와 군포, 부역과 공납은 우리를 죽일 수 있지. 무능한 나라님과 제 잇속만 챙기는 탐관오리들은 우리를 죽일 수 있어. 두 번, 세 번, 죽이고 또 죽일 수 있네."

팔짱을 낀 오라버니가 경사지를 향해 다시금 눈길을 돌렸다.

"이 나라에는 희망이 없어. 자네도 목격하지 않았나. 한해에 충해, 병해에 역병까지 재앙이 한꺼번에 들이닥치다 못해 온 나라가 무덤으로 뒤덮일 지경이었지. 그래서 백성들이 시체로 썩어 가는 동안 나라님은 뭘 하셨나. 관리들은? 배곯고 아픈 자들을 구휼하기는커녕 성문을 걸어 잠그고 비단 금침에 묻혀 지내셨지. 역병이 물러간 다음은 어떤가. 어렵게 목숨을 부지한 자들이 다시 일어설 수 있도록 도우셨나. 천만에. 되려 그들을 나무라고 채근해 내몰았지. 빈 곳간을 채우기 위해, 자신들의 욕심을 위해."

오라버니의 웅변을 경청하는 범연 할아범의 이마에 핏대가 섰다. 할아범 역시 되새기고 있는지 몰랐다. 지난 나날을, 죽지 못해 견뎌야 했던 하루하루를, 눈물로 떠나보내야 했

122

던 가족들을. 그의 나이 예순 동안 그토록 모질었던 나날은
없었다.

"선현들께서도 이르지 않으셨나. 산을 배후에 두었으며 물
이 풍부한 고장은 부강할 것이다. 바람이 센 지역은 피하라.
토질은 기름져야 하니 반드시 파헤쳐 확인해 보아라. 저기
무성한 낙엽수들을 보게. 갈잎을 많이 떨어뜨릴 것이 분명
하니 자연히 땅이 비옥하지 않겠는가."

오라버니가 확신에 찬 표정으로 말투를 일변했다.

"여기가 내가 찾던 땅임이 틀림없네. 그 책이 우리를 이곳
으로 안내한 게야."

범연 할아범 스스로도 미처 눈치채지 못했을 테지만 나
는 그 순간 그의 입매가 쌜그러지는 것을 알아보았다.

범연 할아범은 서책을 믿지 않았다. 그것들은 쉽게 찢어
지고 벌레 먹었을 뿐 아니라 덧칠되고 덧붙여져 본래 의미
를 잃기 십상이었다. 범연 할아범은 종이 위 글줄이 아니라
직접 보고 듣고 만진 것들에서 세상의 이치를 깨우치는 인
물이었다. 먹과 붓과 종이가 아니라 볕과 비와 벌레, 흙과 씨
앗을 믿었다. 제 발로 한 걸음 한 걸음 내디딜 때 목덜미를
적시는 구슬땀을 믿었다.

"그것들이 단순한 고담이 아니라면요?"

범연 할아범이 떠보듯 넌지시 물었다.

"그런 일이 실제로 벌어진다면, 도련님 그때는 어쩌시겠습니까."

"그럴 리 없지 않은가."

오라버니가 별 농담을 다 듣겠다는 듯 픽 하고 웃었다.

"내가 책임지겠네. 내가 다 책임지면 될 게 아닌가."

범연 할아범이 기운이 빠진 듯 움켜쥐고 있던 손아귀를 놓았다. 그에 반해 오라버니는 기분이 좋아 보였다. 비탈 아래를 가리키며 저 자리에 망루를 세워야겠다는 둥 들뜬 어조로 떠들었다.

솔개 한 마리가 산밤나무 위로 날아올랐다. 저 금조의 눈에는 우리의 모습이 어떻게 비칠지 궁금했다. 오라버니가 말한 대로 숲 가장자리에 옹기종기 모인 집들이며 텃밭을 그려 보고자 했지만 쉽지 않았다.

산등성이를 넘어오는 바람에 풀씨가 섞여 있었다.

그 병에는 이름이 붙여지지 않았다. 의원들조차 이를 무엇이라고 불러야 할지 알지 못했다. 어디에서 기원했는지는 더더욱 깜깜했다.

분명한 건, 역신이 길을 따라 유랑했다는 점이었다. 장돌림들과 어울려 이 마을 저 마을 떠돌며 자신과 옷자락을 스친 이들을 고꾸라뜨렸다.

그 무렵 오라버니는 등잔 기름을 소진하며 밤새도록 책을 탐독했다. 그 병에 대한 실마리를 얻을지 모른다는 실낱같은 기대를 품고서. 오라버니는 내가 아는 한 나만큼 서책을 많이 읽은 유일한 사람이었다. 개중 한 권에 집착해 늘 곁에 두고 반복해 펼쳐 보았다. 친우로부터 선물받았다는 그 책은 심히 낡았으나 거기에 적힌 글씨는 각별하게 미려했다.

나는 늦둥이로 병약하게 태어났다. 아기일 적에 어머니는 잠든 내 곁을 지키며 가슴에 누차 귀를 눌러 보았다고 했다. 내가 갑자기 숨을 거둘까 두려웠기 때문에.

나는 두 돌이 지난 뒤에야 겨우 걸음마를 시작했다. 툭하면 넘어지는 데다 행동거지가 굼떠 종들에게까지 얕잡아 보이기 일쑤였다. 어머니는 나를 잃기라도 할까 집 안에 꼭꼭 숨겨 두었다. 나들이는 절기에 한 번 허락될까 말까였다. 오라버니는 그런 나를 애틋이 여기며 아껴 주었다.

내가 습관적으로 눈을 찌푸린다는 사실을 가장 먼저 알아챈 것도 오라버니였다. 오라버니는 지인들을 수소문해 내게 맞는 안경을 구해 주었다. 나는 성읍에서 제일 처음 안경을 쓴 여자아이였다.

수정을 갈아 만든 안경알은 제법 무게가 나갔다. 비단으로 테를 지은 안경을 종일 머리에 두르고 있으면 관자놀이가 무지근해지면서 쉽사리 피로해졌다. 나는 안경을 쓰지 않았을 때에도 테를 만지려 무심코 손을 올리곤 했다.

어린 시절은 비교적 평안했다. 아버지는 조부로부터 일가족을 먹일 논과 밭을 풍족하게 물려받았다. 우리 남매는 계절이 바뀔 때마다 제철 음식을 맛보았으며 새 옷을 지어 입었다. 오라버니는 원하는 서책을 구하기 위해서라면 어떤 번거로움도 주저하지 않았다. 고생해 손에 넣은 책을 내게 건네며 함께 이야기 나누기를 청하기도 했다.

예상치 못한 횡액이 일가를 덮친 건 단오를 앞둔 어느 날이었다. 그날 낮에 어머니는 창포를 캘 겸 바깥출입을 했다. 나중에 몸종인 분이에게서 전해 들은 바에 의하면, 그들은 창포가 핀 냇가를 거닐다 물속에 엎어진 시체와 맞닥뜨렸다고 했다.

어머니는 몸져누운 지 나흘 만에 숨졌다. 일가붙이들이 곡을 하는 와중에 오라버니는 문간채로 가 분이의 몸 상태를 살폈다. 그런 다음 아버지를 찾아 지금 당장 장례를 중단하는 한편으로 어머니의 주검을 불태워야 한다고 주장했다.

아버지는 광분했다. 어디서 그따위 언사를 일삼느냐며 오라버니를 꾸짖는 것도 모자라 종들을 불러 광에 가두라고 명령했다. 둘 사이의 불화는 하루이틀 일이 아니었다. 그들은 천성부터 무척 닮아 있는 사내들이었으나 스스로는 그 사실을 인정하려 하지 않았다.

나는 아버지의 눈을 피해 조석으로 죽이며 떡 따위를 오라버니에게 가져다주었다. 광에 갇힌 오라버니는 오히려 편안해 보였다. 어머니의 돌연한 병사에도 별달리 상처 입지 않은 듯했다. 고리짝에 기대앉아 창밖 꽃가루가 분분한 하늘을 올려다보며 충고했다.

"손을 자주 씻도록 해라. 물은 꼭 끓여 마시고. 네 몸이 약한데 자칫 병이 옮지는 않을까 걱정이구나."

오라버니의 우려가 무색하게 분이의 병세는 점차 좋아졌다. 열이 내리고 오한이 가셔 조만간 무리 없이 거동할 수 있을 듯하다고 했다.

한편 대문 밖에서 전해지는 소식은 갈수록 흉흉해졌다. 종들은 마당을 쓸거나 우물물을 긷다 말고 어느 집에서는 갓난쟁이까지 삼대가 몰살당했다는 둥 이런저런 소문을 숙덕거리곤 했다. 아버지는 오라버니가 아예 존재하지도 않았던 것처럼 행동했다.

그달을 넘겨 어머니의 시신을 실은 꽃상여가 대문을 나섰다. 상여꾼이 상여메김소리를 부르자 어른들이 상여에 노잣돈을 꽂으며 그들을 독려했다. 어머니를 선산에 묻고 내려왔을 때 나는 손가락 하나 까딱할 수 없을 만큼 지쳐 있었다.

안채로 들어가려다 툇마루에서 웬 사람과 맞닥뜨렸다. 오라버니였다. 무슨 수로 광을 빠져나왔는지 몰라도 오라버니가 무릎께를 탁 치면서 마루에서 일어났다.

"분이가 죽었습니다."

아버지가 이맛살을 구기며 머리에 쓴 건을 벗어 우그러뜨렸다. 오라버니가 아버지를 향해 냉소 섞인 시선을 던졌다.

"분이가 아이를 품고 있었다는 건 아시겠지요? 네, 아버지. 분이가 죽었습니다. 이제 아버지의 자식은 저와 경아, 둘뿐이겠군요."

고성과 삿대질이 오가고 일가붙이들이 오라버니한테서 아버지를 떼어 냈다. 그 와중에 따귀라도 얻어맞았는지 오라버니의 뺨 한쪽이 부어 있었다.

이튿날 아침 아버지가 쓰러졌다. 의원을 부르고 하루에 세 번 꼬박꼬박 약을 달여 올렸음에도 차도가 없었다. 그 무렵에는 돌림병이 마을을 완전히 장악한 뒤였다.

오라버니는 신속하게 움직였다. 같은 증상을 보이는 사람들을 독채로 옮기고 그곳을 드나들 적에는 코와 입을 여러 겹의 천으로 가리라고 지시했다. 아버지의 증상은 날로 악화됐다. 임종 직전에는 온몸에 열꽃이 만발한 채로 욕을 쏟아 내기까지 했다.

"망할 것이, 내 몸에서 나가! 나가라고!"

엎친 데 덮친 격으로 가뭄이 든 것도 모자라 벌레들까지 기승을 부렸다. 가을걷이가 끝나고 농민들은 볼품없는 수확에 망연자실했다. 그런데도 관리들은 천연덕스럽게 전세를 독촉했다.

집안의 논밭에도 웃자란 잡초들만이 무성했다. 거짓말처럼 가세가 기울어 그해 겨울에는 오라버니마저 범연 할아범과 함께 땔감을 구하러 야산을 헤매야 했다. 오라버니는 밤마다 나를 붙들고 분통을 터뜨렸다.

"썩은 뿌리는 뽑아야 하고 벌레 먹은 잎은 솎아야 하지. 바꿔야 해. 자격이 없는 자들을 분수에 넘치는 자리에서 몰아내야 해."

이듬해에도 사정은 나아지지 않았다. 개천은 바닥을 드러냈고 나무들은 말라 죽었다. 날마다 야반도주하는 집들이 늘었다.

나는 매일 저녁 바느질감을 들고 오라버니와 마주 앉았다. 어느덧 여름이 지나고 있었다. 어느 날 할 말이 있는 듯 서책을 보는 둥 마는 둥 하던 오라버니가 입을 뗐다.

"경아야, 우리는 떠날 거다."

"떠난다니 어디로 말씀이세요?"

"푸른 바람이 이끄는 대로, 산속 깊숙한 곳으로."

오라버니가 저고리를 깁던 내 손을 잡고 자신을 마주 보도록 했다.

"함께 가 주겠느냐, 경아야? 너라면 어디든 나를 따라와 주겠지, 그렇지?"

안온했던 시절, 오라버니는 연륜 있는 농부들을 따라다니며 그들의 지식을 글로 받아 적는 데 열중한 적이 있었다. 그에게는 경험으로 무르익어 말로 전하는 앎을 학문으로 삼겠다는 야심이 있었다. 그렇다고 오라버니가 직접 소를 몰고 지게를 멨느냐고 하면 그건 결코 아니었다.

아무리 생활이 고단해졌다고 해도 우리가 이 저택을 등질 수 있을까. 아버지로부터 물려받은 유산을 포기할 수 있을까. 오래 써 길이 든 서안과 푹신한 비단 이불을, 책가도가 그려진 병풍과 군불을 넣은 아랫목을, 태생적으로 주어진 이득을, 땀을 흘리지 않고 먹고살 권리를 내던질 수 있을까.

하지만 오라버니의 결심은 예상외로 굳세었다. 오라버니는 서두르지 않고 범연 할아범을 설득했다. 수염은 물론이고 눈썹까지 희게 센 할아범은 종들 사이에서 단연 존경받는 인물이었다. 나는 범연 할아범이 오라버니를 따르기로 했다는 사실을 곧이곧대로 받아들이기 힘들었다. 지혜롭고 어진 그 노인 역시 굶주림과 병귀에 넌덜머리가 나 있었을까.

어쩌면 범연 할아범 역시 오라버니의 이상에 마음을 빼앗겼는지 몰랐다. 더 나은 세상을 만들자고 설파하던 오라버니의 목소리에는 힘이 있었으므로. 오라버니는 아끼는 서책을 펼쳐 보이며 나를 향해 역설했다.

"처음에는 나 역시 이 책을 쓴 자가 요설을 일삼는 광인일 뿐일 것이라고 짐작했다. 그런데 경아야, 시간이 흐를수록 그가 진실을 고하고 있다는 깨달음이 드는구나. 우리는 기필코 그 땅을 찾아내고 말 거다."

범연 할아범의 조력 때문인지 종들 대다수가 함께 떠나겠다는 의사를 밝혔다. 거기에 이웃의 몇 가구가 합류하기로 했다. 오라버니는 물밑으로 조용히 재산을 처분했다.

우리는 야음을 노려 고개를 넘었다. 산어귀에 선 장승 옆을 지날 무렵에야 나는 어머니의 무덤에 더는 꽃을 바칠 수 없게 됐음을 절감했다.

우리는 오솔길을 벗어나 더 깊은 산속으로 들어갔다. 어떤 날에는 들개 떼들에게 쫓기기도 했으나 범연 할아범이 조총을 쏘기 무섭게 놈들은 꼬리를 사리고 달아났다. 맹수들에 파먹힌 시체와 맞닥뜨린 것도 수차례였다. 살점이 뜯기고 뼈만 남은 사체들은 비바람에 닳은 돌처럼 평온해 보였다.

나는 예닐곱 살 아이만큼도 걷지 못했다. 저린 발을 끌다 혼자 뒤처지기 일쑤였다. 나중에는 발목이 꺾여 쓰러지는 바람에 장정들의 등에 번갈아 업혀야 했다. 여종들이 등짐을 추어올리며 꾸짖는 듯한 눈초리로 나를 곁눈질했다.

고향을 떠난 지 보름째, 우리는 외딴 산골 마을에 이르렀다. 그곳 사람들은 역신에 대해 아는 바가 없었다. 바깥세상에서 벌어지는 일들에 기묘할 만큼 관심이 없는 눈치였다. 우리는 비로소 대대손손 물려받은 책무를 버리고 달아났다는 죄책감 없이 쉴 수 있었다.

그날 저녁 움막을 빌려 오라버니와 누웠다. 자는 듯 고요하게 숨만 내쉬던 오라버니가 말했다.

"산사람들이 말하기를, 고갯마루를 넘으면 나오는 곳이 청설골이라는구나."

"청설골이라면 푸른 말씀의 골짜기라는 뜻인가요."

"그래, 경아야."

오라버니가 어둠 저편에서 물끄러미 내 쪽을 응시했다.

"내 생각이 옳았던 것 같다. 곧 그 땅에 다다를 수 있을 것이라는 확신이 든다."

우리는 마을 사람들과의 거래로 농기구 일습과 염소며 닭 같은 가축들을 구했다. 이튿날 밤 나는 문간에 붙어 앉아 오라버니와 할아범이 나누는 대화를 엿들었다.

"도련님, 뭇사람들의 조언을 허투루 여기시면 안 됩니다. 이야기에는 다 이유가 있는 법이에요."

"아무리 그래도 그렇지, 저 산에 인간이 범접해서는 안 될 신이 산다니 말이나 될 법한 소리인가."

오라버니가 조소하자 범연 할아범이 항변했다.

"적어도 제게 그 같은 사연을 들려주었던 사람들은 진실돼 보였습니다. 저는 거짓을 고하는 자들이 어떤 표정을 짓는지 압니다."

"이보게, 할아범. 그런 풍문이 있는 산이라면 되려 우리에게 안성맞춤일 것 같지 않은가. 우리는 인적미답인 땅을 찾고 있지 않은가 말이지. 산사람들조차 발을 들이지 않는 산속에서라면 쫓겨날 걱정을 하지 않고 편히 지낼 수 있을 듯한데. 어떤가, 내 말이 틀렸는가."

"하나 도련님."

"여기까지 와서 우리가 택할 수 있는 길은 하나밖에 없네."

오라버니의 태도는 강경했다.

"내일 예정대로 출발하도록 하세."

우리는 다음 날 새벽같이 산행에 나섰다. 오라버니가 산길을 오르며 힘겨워하는 나를 끌어 주며 위로했다.

"숲은 넉넉하고 너그럽단다. 자신을 바쳐 남을 먹여 살리지. 경아야, 공허한 신념에 눈을 돌리지 말거라. 중요한 건 우리 앞에 있는 것들, 삶 자체야."

나는 오라버니에게 묻고 싶었다. 그렇다면 오라버니의 믿음은 어떤가요. 그것은 공허한 신념이라고 할 수 없나요. 이상을 위해서가 아니라면 우리는 어찌해 고향을 떠난 건가요.

우리는 고목의 뿌리 사이에 누워 잠을 청했고 이마 위로 떨어지는 이슬방울에 소스라쳐 깨어났다. 젊은이 하나가 무턱대고 계곡에 뛰어들었다가 불어난 물에 휩쓸렸다. 한참을 떠내려가던 그는 제 아비가 던져 준 나뭇가지를 붙들고 구사일생으로 목숨을 건졌다. 아낙들이 벌집을 잘못 건드려 야단이 벌어지기도 했다. 일부는 옻이 올라 고생했다.

산세는 점차 험악해졌다. 닭 한 마리가 다리를 묶은 끈을 쪼고 달아났다. 오라버니는 내게 새끼 염소를 돌봐 달라며 맡겼다.

숨기려고 했지만 내심으로는 모두들 근심하고 있었을 것이다. 산은 거대한 존재였고 그에 비하면 개개의 인간이란 티끌만큼 작고 하찮았다.

오라버니는 그날 아침부터 유난히 초조해하며 앞서갔다. 수풀 저편으로 모습을 감추더니 불쑥 뛰어나와 두 팔을 저으며 언성을 높였다.

"여길세! 어서들 오게!"

비탈을 오르면서 아무도 입을 열지 못했다. 나는 두방망이질하는 가슴을 억누르며 묵묵히 오라버니의 곁으로 다가섰다.

오라버니가 웃으면서 비탈 아래를 가리켰다. 그 터는 오라버니가 입이 아프도록 설명한 곳과 닮아 있었다. 양지바르고 아늑해 보였다.

　우리는 마침내 머물 땅을 찾았다. 오라버니의 믿음은 보
상받았다.

　우리는 들메나무 둘레에 자리를 깔고 마지막으로 야숙했
다. 나는 밤하늘을 지붕 삼고 풀벌레 소리를 자장가 삼아
잠드는 데 익숙해져 있었다.

　꿈속에서 나는 태산처럼 웅대하고 드높은 존재였다. 달빛
에 낯을 씻고 별빛에 머리를 감았다. 내 팔은 뒤얽힌 가지들
이었고 심장은 숨겨진 샘이었다. 들꽃을 엮은 관을 쓰고 맨
발로 대지의 갈비뼈를 디뎠으며 까풀이 없는 눈으로 옛 시
절의 비밀을 꿰뚫어 보았다.

　구름 너울을 쓰고 꽃 향낭을 매만지다 까마득하게 긴 세
월 귓가를 간지럽히던 목소리를 따라 도란거렸다. 그러자
다른 산들이 하나둘 일어나기 시작했다.

　우리는 더불어 노래했다. 번갈아 부르는 가락이 내 핏속에
서 굽이치자 기슭에 난 굴들 하나하나가 그 음을 흉내 냈다.

　나는 한밤중에 홀로 깨 그 곡조를 읊조렸다.

오라버니는 범연 할아범을 대동해 하루에도 몇 차례씩 비탈을 오르내렸다. 괭이로 흙을 훑었고 돌들이 어디에 얼마나 묻혔는지 확인했다. 풀 한 줌을 던져 바람의 방향과 세기를 가늠하기도 했다.

나는 아낙들을 도와 굴피를 모았다. 염소가 어디를 가든 나를 쫓아다녔다. 웃을 때조차 어쩐지 화가 난 듯 보이던 중년의 여자들은 내게 독사와 독사가 아닌 뱀을 구분하는 법과 땔거리로 알맞은 나무를 구하는 법, 수액과 나뭇진을 얻는 법 따위를 가르쳐주었다.

밤이면 움집에서 풀을 엮어 만든 요를 깔고 다 같이 잠을 잤다. 산 위에서는 나이도 성별도 무의미했다. 아무도 신분의 차이를 문제 삼지 않았다. 노인이며 어린아이들까지 게으름을 피우지 않고 일했으며 거둔 것을 공평하게 나누었다. 한 사람에게 필요한 공간은 정확하게 그가 누운 자리와 같았다.

나는 매일 밤 화덕 옆에 오라버니와 잠자리를 깔았다. 오라버니는 천성적으로 뜨거운 사람이었다. 그와 등을 맞댄 채로 눈을 감으면 이 터에 처음 이르렀던 날 나를 전율하게 한 무언의 전언이 귓가를 맴도는 듯했다. 그 푸르렀던 신명神命을 다시 들을 수 있다면.

산속 생활에 어지간하게 적응했을 무렵, 범연 할아범은

사람들을 불러 더 늦기 전에 씨를 뿌릴 터를 골라 수목을 베거나 미리 껍질을 벗겨야 한다고 주장했다. 그래야 이듬해 불을 놓기가 용이해진다면서.

오라버니와 범연 할아범이 낙점한 장소는 과연 논밭을 일구기에 적절해 보였다. 흙은 깊었고 고엽은 두둑했으며 쟁기질을 방해할 바윗돌도 없다시피 했다.

그 무렵 나는 낫을 손에 쥐고도 긴장하지 않았다. 비지땀을 흘리며 서걱서걱 낫질할 때 수풀 속에서 노루 한 쌍이 튀어나왔다. 범연 할아범이 쏜 조총이 간발의 차이로 노루를 놓쳤다. 어린아이들이 망태기를 끌고 덤불을 헤치며 버섯을 찾으러 다녔다. 젖먹이를 등에 업은 색시가 감시하듯 그들을 따라붙었다.

청년들이 떨기나무를 밟아 부러뜨렸다. 장정들이 도끼를 휘둘렀다. 범연 할아범은 나무가 쓰러질 때마다 목청이 터져라 고성을 질렀다.

"넘어가오. 물러나시오."

다람쥐가 가지에서 뛰어내렸고 오소리가 굴에서 뛰쳐나왔다. 해가 머리 위 가장 높은 곳을 지났다. 싸 가지고 온 음식으로 허기를 달랜 장정들이 다시 한번 도끼를 손에 쥐었다.

나뭇단을 정리하다 옆을 넘겨보니 남자아이 하나가 수풀 속에서 도토리를 줍고 있었다. 찌뿌듯한 허리를 펴며 말을 건넸다.

"그쪽으로는 가지 말거라. 잘못하다가는 나무에 깔려 다칠지도 몰라."

"네, 아가씨."

아이가 고분고분하게 대답했다.

"또 한 그루요."

범연 할아범의 외침이 쩌렁쩌렁 숲을 울렸다.

"조심들 하시오. 나무가 넘어가오."

염소가 뒷발로 땅을 걷어찼다. 그 얌전한 짐승은 웬일인지 무척 긴장해 있는 듯했다. 나는 그제야 숲이 웅성거리고 있다는 것을 알아차렸다. 꼿꼿하게 서 있지 못하고 염소를 끌어안으며 그 자리에 주저앉았다.

그때 수풀 속에서 넝쿨 한 줄기가 뻗어 나왔다. 숲을 향해 서 있던 남자아이가 소쿠리를 떨어뜨렸다. 힘이 빠진 팔이 흘러내리면서 도토리가 쏟아졌다. 아이가 환희에 찬 표정으로 나를 돌아보았다. 아이의 코에서 피가 흐르고 있었다. 저 애는 듣고 있는 걸까, 그 신명을?

율동하는 잎들이 남자아이의 얼굴을 덮었다. 아이는 그 순간까지도 환히 웃고 있었다. 느릅나무 한 그루가 비린 바람을 일으키며 넘어졌다.

"그만! 멈추세요! 아이가 깔렸어요!"

색시가 울면서 달려왔다. 덩굴손이 아이의 손목을 놓았
다. 범연 할아범과 장정들이 가로누운 나무를 들어 올리고
자 애를 썼지만 그 노력이 무색하게 아이는 금세 숨이 끊어
졌다.

오라버니가 나를 당겨 제 뒤에 세우곤 눈을 가려 주었다.
"못 본 거다, 경아야. 너는 아무것도 못 본 거야."

아이는 누구보다 먼저 산에 묻혔다. 그날 밤, 나는 오라버
니의 품에 안겨 아이의 어머니가 흐느끼는 소리를 들었다.

겨울은 산꼭대기에서 내려왔다. 조바위 밑으로 드러난 그
의 낯은 파리했고 입김은 차가웠다. 겨울이 신은 유혜가 밟
고 지나간 자리에는 서리가 내릴 것이고 토시 밖으로 뺀 손
이 스친 자리에는 고드름이 매달릴 것이었다.

통나무로 틀을 짜고 나무껍질을 얹은 귀틀집은 조촐하고
편안했다. 우리는 매일 아침 안개를 헤치고 나아가 올무며
벼락틀, 그물을 놓아둔 장소를 확인했다. 잡힌 것이라곤 하
나같이 몸집이 작은 동물들뿐이었다. 오라버니는 범연 할아
범과 어울려 간간이 사냥 연습에 나서곤 했지만 조총을 쓸
일은 거의 없었다. 이 산중에는 곰이나 범, 표범처럼 몸집이
크고 사나운 맹수가 없었다. 이는 다행인 한편으로 무척 의

아한 일이기도 했다.

그해 겨울, 딱 한 차례 어디에서 나타났는지 모를 산돼지가 목책을 부수며 날뛴 적이 있었다. 근처에서 놀던 아이들을 자지러지게 만든 그 짐승을 범연 할아범은 단 한 발의 총탄으로 사살했다.

그날 우리는 산돼지 고기로 잔치를 벌였다. 나는 오라버니의 강권에 못 이겨 생간 한 조각을 입에 머금었다. 굽지 않은 돼지 간에서는 풀과 과실, 맑디맑은 계곡물의 맛이 났다. 할아범은 죽은 돼지의 가죽을 벗겨 제집 벽에 걸어 두었다.

오라버니는 자작나무 수피에 글을 써 산중 생활을 기록했다. 때로 내게 붓을 맡기고 적어야 할 내용을 구술해 주기도 했다.

추위가 조금 누그러진 날, 아낙 하나가 출산했다. 이 궁벽한 곳에서도 생명은 태어났다.

우리는 적게 먹었고 필요한 만큼만 활동했으며 늦게까지 일어나지 않았다. 동면하는 동물들과 다를 바 없는 나날들이었다.

소한이 가까워졌을 즈음 대설이 내렸다. 반나절 넘게 지붕에 쌓인 눈을 치운 오라버니는 일찍부터 곯아떨어졌다. 오라버니가 없었다면 내가 이 계절을 무사히 날 수 있었을지 확신이 서지 않았다.

야음 속에서 오라버니의 숨소리에 귀를 기울이다 머리맡으로 손을 뻗었다. 베개 옆에 안경을 벗어 두었던 듯한데 아무리 더듬어도 잡히지 않았다. 오라버니가 깨지 않도록 조심스럽게 이불을 젖히고 일어나 방문을 열고 눈발이 흩날리는 마당으로 나갔다.

버선발이 눈 속에 푹푹 파묻혔다. 함박눈으로 말미암아 발광發光하는 밤. 안경을 쓰지 않았는데도 세상이 무척 선명했다. 바람에 감겨 비상한 솔개의 날개깃을, 깃대와 깃털 구석구석까지 들여다볼 수 있을 정도였다. 눈송이들이 어찌나 섬세하고 아름다운지 기예가 절정에 이른 장인이 온 힘을 다해 세공한 공예품 같았다.

산들이 하얗게 지워졌다. 하지만 나는 침묵 가운데 전해지는 전언을 들을 수 있었다. 그들이 서로를 목놓아 부르고 있다는 것을 알았다. 잎을 떨어뜨린 나무처럼 오도카니 선 채로 눈을 맞았다. 달아날 수 없는 존재의 마음을 상상했다.

언제 따라 나왔는지 염소가 내 손을 핥았다. 나는 언 발을 털면서 뒤돌아섰다.

봄이 신은 온혜가 닿은 자리마다 얼음이 녹았다. 나는 전에 없이 왕성하게 식욕이 돋았다. 아낙들을 도와 나물을 캐고 꽃을 땄으며 새알을 모았다.

푸르른 숲, 지난가을에 나무를 베어 낸 자리가 거뭇하게 비어 있었다. 점심상을 들고 댓돌에 놓인 미투리를 신을 때 등 뒤에서 헛기침 소리가 들렸다. 나와 눈이 마주친 범연 할아범이 공손하게 허리를 굽혔다.

방에서 나온 오라버니가 할아범을 평상으로 안내했다. 오라버니와 안부 인사를 주고받은 할아범이 말했다.

"오늘은 종일 바람이 잔잔할 듯싶습니다. 저녁 늦게 장정들을 모아 내려가 보는 게 어떻겠습니까."

"좋네. 그렇게 하도록 합세."

할아범은 여전히 오라버니를 높였다. 오라버니 역시 할아범이 자신을 상전으로 모시는 것을 당연하게 받아들였다. 어떤 관습은 몸에 익어 좀처럼 떨칠 수 없는 법이었을까.

용무를 마치고 자리를 뜨려던 할아범이 나를 쳐다보았다.

"이전과 달라 보인다 했는데 안경을 벗으셨군요. 안경알에 금이라도 갔습니까."

"안경을 쓰지 않아도 잘 볼 수 있게 돼서요."

나는 습관처럼 안경테를 만지려던 손을 내렸다.

"그것참 다행입니다. 도련님도 물론이거니와 저도 아가씨 걱정을 많이 했습니다. 물이 맑고 공기가 좋은 산속이라 병환에 차도가 있나 봅니다. 이제 안심할 수 있겠어요."

할아범이 허허 소리 내어 웃었다.

"오늘 저녁 벌목한 터에 불을 놓으려고 합니다. 나무를 태운 재가 땅을 기름지게 만들어 줄 테지요. 도련님과 함께 오시겠습니까. 그럼 그때 다시 인사드리도록 하겠습니다."

머리를 조아린 할아범이 마당을 빠져나갔다. 나는 그의 숨결에서 풍기던 야릇한 냄새를 애써 무시했다.

해가 지고 먹빛 어둠이 깔렸다. 드문드문 실바람이 불었으나 그뿐이었다. 기이할 만큼 교교한 저녁이었다. 횃불을 치켜든 범연 할아범이 일꾼들을 안내했다.

불길은 위로 곧게 치솟았다. 연기 또한 그랬다.

범연 할아범의 지휘 아래 장정들이 터 한쪽에서부터 불을 냈다. 듣자 하니 아낙들이 낮에 갈퀴로 주변을 긁고 고랑을 만들어 두었다고 했다. 화염이 걷잡을 수 없이 번지지 않도록 막기 위함이었다.

"잠깐만 여기서 기다리고 있으려무나."

내 어깨를 두드린 오라버니가 범연 할아범을 향해 걸어갔다. 불꽃의 색이 눈이 아플 만큼 현란했다. 보는 사람을 꾀는 것 같은 빛이었다. 두려우면서도 휘황했다.

그때 한 사람이 불 가까이로 다가들었다. 회백색 머리를 쪽진 노파였다. 나는 불빛이 비쳐 불끈불끈해 뵈는 노파의 눈 밑에서 무엇인가가 꿈틀대고 있다는 것을 알아차렸다.

저건 뭘까. 벌레일까, 아니면 새싹?

일순간 연둣빛 줄기가 노파의 왼 눈알을 터뜨리며 불거져 나왔다. 피 한 줄기가 뺨에 팬 주름을 메우며 굴러떨어졌다. 곧이어 줄기 끝에 꽃망울이 맺히는가 싶더니 탐스러운 노란 꽃 한 송이가 만개했다.

삼베옷이 불티를 날리며 쪼그라들었지만 노파는 고통을 느끼지 못하는 듯했다. 급기야는 짚고 있던 지팡이까지 내던지고 불 쪽으로 몇 걸음을 더 뗐다.

나는 노파가 신명에 사로잡혀 있으리라는 걸 직감했다. 이 순간 그는 무아지경에 빠져 있을 것이다. 신의 의지가 그의 육신을 장악했다.

"어머니!"

무리 뒤편에 있던 사내가 노성을 터뜨렸다. 범연 할아범이 노파를 향해 뛰어가려던 사내를 붙들어 세웠다.

"돌아오세요, 어머니, 어머니!"

장정들이 울부짖는 사내를 에워쌌다. 오라버니가 나를 부둥켜안고 눈을 가리려고 했다.

"보지 마라, 경아야. 아무것도 보지 않으면……."

"그럴 수 없어요."

나는 오라버니의 손을 뿌리쳤다.

"봐야 해요. 내 눈으로 꼭 봐야 한다고요."

화염 속에서 한때 인간이었던 형체가 무너져 내렸다.

그날 밤, 범연 할아범은 오라버니와 격론을 벌였다. 할아범의 논리는 정연했으며 말투는 확고했다.

"도련님, 그건 사고에 불과합니다. 도련님도 저도 두 눈으로 똑똑히 목격하지 않았습니까."

"아니네. 결코 그렇지 않아."

오라버니가 신경질적인 태도로 고개를 저었다. 그런 오라버니를 설복하려는 듯 할아범이 조목조목 따졌다.

"그 일들만으로 확신할 수 있는 건 없습니다. 하필 나무가 넘어간 쪽에 아이가 서 있었고 불길이 인 쪽에 노파가 쓰러졌을 뿐입니다. 세상에는 그 같은 우연이 종종 벌어집니다."

오라버니가 곧바로 반격했다.

"하나 자네도 느끼지 않았는가. 거기에 뭔가 있었다는 걸. 어떤 귀기 어린 힘이 그들을 떠밀어 움직인 거라고."

"도련님께서도 그것이 무엇인지 설명하실 수 없지 않습니까."

할아범이 맞받았다.

"근거도 없이 단지 짐작만으로 이곳을 떠나야 한다고 주장하시다니 어찌 그리 무책임하십니까. 우리가 왜 고향을 등졌는데요. 무엇을 포기하고 이곳까지 왔는데요. 그 결심으로 말미암아 어떤 고통을 겪어야 했는지 도련님께서는 정녕 잊으신 겁니까.”

나는 부엌에 숨어 그들의 문답을 엿들었다. 범연 할아범은 이 산을 처음 찾았을 때와 정반대 의견을 펼치고 있었다. 할아범은 언제부터 이 터에 애착을 품게 됐을까. 하기야 집집의 기둥부터 망루의 지붕까지 그의 손길이 닿지 않은 곳은 없었다.

반면 오라버니는 과거의 호언장담을 뼈저리게 후회하고 있는 듯했다.

“내가 틀렸어. 더 늦기 전에 하루빨리 산 아래로 내려가야 해.”

범연 할아범이 못이라도 박듯 단언했다.

“못 갑니다. 우리에게는 농사지을 땅이 필요합니다. 씨 뿌릴 준비도 끝마치지 않았습니까.”

할아범이 그토록 완강하게 구는 마당에 오라버니도 더는 고집을 피울 수 없었다. 오라버니 또한 당장 거처를 옮기는 건 불가능하다는 걸 인지하고 있었을 것이다. 이로써 그날의 갈등은 정리되는 듯했다.

여름새들이 돌아왔고 벌들이 바쁘게 꽃 위를 날아다녔다. 계곡에서 낚아 올린 물고기의 배에 알이 그득 차 있었다.

제를 양분으로 삼은 경작지는 윤택했다. 천지신명께서도 우리의 기도를 들어주셨는지 빗줄기가 제때 땅을 축여 주었다. 그 무렵까지만 해도 그 밤의 불길에 여전히 흘려 있는 듯하던 사람들은 작물의 움이 트고 잎이 무성해지면서부터 꿈에서도 감히 이 산을 버리겠다는 생각을 품지 못했다. 씨를 뿌린 이상, 싹이 결실을 맺을 것임이 분명한 이상, 이 땅을 내팽개치기란 불가능했다.

소나기가 내린 오후, 저녁상을 받는 오라버니의 얼굴이 침울했다. 나는 손가락으로 슬쩍 젓가락을 밀었다. 오라버니가 어색한 미소를 지으며 수저를 집어 들었다.

"미안하다. 간밤에 짐승들이 밭을 망쳐 놓았다는 얘기를 들어서 어떻게 방비해야 하나 고민을 하느라 그만."

"저런, 큰일이네요."

나는 애벌레가 붙은 들깻잎 한 장을 여러 번 씹어 삼켰다. 오라버니는 영 입맛이 돌지 않는 모양이었다.

"오늘 밤부터 화톳불을 피워 놓고 번갈아 불침번을 서기로 했다. 너는 집에서 쉬고 있으려무나. 괜한 걱정은 말고."

"오라버니께서도 몸조심하세요."

나는 절인 고기에 곁들인 씀바귀 반찬을 오라버니의 앞으로 밀어 주며 생긋 웃었다.

그날 밤 서안 대용으로 쓰는 반상에 엎드려 깜빡 졸았다.

눈을 비비며 일어나 보니 들창 너머로 희붐하게 새벽 동이 감돌고 있었다. 오라버니는 귀가하지 않은 듯했다. 걱정스러운 마음에 부리나케 방문을 열고 나갔다.

바로 앞 평상에 오라버니가 앉아 있었다. 그의 옆에는 조총이 세워져 있었다. 나는 버선발로 달려가 오라버니의 팔을 잡았다.

"왜 이러고 계세요? 빨리 안으로 들어갑시다. 아침 바람이 찹니다."

오라버니가 막 잠에서 깬 사람처럼 더듬거렸다.

"범연 할아범이 사라졌다. 밤새 찾았지만 행방이 묘연하구나. 그러는 사이 웬 산돼지가 경작지를 잔뜩 헤집어 놓았고. 이 일을 어찌하면 좋으냐. 경아야, 이 모든 게 내 죄인 것만 같아 몸 둘 바를 모르겠다."

다음 날 밤에도 오라버니는 집을 비웠다. 나는 반상 앞에 앉아 붓을 쥐고 꾸벅거렸다. 몽중에 귓전을 맴도는 목소리를 따라 흥얼대다 퍼뜩 정신을 차렸다.

"오라버니는 어디에서 무엇을 하고 계시는지."

혼잣말을 하면서 방을 나가 미투리를 신었다. 울 너머에서 염소가 애타게 나를 불렀지만 못 들은 척 그대로 마당을 나섰다.

밤늦은 시각, 색이 짙고 두툼한 잎사귀들이 귀틀집의 지

붕을 타 넘고 있었다. 서너 식경 남짓 졸다 깬 것 같은데 아
주 긴 세월이 흐른 듯했다. 이끼로 뒤덮인 집들이 봉분 같았
다. 나무 그루터기에서 줄기가 돋는가 하면 어디에나 무성
하게 풀들이 우거져 있었다.

올가미처럼 도사린 덩굴손을 피해 발을 놀렸다. 흥분한
탓인지 목소리가 쉬어 있었다.

"오라버니, 어디에 계세요? 저 여기 있어요. 여기예요."

이 야심에도 꽃들이 피었는지 어디선가 달콤한 향기가 흐
무러졌다. 그 향에 취해 비틀대다 산비탈을 달려 내려오는
시커먼 형체와 맞닥뜨렸다. 달빛을 머금은 놈의 털이 살아
있는 짐승답지 않게 성기고 거칠었다.

몸집이 비대한 늙은 수퇘지였다. 산돼지는 엄니를 치켜들
고 목책을 깨부수며 나를 향해 돌진했다. 나는 달아날 곳을
찾지 못하고 주춤거렸다.

"경아야!"

다급한 외침과 함께 총성이 울렸다. 총탄을 맞은 산돼지
가 피를 뿜으며 나뒹굴었다. 조총을 쥔 오라버니가 수풀 속
에서 뛰쳐나와 내 쪽으로 다가왔다.

"마침 널 발견했기에 망정이지 하마터면 큰일 날 뻔하지
않았느냐. 놀랐느냐. 어디 다치지는 않았고?"

가슴을 쓸면서 떠듬떠듬 대답했다.

"저는 무사해요. 오라버니는요, 괜찮으세요?"

"그럼, 나는 괜찮다."

내가 다친 곳이 없는지 살핀 후에야 오라버니는 사살된 산돼지 앞으로 다가갔다. 질펀한 오물 위에 내뻗은 수퇘지는 어지간한 장정만큼이나 거대했다. 놈을 구석구석 뜯어보는가 싶던 오라버니가 대뜸 헐거워진 가죽 끝을 낚아챘다.

오라버니가 벗겨 낸 가죽 아래에는 범연 할아범이 알몸으로 도사리고 있었다. 놀라 고함을 지른 나와는 다르게 오라버니는 상황을 웬만큼 짐작하고 있었던 듯했다.

"먹힌 거야. 안에서부터 야금야금. 범연 할아범만이 아니야. 모두가 당했어. 살아남은 건 너와 나 둘뿐이다."

범연 할아범은 얼핏 보기에도 끔찍하게 부패한 상태였다. 눈알은 곪아 진물이 흘렀고 총탄이 찢어 놓은 배에는 구더기가 끓었다.

오래전부터 그는 내가 알던 어른이 아니었을 것이다. 자신의 것이 아닌 의지가 할아범의 육체를 좀먹었으므로.

"지체해서는 안 된다. 가자, 경아야. 우리 이 산에서 내려가자꾸나."

오라버니가 내 손을 쥐었다. 나는 가슴을 들썩이는 즐거움을 견디지 못하고 후후 웃고 말았다.

"그래 봤자 소용없어요. 우리는 결국 거름으로 썩을 운명인걸요."

"경아야, 설마. 네가 어떻게……."

오라버니가 일격이라도 당한 듯 혼란스러운 표정을 지었다. 나는 다정하게 그의 손을 맞잡았다.

"오라버니께서도 말씀하셨잖아요. 푸른 바람이 이끄는 대로 떠나자고. 그때부터 이미 알고 계셨잖아요. 씨앗들은 어디로든 날아갈 수 있으니까요. 풀들은 바위틈에도 뿌리를 내리는걸요. 잎들은 물살에 실려 먼 곳까지 흘러가고요."

오라버니는 왜 눈치채지 못했을까. 숲이 내 몸에 알을 슬었다는 것을. 그토록 긴 시간 동안 어째서 알아차리지 못했을까.

우리는 신의 영토를 침범했다. 계곡을 더럽히고 풀을 짓밟고 나무를 베고 불을 질렀다. 잎과 껍질과 뿌리를, 꽃과 열매를 먹었다. 하지만 진정으로 잡아먹힌 건 그들과 우리, 둘 중 어느 쪽이었을까.

내 손을 뿌리친 오라버니가 조총에 화약을 장전했다. 나는 미소 띤 얼굴로 그를 응시했다. 내 몸짓에 맞춰 숲이 더불어 움직였다. 그 웅장한 메아리. 합일의 희열.

오라버니가 떨리는 말투로 항변했다.

"나는 인간답게 살고 싶었을 뿐이야. 누구를 해치려던 게 아니었다고. 내가 바란 건 단지 그뿐이야."

"피할 수 없어요. 눈을 감는다고 해도 사라지지 않아요. 도 망칠 수 없어요. 누구도 이 명운에서 벗어날 수 없다고요."

오라버니가 조총을 발사했다. 탕 하는 소리와 함께 총부리에서 불꽃이 튀었다.

나는 풋내 나는 피를 터뜨리며 쓰러졌다. 가슴 속 심장이 있던 자리에서 영글고 있던 열매가 쪼개졌다.

나는 환락과도 같은 고통에 휩싸여 확신했다. 오라버니 역시 산을 떠날 수 없을 것임을. 그의 다리는 뿌리로 바뀌어 붙박일 것임을. 비명을 지르고자 벌어진 입에서는 한 줄기 바람이 새어 나올 것임을.

어젯밤, 나는 이와 같이 썼다. 신명은 푸르니 아무도 이를 거역할 수 없으리라.

빨간 제비부리댕기

이홍이 무릎을 꿇고 앉았다. 토란잎을 당겨 호미 끝을 닦은 테두리에 입술을 댔다. 잎맥 한가운데 고여 있던 이슬이 혓바닥 위로 굴러떨어졌다. 영혼을 적시는 한 방울.

일필휘지로 그은 듯한 눈썹이 고집스러운 인상을 풍기는 소녀였다. 굳게 다물린 입매 역시 내면의 완강함을 입증하는 듯했으나 동그란 턱을 받쳐 올려 깊고 검은 한 쌍의 눈동자를 들여다보는 누구라도 그가 첫비를 맞은 새순처럼 여리고 유순한 인물임을 터득할 수 있으리라.

잔머리 한 올 빠져나올세라 꼼꼼하게 당겨 묶은 머리끝에는 빨간 제비부리댕기가 매여 있었다. 은은한 광색을 내는 치마저고리는 은실을 섞어 짠 금錦, 잘못 밟아 넘어지는 일이 없도록 띠를 둘러 끌어 올린 치맛자락 밑으로 드러난 속바지는 희디흰 능綾이었다.

　남자가 팽나무 가지에 얹고 있던 손을 내렸다. 초로의 그 남자는 어릴 적 손님마마라도 앓았는지 거뭇하게 탄 얼굴이 얽은 자국으로 덮여 있었다. 목이 짧고 굵은 데다 어깨까지 두툼하게 올라붙어 다부져 보이는 그 남자가 길잡이, 다시 말해 이홍을 통곡바위로 안내할 자였다.

　"그만 일어나게. 갈 길이 머네."

　이홍이 남자의 다그침에 못 이겨 몸을 일으켰다. 아침 이슬이 내린 탓인지 길이 질었다. 꽃을 수놓은 비단신의 밑창이 지저분했다.

　산안개가 걷히고 있었다. 이홍이 가슴을 부풀려 산꼭대기에서 불어 내려온 바람을 몸속 가득 머금었다. 야생화며 풀, 이끼며 열매에서 풍기는 시큼하고 역한 냄새들에 섞여 어떤 기운이 맴도는 듯했다.

　남자가 이홍을 재촉했다.

　"무슨 수작을 부리려는지 모르겠다만 그만두는 게 좋을 게다. 아무리 발버둥 쳐 봤자 네 명은 오늘까지니까."

　이홍은 남자의 겁박을 듣는 둥 마는 둥 했다. 위협으로는 그 소녀를 움직이지 못하리라는 사실을 깨달은 남자가 꾀를 내 말투를 바꾸었다.

　"해가 지기 전에 나도 마을로 내려가 봐야 하지 않겠니? 나한테 먹여 살려야 할 식구나 몇이나 딸렸는지 너도 알지?

안 그러니, 얘야?"

그럼에도 이홍이 묵묵부답이자 성난 표정으로 그의 어깨를 떠밀었다.

"서두르거라. 어서 가자니까."

이홍이 남자의 감시를 받으며 암벽을 끼고 난 흙길을 걸었다. 바위 틈새에 연보라색 꽃들이 흐드러져 있었다. 바람결에 건들거리는 꽃 무더기를 넘겨다본 이홍의 눈가에 처음으로 표정 비슷한 것이 떠올랐다.

먹을 풀어 문댄 것처럼 거무튀튀한 암벽에 부처님의 형상이 돋을새김돼 있었다. 새 세상을 준비하면서 장군님께서 몸소 치성을 드렸다는 불암佛巖이었다.

바로 그때 변덕스럽게 물결치는 안개 속에서 사람의 형상이 어른거렸다. 불암을 우러르며 손을 마주 댄 백이를 발견하는 순간, 이홍은 아궁이 앞에 엎드려 불을 살필 때처럼 얼굴 전체로 뭉근하게 번지는 열기를 느꼈다.

그제 밤 백이는 목간통에서 나온 이홍을 앞에 앉히고 머리카락에 기름을 발라 빗질을 해 주며 말했다.

"배웅하는 무리 사이에서 나를 찾지 못해도 상심하지 말거라. 들을 가로질러 그곳에 먼저 가 있을 테니. 기억하려무나. 나는 불암 앞에 있을 거다."

이홍이 훈김을 쐐 발그름한 얼굴을 돌려 백이를 마주 바라보았다. 백이가 기름이 묻어 보드라운 손으로 이홍의 뺨을 문질러 주었다.

"눈치채지 못할 거다. 길잡이라는 남자, 영 허술한 작자거든. 내가 해 줄 수 있는 게 그것밖에 없어서 미안하구나."

이홍은 눈물을 보이는 백이에게 아무 말도 하지 못했다. 그날 밤 백이는 잠결에서조차 이홍의 몸을 감싼 팔을 풀지 않았다.

백이는 이홍에게 어미요, 아비요, 동기간이요, 단칸의 초옥 전부나 다름없었다. 피붙이가 아니었음에도 이홍을 거두고 먹이고 재우고 보살폈다. 귀한 아기씨 모시듯이 아끼고 사랑했다. 그런데도 이홍이 제물로 뽑히는 것을 막지는 못했다.

부락민들은 그 의식을 간택이라고 불렀다. 이홍은 놈의 열아홉 번째 신부였다.

남자가 이홍을 좇아 시선을 틀었다. 눈이 보는 것을 머리가 따라잡지 못한 듯 멍한 표정을 짓고 있다 이맛살을 구겼다.

"이렇게 이른 시간에 여기에는 어떻게 올라왔담. 산이 무섭지도 않은가."

남자가 이홍을 잡아끌었다. 걸음을 멈추지 말라는 경고였다.

백이가 맞잡은 손을 풀었다. 이홍은 곁눈으로도 백이를

쳐다보지 않았다. 머리를 조아린 채로 조심조심 불암을 돌아갈 때 백이가 느닷없이 그들에게 달려들었다. 혼비백산한 남자가 드잡이하는 백이를 말렸다.

"이러지 말게. 백이, 제발 이러지 말래도."

처음의 패기는 어디 갔는지 백이는 남자에게 붙들려 허무할 만큼 쉽게 동댕이쳐졌다. 남자가 백이를 내려다보며 사정했다.

"어르신들이 알아채기라도 하면 마을에서 쫓겨나는 건 일도 아닐 걸세. 얼른 내려가게. 내 그동안의 정을 생각해 이번 일은 없었던 셈 쳐 주겠네."

그러나 그렇게 애걸하는 순간에도 남자는 그것이 자신의 과오를 들키지 않기 위한 조치임을 인지하고 있었다. 이홍이 백이가 넘겨준 단도를 치마끈 안쪽에 찔러 넣었다. 남자는 백이와 신경전을 벌이느라 이홍을 등진 채였다.

소가죽으로 동여맨 그 칼이야말로 백이가 이홍을 위해 베풀어 줄 수 있는 전부였는지 몰랐다. 이제 들풀처럼 짓이겨지기 십상인 소녀에게도 덜 뾰족한 송곳니와 뭉툭한 손톱 외에 무기가 생겼다.

백이가 쪽 찐 머리를 헝클어뜨리고 히죽 웃었다. 남자가 마른땀을 흘리며 중얼거렸다.

"이거야 원. 돌아 버렸군. 친딸도 모자라 수양딸까지 빼앗긴 원한을 견디다 못해 정신을 놓아 버린 게야."

가슴팍을 두드리던 백이는 이내 땅을 치면서 곡읍했다. 남자가 어서 가지 않고 뭐하냐는 듯 이홍을 밀쳤다. 백이의 울음소리가 안개 너머로 스러졌다.

남자는 불암이 윤곽조차 보이지 않게 된 다음에야 이홍을 멈춰 세우고 몸 곳곳을 뜯어보았다.

"안 다쳤느냐? 혹여 발을 접질리지는 않았고?"

"저는 아무렇지 않아요."

이홍이 그런 사내를 안심시키려는 듯 곰살맞게 대답했다.

"도망치지도 않을 거예요. 걱정 마세요, 아저씨."

남자가 안도의 한숨을 내쉬었다. 제물은 상한 곳이 없어야 했다. 두려움에 사로잡혀 혼절하거나 죽어 버려도 곤란했다.

산신님은 살아 있는 소녀를 원했다. 머리를 올리지 않은 그 소녀들을 입히기 위해 부락민들은 새 비단옷을 마련했고 등 뒤로 땋아 내린 머리채에 빨간 제비부리댕기를 드리어 주었다.

한시름을 던 남자가 항의라도 하듯 따져 물었다.

"백이 저 여편네는 왜 저러는 것이냐."

삐뚤어진 패랭이를 바로잡고는 찡그린 눈으로 지나온 길을 쏘아보았다.

"미명 중에 산길을 앞질러 와 이 난리를 부리는 이유가 대관절 뭐냔 말이다. 설마 백이가 네게 연심이라도 품고 있었다던? 그래서 재취 자리도 마다하고 너와 단둘이 산 것이냐. 외딴섬에서 자기들끼리 모여 산다는 여자들처럼? 진정 그런 것이냐."

잠깐 사이에 이홍은 이전의 무표정을 되찾은 뒤였다. 새하얀 낯이 물에 씻긴 설화지처럼 무심했다. 남자가 불만스럽게 콧김을 뿜었다.

"괜히 시간만 지체했구나. 서두르는 게 좋겠다. 속히 가자꾸나."

이홍이 치마를 여몄다. 날붙이 하나를 품은 이홍의 태도가 여유작작했다.

둘은 지키는 이 하나 없는 성문을 지났다. 능선은 가팔랐고 심마니들이나 간간이 오르내릴 법한 산길은 비좁고 험했다. 자갈돌들이 닳은 칼 손잡이처럼 젖은 흙 속에 거꾸로 박혀 있었다. 까마귀 우짖는 소리를 흉한 징조로 받아들인 남자가 큰 소리로 경을 외웠다.

빨래하기 좋은 날씨가 아닌가. 이홍이 짙푸르게 갠 하늘을 올려다보며 자문했다. 일찍부터 해가 뜨거운 오늘 같은 날이면 백이는 이홍을 앞세워 빨랫감을 챙겨 들고 개울가로 향하곤 했다. 이홍이 송사리 떼를 쫓으며 멱을 감는 동안

방망이로 힘차게 옷가지를 두들겼다.

어느 날에는 물살에 떠내려온 꽃잎을 건지며 상상하기도 했다. 옛 전설이 전하는 대로, 저 산 위 어딘가에는 천도복숭아가 무르익어 있을까. 산신들이 양지바른 돌에 걸터앉아 내기 바둑을 둘까. 이홍이 골똘한 생각에 잠겨 젖은 꽃잎을 혀 위에 올렸다.

나무꾼들이 욕심껏 땔나무를 마련할 수 있었던 시절이었다. 제물을 바친 지 두어 달이 지나지 않았을 때. 그 무렵의 이홍은 산신들에게도 송곳니와 발톱과 두툼한 털가죽이 있다는 걸 알지 못했다.

이홍이 혀끝에서 사르르 녹아내리던 꽃잎의 맛을 되새겼다. 고작 이슬 몇 방울을 적신 입안이 바싹 말라 있었다. 남자는 쉴 생각이 없어 보였다. 등에 짊어진 보따리는 풀지도 않은 채였다. 임무를 마치는 대로 곧장 마을로 내려갈 작정인 듯했다.

절터를 지나 옛 성곽을 따라 움직일 때였다. 아까부터 신중하게 숨을 고르던 이홍이 전나무 사이를 흘끔거렸다. 비껴드는 햇살 아래 숲 그림자 속으로 누르스름한 털빛이 희끗거렸다. 그러나 남자는 앞으로 벌어질 일들을 두려워하다 못해 이에 압도당한 나머지 아무것도 보지도 듣지도 못하는 듯했다.

이홍이 단도의 손잡이에 손가락을 가져갔다. 바로 그 순간 범이 쓰러진 통나무를 뛰어넘었다. 발소리를 내지 않고 달려드는 건 그들 종족의 특징이었다.

범이 웃자란 풀들을 밟으며 부르짖었다. 의도가 분명한 일성이었다. 이홍은 목덜미의 솜털이 곤두서는 것을 느끼면서도 꼼짝도 하지 않은 반면 남자는 새파랗게 질려 우왕좌왕했다.

"왜 벌써 나타난 거지? 통곡바위에 당도하려면 아직 멀었는데."

남자는 이홍을 보호하려는 흉내조차 내지 않았다. 목에 핏대를 세우고 한사코 이홍을 가리켰다.

"나 말고 저 여자! 저 여자가 제물이라고! 내가 아냐! 저 여자야!"

하지만 범은 이홍에게는 눈길도 주지 않았다. 황금빛 눈동자가 살기를 띠고 번뜩였다.

범이 으르렁 소리를 내며 내달았다. 남자는 비명을 지르면서 몸을 던져 가까스로 범의 주둥이를 피했다. 나뭇가지에 뺨이 긁힌 줄도 모르고 벌떡 일어나더니 구르고 부딪고 자빠지면서 전속력으로 산길을 달려 내려갔다. 바락바락한 고함 소리가 희미해졌다.

이홍은 당황한 기색 없이 범을 똑바로 노려보았다. 사냥

에 소질이 없을까. 타고난 골격을 감안하면 이상할 만큼 몸
피가 여윈 수컷이었다.

무섭지 않아. 이홍이 스스로 용기를 북돋았다. 나는, 놈을,
경외하지 않아. 대담하게 범과 눈싸움을 벌이던 이홍이 한
발을 들어 늘어져 있던 꼬리를 콱 밟았다.

범이 펄쩍 뛰었다. 그 꼴이 우습기 이를 데 없었다.

이홍이 미간을 좁히고 물었다.

"너 말이야, 처음부터 우리를 잡아먹을 생각이 없었지?"

그 질문을 알아들은 것처럼 범이 한쪽 귀를 까딱였다. 이
홍은 그 범이 대화가 통하는 상대임을 확신했다. 볏단을 쪼
면서 세상만사를 논하던 참새처럼. 담벼락 위에서 낮잠을
자는 고양이에게 훈수를 두던 염소처럼.

백이는 물론이고 마을 아낙들은 하나같이 이홍이 말수가
적은 소녀라고 믿고 있었지만 이는 하나만 알고 둘은 모르
는 소리였다. 이홍이 굳이 입을 열지 않는 건, 그럴 필요가
없기 때문이었다. 세상 전부가 그에게 쉴 새 없이 말을 걸고
있었기 때문에. 꼬리를 내저어 파리를 쫓는 소부터 암탉을
따라다니는 병아리들, 곳간에 숨어 지내던 구렁이까지.

이홍은 친어머니가 자신을 버린 것이 다른 사람에게는 없
는 이 능력 때문임을 직감했다. 그래서 백이에게는 절대 이
를 들키지 않겠노라고 다짐했다. 폭풍우가 다가들고 있다는

기러기의 귀띔을 전하면서도 비구름을 읽어 그 사실을 알아낸 양 거짓말을 했다.

"맞아."

그렇게 대답해 놓고 범이 딴청을 피우듯 털이 돋은 발바닥을 핥았다. 그 모습이 덩치만 큰 고양이 같았다. 경계심이 누그러진 이홍이 재차 물었다.

"이름이 뭐야?"

"이름? 나한테 이름이 있었나?"

"뭐야, 이름도 없다니. 좋아. 내가 하나 지어 주지. 대신 계곡을 찾으려면 어느 쪽으로 가야 하는지 알려 줘. 너는 이 산을 잘 알잖아, 그렇지?"

"계곡은 왜?"

"목이 말라서 그래. 물을 마시고 싶어서."

"알겠어. 나를 따라와."

범이 수풀을 헤치고 나아갔다. 이홍이 범을 쫓아 길에서 벗어났다. 속바지에 휘감기는 치맛자락을 단속하며 조금 더 내려가니 비탈 아래에서 졸졸 물 흐르는 소리가 들렸다. 물가에 앉은 이홍이 손바닥에 물을 받아 얼굴을 씻고 목을 축였다.

"너는 안 마셔?"

기껏 물었건만 범은 바위에 앉아 꼬리만 살랑거릴 뿐이었다. 이홍이 다시 한번 권했다.

"한 모금만 마셔 봐. 달고 시원해. 진짜야."

범이 마지못해 고개를 수그려 계곡물을 마셨다. 어디선가 호박벌 한 마리가 날아와 윙윙거렸다. 범이 앞발을 휘둘러 버르장머리 없는 날벌레를 쫓아 버렸다.

이홍이 눈을 내리뜨고 바람결에 실려 온 향내를 음미했다. 범이 계곡 위쪽을 응시하면서 말했다.

"치자꽃일 거야. 얼마 전부터 잔뜩 피었더라고."

"그렇구나."

범이 일어나 걷기 시작했다. 이홍이 범을 뒤따랐다. 그날 처음으로 신은 비단신이 자꾸만 벗겨졌다.

이홍은 문득 범의 걸음을 흉내 내고 싶은 욕망에 사로잡혔다. 두 손을 짚고 엎드려 네발로 걷는다면. 머리를 숙이고 혓바닥을 내밀어 물을 할짝인다면.

낮은 가지에 가렴처럼 늘어진 덩굴 아래를 지나자 치자나무 군락이 펼쳐지면서 지천에 흰 꽃들이 피어 있었다. 범이 으스댔다.

"어때, 예쁘지 않아?"

"엄청."

이홍이 치자꽃 향기를 맡으며 찬탄했다. 범이 이홍을 쫓아다니다 꽃가루를 마시고 재채기를 했다. 이홍이 떨어진 꽃 한 송이를 주워 손가락에 끼웠다. 범이 물었다.

"저기, 한 번만 만져 봐도 될까?"

이홍이 흔쾌히 고갯짓했다.

"그럼. 못 만질 것 없지."

앞발을 든 범이 이홍의 머리카락을 건드렸다. 구부러진 발톱 끝에 비단 댕기가 걸렸다. 졸지에 머리채가 뒤로 당겨진 이홍이 당황해 허둥대다 손날로 세게 범의 콧잔등을 후려쳤다.

"뭐 하는 짓이야?"

범이 우물거렸다.

"만져도 된다면서."

"꽃이 아니라 나를?"

"나는 네가 그래도 된다고 말하기에."

이홍이 주먹을 꼭 쥐고 색색거렸다.

"싫어! 기분 나쁘다고!"

"미안, 사과할게."

범이 아양이라도 떠는 것처럼 이홍의 손등에 이마를 부딪었다. 이홍은 그런 범을 본 체도 하지 않았다. 범이 이홍에게 다시금 말을 붙였다.

"저기 있잖아."

"왜?"

"능금이 익으려면 몇 달은 더 기다려야겠지만 망종이 지났으니 앵두는 먹을 만할 거야. 나랑 같이 앵두를 따러 가지 않을래?"

이홍은 어림도 없다는 듯 콧방귀를 뀌면서도 결국 그를 따라나섰다. 둘은 길도 나 있지 않은 숲을 건너질렀다. 범이 이홍이 걸려 넘어지지 않도록 썩은 가지들을 앞발로 밀어 치워 주었다.

얼마쯤 더 걷자 솔숲 뒤편으로 붉은 열매가 맺힌 나무들이 보였다.

이홍이 성마른 몸짓으로 앵두나무 앞으로 다가들었다. 입안에 과실을 넣고 이로 짓이겨 불거져 나온 씨를 뱉었다. 조금 시기는 했어도 상큼했다. 눈 깜짝할 사이에 앵두 네댓 알을 더 먹어 치운 이홍이 유독 굵고 빨간 한 알을 따 범에게 들이밀었다.

"안 먹어?"

"나는 됐어."

범이 나무 아래에 누워 꼬리로 땅을 쳤다. 양손 가득 앵두를 움켜쥔 이홍이 돌연 생각났다는 듯 물었다.

"이런 외딴곳에서 어떻게 지내는 거야?"

"못 지낼 것도 없지. 토끼랑 노루도 있고 고개를 넘는 인간들도 있으니까. 딱히 배를 곯지는 않는다고."

범의 대꾸에 간담이 서늘해진 이홍이 사레들린 것처럼 끅끅댔다. 놈이 코웃음 비슷한 소리를 내더니 앞발에 턱을 괴었다. 이홍이 쥐고 있던 앵두를 보란 듯이 입속에 욱여넣었다. 탱탱하게 부푼 과육이 어금니 사이에 눌리면서 피 같은 과즙을 터뜨렸다.

손등으로 턱을 타고 흐르는 즙을 훔친 이홍이 아랫입술을 빨면서 범을 넘겨다보았다.

"이다음에는 어디로 데려가 줄 거야?"

"너는 어디로 가고 싶은데?"

범이 하품을 하면서 되물었다. 이홍이 과즙이 묻은 손바닥을 치마폭에 닦으며 고민에 잠겼다.

"기왕이면 볼거리가 많은 곳이면 좋겠지. 그런데 슬슬 움직여야 하지 않아? 금방 해가 떨어질 텐데."

범은 이홍의 말에는 답하지 않고 뒷발로 귀를 긁었다. 이홍이 이맛살을 찌푸리며 채근했다.

"가자, 응? 그만 가자고."

"알겠어. 일어나고 있잖아."

범이 느릿느릿 몸을 일으켰다. 이홍이 호기심 어린 표정으로 물었다.

"어딘데? 어디로 나를 데리고 가 줄 건데?"

"일단 따라와 봐."

범의 꼬리가 이홍의 팔뚝을 때렸다. 이홍이 손을 뻗어 범의 등줄기를 쓸었다. 맹수의 털은 풍성하고 매끄러웠다. 범은 그런 이홍의 수작을 모르는 척했다. 이홍이 손장난을 치듯 낭창낭창한 꼬리 끝을 쥐었다 놓았다.

둘은 부지런하게 걸었다. 징검다리를 지나 굽잇길을 돌아 나가자 산속이라고 믿기 힘든 정경이 펼쳐졌다. 기암괴석으로 둘러싸인 너른 벌판에 꽃들이 피어 있었다. 은방울꽃과 복수초, 바위취와 봉숭아, 서향까지. 꽃향기가 얼마나 짙은지 정신이 아찔할 지경이었다.

치마를 틀어쥔 이홍이 콧노래를 흥얼거리며 꽃들 사이를 거닐었다. 범이 어디선가 꽃 한 송이를 물어왔다.

"먹어 봐. 쌉쌀할 거야."

속이 시커먼 맹수의 호의 앞에 긴장을 늦춰서는 안 된다고 다짐했으면서도 이홍은 범이 권한 대로 꽃잎 한 장을 뜯어 질겅이고 말았다. 얇은 꽃이파리가 혀 위에서 안타까울 만큼 쉽사리 녹아내렸다. 달큰한 향내가 목구멍 아래로 미끄러졌다.

이홍이 꽃잎 서너 장을 더 뜯어 입으로 가져갔다. 시야가 흐려지면서 가슴이 두근거렸다. 동무들과 손을 맞잡고 탑돌이를 할 때처럼 세상이 빙글빙글 도는 느낌이었다.

이홍이 가쁜 숨을 할딱이며 눈을 비비던 손을 내렸을 때

범은 더 이상 범이 아니었다. 마른 체구에 실핏줄이 내비칠 정도로 살결이 뽀얗고 고운 소년으로 바뀌어 있었다. 이홍이 꽃물이 든 입술을 달싹였다.

"소년아, 너는 정녕 어여쁘구나."

소년이 같은 색으로 물든 입술을 달싹여 화답했다.

"소녀야, 너야말로."

이홍이 저고리 고름을 풀었다. 구겨진 비단 저고리가 팔꿈치 아래로 감겨 내려갔다. 돌기가 돋은 혓바닥이 맨 어깨를 훑어 올렸다.

이홍은 자신의 살갗에서는 어떤 맛이 날지 궁금했다. 실까. 비릴까. 갓 길은 우물물처럼 달까. 방금 찐 밤처럼 고소할까.

이홍이 다리 사이에 소년을 가두었다. 허벅지에 힘을 줘 소년을 결박하고 놓아주지 않았다. 그런데도 끝까지 자신을 풀어헤치지는 못했다. 소년의 손을 붙들고는 잔털이 인 손등에 입술을 누르며 중얼거렸다.

"그만. 안 된다는 걸 알잖아. 더 늦기 전에 멈춰야 해."

소년이 보채듯 그르렁댔다. 이홍이 미소 띤 얼굴로 고개를 저었다.

"머지않아 꼭. 하지만 오늘은 아냐."

이홍은 이명과 환시 속에서 소년과 더불어 누웠다. 하늘과 땅이 자리를 뒤바꾸고 돌들이 노래하는가 하면 온 사방에 오색 빗방울이 흩뿌렸다. 이홍이 소년의 품에 안겨 곤한 잠에 빠져들었다.

다시 눈을 떴을 때는 밤이었다. 짙어진 하늘 아래 꽃들이 져 있었다.

이홍이 가슴 위에 올려져 있던 저고리를 집어 들었다. 식은땀이 밴 이마에 미열이 남아 있었다. 머릿속이 깨진 거울 같았다. 소년이 있던 옆자리가 사느랬다. 게슴츠레한 눈으로 꽃잎이 짓이겨진 흔적을 넘겨보던 이홍이 갑작스레 떠올랐다는 듯 손을 들어 치마끈을 만졌다. 단도는 여전히 거기에 있었다.

그 순간 백이가 건넨 말이 귓가를 스쳤다.

"첫 땀을 뜬 바느질은 반드시 끝내야 한단다."

고즈넉한 밤. 깜빡이던 등잔불.

"아니면 다음 새벽이 올 때까지도 그 치마를 입을 수 없을 게다."

저고리에 팔을 꿴 이홍이 고름을 매었다. 금수의 말을 할 수 있다는 건 무슨 의미일까. 그건 제 안에 금수가 있다는 뜻이었다. 그 역시 금수라는 뜻이었다. 그는 아마 제물로 뽑히기 훨씬 전부터 오늘 벌어질 일을 예감하고 있었는지 몰랐다.

이홍은 산군의 신부로 누구보다 어울리는 사람이었다.

밤이었다. 산군과 인간 소녀가 혼례를 올리는 날. 산짐승들이 숲을 맴도는 이홍에게 다가와 통곡바위로 가는 길을 알려 주었다. 하지만 달빛 아래 깎아지른 암벽이 올려다보이는 길목에 다다라서는 산군에게 들키기라도 할까 염려하며 뿔뿔이 흩어졌다.

핏물을 머금은 듯 불그스름한 바위 앞에서 산군이 이홍을 기다리고 있었다. 산맥 같은 허리와 횃불 같은 안광, 기둥 같은 다리와 칼끝 같은 발톱, 어떤 악귀라도 한입에 씹어 삼킬 수 있을 만큼 커다란 입.

이홍이 삼각산의 왕에게 큰절을 올렸다.

"그대의 신부가 왔소이다."

이홍의 목소리가 평소답지 않게 우렁차고 엄숙했다. 마치 열여덟 명의 소녀들이 한꺼번에 외치는 것 같았다.

"그들이 이 몸을 간택했소. 다른 신부들처럼, 열여덟 명의 다른 딸들처럼 나 역시 길잡이에게 이끌려 이 산을 올랐소."

숲 그림자 속에 숨죽인 또 다른 맹수, 그 소년만은 이홍도 예상하지 못한 것이었다. 그 어린 범은 아비를 추종하는 마음으로 이홍을 찾아왔을까. 새 신부가 어떤 인물인지 알고 싶어서? 먼 훗날 자신에게 바쳐질 제물을 고대하면서?

"이 머리끝에 드리운 제비부리댕기가 그 표식이지. 하지만 아시오? 나는 그렇게 쉽게 죽어 줄 생각이 없소.”

이홍이 단도를 뽑아냈다. 칼날을 감싼 가죽을 집어 던지고는 손가락을 오므려 나무를 조각해 만든 손잡이를 그러쥐었다.

“모든 딸들이 죽어 돌아가지는 않아. 나는 살 거요. 죽지 않을 거요. 적어도 당신 손에는.”

산군이 노기를 띠고 포효했다. 달빛 아래 이마에 새겨진 검은 무늬, 왕王 자가 선명하게 드러났다. 그러나 산군이 이홍의 목을 채 부러뜨리기 직전, 그림자 하나가 숲 그림자 속에서 쏜살같이 달려 나왔다.

소년이 이홍을 덮쳐 쓰러뜨렸다. 이홍이 배신감에 몸서리치면서 단도를 치켜세웠다.

“정 원한다면 네놈부터 죽여 주지.”

하지만 큰소리친 것과 달리 그를 찌르지 못했다. 떨리는 칼끝에 서린 망설임을 알아챈 소년이 길고 높은 울음을 터뜨렸다.

이 밤, 소년은 이홍을 위해 헌신할 작정이었다. 이홍이 자신의 이름을 묻던 순간 그렇게 하기로 결심했다. 그 같은 결심이 제 아비를 배반하는 결과로 이어진다고 할지언정.

소년이 인간의 눈으로는 뒤쫓을 수도 없을 만큼 날렵하게 뜀박질했다. 산군이 달려드는 소년을 후려갈겼다. 소년이 일어나 아비의 귀를 물어뜯었다. 한쪽 귀가 잘려 나간 산군이 분기탱천해 날뛰었다.

이홍은 새처럼 조용하고 쥐처럼 날래게 움직였다. 소년을 때려눕힌 산군을 뒤에서 힘껏 끌어안고 눈이 있는 곳을 향해 단도를 내질렀다. 발광하는 산군의 목덜미 털을 꽉 붙들어 쥐고는 등허리에 올라탄 다음 단도를 세워 악착같이 다른 눈을 쑤셨다.

이홍의 치마폭이 시뻘겋게 얼룩졌다. 태산 같은 몸이 허물어졌다. 그런 뒤에도 이홍은 지치지 않고 산군을 베고 썰고 난도질했다. 피 칠갑을 한 채 마지막 숨을 몰아쉬는 산군에게서 기어 내려왔다.

삼각산의 왕은 죽임을 당했다. 제물에게. 인간에게. 한낱 조그마한 소녀에게.

통곡바위를 디디고 선 이홍이 머리채에 드리운 제비부리 댕기를 풀었다.

"이 산의 주인이 바뀌었도다! 오늘부터는 내가 왕이다!"

산 전체가 새 왕의 등극을 경하했다. 고라니와 삵, 꿩은 물론이고 온갖 산짐승들이 울고 짖고 지저귀었다. 폐왕의 죽음을 온 세상에 알렸다. 다가오는 계절, 이 산의 능금은 어느 해보다 탐스러울 것이었다.

소년이 애처롭게 신음하면서 바위 앞으로 다가들 때였다.

이홍이 피에 전 댕기를 던지며 경고했다.

"멈춰. 더는 다가오지 마."

소년이 절뚝이는 걸음을 멈추고 그를 올려다보았다. 이홍의 눈동자가 범의 그것처럼 샛노란 광채를 발했다.

"세상의 주인이 둘일 수는 없는 법. 하물며 너는 전 왕의 혈육이 아니더냐."

밀려드는 안개가 통곡바위를 감쌌다. 이홍의 형상이 숲 그림자에 섞여 들었다. 안개 너머에서 속살대는 목소리가 간드러졌다.

"소년아, 다시 만나는 날 네 이름을 지어 줄게. 그날 우리 몸을 섞는 거야. 밤새도록 서로를 먹으면서 서로에게 잡아먹히는 거야. 그날이 오기를 손꼽아 기다릴게."

안개가 점점 더 빽빽해졌다. 뭇짐승들이 내지르는 아우성이 희미해졌다.

소년은 홀로 남겨졌다. 그로부터 무수한 나날 동안 꽃 내음을 쫓으며 끝없는 갈망에 시달릴 것이다.

이름 없는 범이 산꼭대기를 향해 부르짖었다.

도련님과 아가씨와 나

"생에 열중한 가련한 인생아
너는 칼 위에 춤추는 자로다."

— 윤심덕, 「사死의 찬미讚美」

석남이 툇마루에서 뛰어내렸다. 기쁜 소식이라도 전해 들은 것처럼 두 손을 마주 쥐고는 꽃담 근처로 종종걸음으로 다가갔다. 한바탕 설거지를 해치운 뒤인지 치마에는 군데군데 물방울이 튀어 있고 땋은 머리는 나슨하게 풀려 있었다.

때는 6월, 바느질감을 끌어안고 앉은 채로 든 낮잠 속으로 빗소리가 섞여 들어도 이상하지 않을 장마철이었다.

"분이오. 분 사시오. 어서 나와 구경들 해 보시오."

바깥에서 들려오는 소리에 귀를 기울이던 석남이 세게 한 번 발을 굴렀다. 방물장수의 외침이 골목 안쪽으로 멀어졌다.

"박가분이오, 박가분. 질 좋은 골무랑 성냥, 머릿기름도 있다오."

석남이 실망스러운 표정으로 행랑채 앞으로 걸어가 툇마루에 냉큼 도로 걸터앉았다. 앞치마에 손바닥을 문대며 대문 쪽을 쏘아보았다. 그래서 대관절 언제 온다는 거야? 그놈의 도련님인지 뭔지 나타나기만 해 봐라.

늦은 오후, 그러나 저녁상을 차리기에는 다소 이른 무렵. 북촌 끄트머리 골목은 한가로웠다. 솔직히 말하면 호텔 다정多情은 그다지 인기 있는 숙소는 아니었다. 이름만 호텔이다뿐 손탁호텔이라든가 조선호텔이라든가 하는 곳들과는 달랐다. 지난 몇 년 동안 경성에는 신식 호텔은 물론이고 일본인들이 운영하는 여관이 우후죽순으로 늘었다.

기와집을 개조해 만든 이 호텔은 대청에 유리문을 다는가 하면 전기등을 설치하기는 했지만 무척 예스러웠다. 구들장에 불을 땠고 식사 역시 소반에 차려 올렸다. 그래도 방들은 널찍널찍했으며 보슬비라도 내리는 날이면 마루에서 내려다보는 풍경이 제법 운치 있었다.

석남은 다정이 세간에 비교적 덜 알려져 있다는 사실을 다행으로 여겼다. 그렇지 않았다면 더 많은 투숙객들이 이곳을 찾았을 것이고 일꾼들 역시 지금보다 훨씬 많아야 했을 것이다. 석남이 이전에 고용살이했던 요릿집에서는 주방 일을 하는 사내들이 부엌 심부름을 거드는 여자아이들을 못살게 굴며 추행하곤 했다.

석남을 그 요릿집에서 빼 준 것이 바로 현 고용인이자 다정의 주인인 부용이었다. 석남의 아버지는 첫째 딸을 고용살이꾼으로 떠넘기는 순간까지 술에 취해 있었다.

이곳에서는 부엌어멈의 비위만 맞추면 그만이었다. 그 노파는 가는귀가 어두워 소리를 잘 듣지 못했지만 날씨가 궂어 무릎만 쑤시지 않으면 그냥저냥 대할 만했다. 더군다나 석남은 나이 지긋한 부녀자들의 비위를 맞추는 데 도가 터 있었다.

내담 너머 안채에서는 기침 소리조차 들리지 않았다. 부용의 거처는 안채 중에서도 맨 끝방이었다. 북쪽을 향해 문을 낸 그 방은 대낮에도 한밤처럼 어두웠다. 창문마다 덧문을 댄 것도 모자라 8폭 병풍을 둘러놓기까지 했다. 부용은 필요한 것이 생기면 화장대에 올려 둔 은종을 흔들었다. 은종 소리는 부용의 말소리만큼 높고 해맑았다.

석남이 바닥에 닿지 않는 발을 까불며 사랑채를 곁눈질했다. 그 집채에서도 제일 좋은 큰방을 석남은 나흘 넘게 정리했다. 오늘 아침에도 문이란 문은 전부 열어젖히고 묵은 공기를 내보낸 뒤 꼼꼼하게 쓸고 닦는 정성을 들였다.

마침 장기 유숙하던 손님들 몇이 퇴실해 밤낮없이 졸린

눈을 하고 있는 룸펜 한 명이 투숙객의 전부인 상황이었다. 얼치기 도박꾼이 아닐까 싶던 그 작자는 석남과 우연히 마주칠 때마다 아가씨의 신상을 캐물어 그의 심기를 불편하게 했다.

그때 한 사람이 발소리도 없이 문간에 들어섰다. 반사적으로 엉덩이를 일으킨 석남이 상대의 정체를 알아채곤 눈살을 찡그렸다.

"하여간 낮도깨비도 아니고. 기척이나 내고 다니시지요?"

석남의 구시렁거림에도 희태는 별다른 대꾸를 하지 않고 고개만 까딱이고 말았다. 한 손에 다리를 비끄러맨 닭 한 마리가 들려 있는 걸 보면 돌아오는 길에 시장에 들른 듯했다.

동그란 안경을 쓴 그 젊은이는 이 호텔에서 이른바 지배인 역할을 맡고 있었다. 키가 멀대같이 크고 말랐음에도 완력이 좋아 궂은일도 대수롭잖게 처리했다. 그러면서도 성품은 온화해 석남이 때때로 반말지거리를 하며 허물없이 굴어도 언짢아하지 않았다.

"왜 만날 살아 있는 걸 사 오는 거예요?"

"목이야 내가 치면 되니까."

얼버무리던 희태가 안경을 추어올리며 사랑채 쪽을 넘겨보았다.

"그 도련님이라는 자는 아직 안 온 건가?"

"네."

심드렁한 태도로 툇마루에 올라앉은 석남이 흥미로운 질문거리가 떠오른 것처럼 눈을 반짝였다.

"맞다! 또 시체가 나왔다면서요?"

"그래."

희태가 껄끄러운 상황이라도 맞닥뜨린 듯 슬금슬금 돌아섰다. 그런다고 호기심 많은 소녀가 그를 순순히 놓아 보내 줄 리 없었다.

"역시 천변이에요? 온몸의 피가 다 빠져 있었고요?"

"듣자 하니 그렇다더라."

부르르 몸서리친 석남이 턱짓으로 사랑채를 가리키며 소곤거렸다.

"그런데 가운뎃방 손님은 어디 간 거예요? 그 여드름쟁이 말이에요. 가방이 그대로 있는 것 같던데."

"모르긴 몰라도 숙박비가 없어서 내뺐겠지."

"하여간 아가씨도 어쩌시려고. 경성 바닥에 소문난 거 아니에요? 이 호텔에서는 돈 안 내고 도망쳐도 무방하다고? 이번이 몇 번째야."

석남이 투덜댔다. 그런 석남을 바라보던 희태가 여기서 노닥거리고 있을 때가 아니라는 듯 다급히 발걸음을 옮기려던 찰나였다.

"안녕하십니까. 여기가 호텔 다정이 맞습니까."

나지막한 말소리가 들리는 즉시 석남이 어이쿠 소리를 냈다. 후다닥 댓돌로 내려와 고무신을 주워 신으며 눈을 휘둥그렇게 떴다.

"저, 저기, 호, 혹시……."

남자가 떠듬거리는 석남과 마주하면서 모자챙에 가볍게 손을 올렸다. 버스터 키튼인지 뭔지 하는 서양 배우가 썼다는 모자는 남자에게 썩 잘 어울렸다.

"처음 뵙겠습니다. 백민이라고 합니다만."

그 남자가 바로 석남이 고대하던 손님이었다. 아가씨가 하루가 멀다 하고 주고받는 서신의 수신자이자 발신자, 백민 도련님.

닷새 전 부용은 머리를 빗겨 주던 석남에게 자신과 백민이 어떻게 만나 교제하게 됐는지 알려 주었다. 부용이 그와 첫인사를 나눈 건 일본행 연락선 위에서였다. 부용은 명문가의 자제인 백민에게 첫눈에 호감을 느꼈고 갑판을 거닐며 담소를 나눈 끝에 그가 이종사촌 언니와 막역한 사이라는 사실을 알게 됐다.

동경에 도착한 이후로도 둘은 간간이 만나 교류했다. 하지만 부용이 미술전문대학에 입학한 지 1년도 안 지나 귀국한 것과 달리 백민은 일본에 수년을 머물렀으며 그곳에서 친교를 맺은 미국인 선교사와 함께 도미했다.

그로부터 2년이 지나 백민은 태평양을 건너 모국으로 돌아왔다.

석남이 화들짝 놀라는 시늉을 하면서 눈까풀을 깔았다. 자신도 모르게 그를 쳐다보며 넋을 놓고 있었는지 몰랐다. 백민은 불쾌한 기색이라곤 없이 미소를 띠었다.

"네가 석남인가 보구나? 인력거꾼도 어디에 있는 호텔인지 도통 모르겠다더니. 그래도 옳게 찾아온 모양이군. 내가 운이 좋았나 보다."

백민의 음성은 허스키하면서도 사내치곤 조금 가늘었다. 게다가 말투에 낯선 억양이 배어 있었다. 석남은 그것이 설탕을 문 채로 내쉬는 숨결처럼 무구하다고 생각했다.

면전에서 내뱉을 소리는 아니었지만 보는 눈을 의심하게 할 만큼 잘생긴 사내였다. 나이가 몇인지 몰라도 피부는 말그스름했고 이목구비는 또렷했다. 입가에 보일 듯 말 듯 더해진 주름마저 그의 낯에 나름의 기품을 보낼 따름이었다.

길고 고단한 여정 때문인지 라펠이 좁은 스리 버튼의 양복은 자잘하게 구겨져 있었으나 값비싼 옷감 특유의 광택만큼은 조금도 손상되지 않았다. 구걸하는 아이에게 동전 몇 닢을 집어 주고 구두닦이라도 시켰는지 나비 모양으로 끈을 매듭지은 더비 슈즈에는 고급스러운 윤이 흘렀다. 바지 주머니 밖으로 비어져 나온 금속줄을 눈여겨본 석남은 그것이 시곗줄이리라고 확신했다.

"아이코, 내 정신 좀 봐. 짐은 제가 들겠습니다. 이리 주세요."

석남이 황급히 손을 뻗었다. 가죽으로 만든 트렁크는 내용물의 무게 때문인지 아래가 축 처져 있는 데다 웬만한 짐은 쏟아붓고도 남을 만큼 큼직했다.

"괜찮네. 내가 직접 옮기겠네."

고갯짓한 백민이 무슨 질문을 하고 싶은 듯 머뭇거리자 석남이 눈치 빠르게 대화를 이었다.

"아가씨는 저녁때까지 거동하지 않으세요. 해가 떠 있는 동안에는 영 피곤해하셔서. 지병 때문에 나들이도 거의 하지 않으시고요."

"그럼 나도 그동안 짐을 풀어야겠군."

석남이 백민의 뒤를 따르며 물었다.

"간단한 요깃거리라도 올릴까요."

"좋지. 마침 배가 고팠는데. 신경 써 줘서 고맙구나."

백민이 상냥하게 웃어 보였다. 희태가 닭을 든 손을 등 뒤에 숨기고 주춤주춤 걸어 나왔다.

"하필이면 이런 상황에 인사를 드리게 돼 송구스럽습니다. 저는 호텔의 지배인인 박희태라고 합니다. 투숙하시는 동안 불편한 점이 있으시면 언제든지 말씀해 주십시오. 성심껏 도와 드리겠습니다."

"알겠네. 그리하겠네."

석남이 백민을 준비해 두었던 방으로 안내했다. 희태가 부엌간 쪽으로 사라졌다. 얼마 안 지나 구름 그림자가 짙어지는가 싶더니 소낙비가 들이쳤다.

석남이 호들갑을 떨며 마당으로 뛰어 내려와 빨래를 걷었다. 그 탓에 마르다 만 빨래를 품에 안고 돌아설 때까지도 석남은 닭털이 떨어진 마당가에 피가 얼룩져 있다는 사실을 알아차리지 못했다.

긴 하루였다. 비는 그쳤고 밤하늘은 개어 별들이 총총했지만 풀들은 젖어 있었다. 고양이 한 마리가 돌 위에 고인 물을 할짝였다. 검은 몸에 네 발만 새하얗던 고양이는 희태가 바지 주머니에서 손을 빼 조끼 앞을 더듬을 무렵 뒤란으로 훌쩍 사라졌다.

희태가 마코 담배 한 개비를 입에 물었다. 성냥을 그어 담배에 불을 붙이자 고지식해 보일 만큼 새까만 눈동자에 서린 근심이 드러나는가도 싶었으나 성냥불이 꺼지는 즉시 감추어졌다. 희태가 또 한 번 담배 연기를 빨아들였다.

깊은 밤, 아기들은 잠들어 있고 소녀들은 하나씩의 비밀을 가슴에 품은 채 뒤척일 시간. 그들에게 꿈이란 포장지를 벗기지 않은 깜짝 선물과 같으리라.

안채 맨 끝방에는 전깃불이 켜져 있었다. 이제 덧문은 걸렸고 병풍은 접혀 치워졌다. 축음기에서 흘러나오는 음악 소리가 왈츠를 추는 소녀처럼 빙글빙글 뜰을 맴돌았다. 부용은 영국제라는 그 물건을 애지중지했다.

희태는 내담 옆에 숨어 그 방을 훔쳐보는 중이었다.

부용의 거처는 저택에서 유일하게 서양식으로 꾸며져 있었다. 마룻바닥에는 카펫을 깔았고 접이식 탁자에는 스탠드를 놓았으며 화장대와 암체어, 소파 따위를 나름의 규칙에 맞게 배치했다. 맞은편 가림막 뒤에는 침대가 숨겨져 있었다.

안채 모퉁이에 있는 그 방은 낮 동안 굳게 닫혀 있었다. 덧대어진 문과 빽빽하게 세워진 병풍 너머에서 부용이 어떤 악몽에 시달리는지는 아무도 몰랐다. 희태조차 부용의 죄책감과 고뇌, 그에 못지않게 강렬한 욕망을 짐작만 할 따름이었다.

희태가 재를 떤 담배를 다시금 입에 물었다. 탁자 앞에 돌아앉은 백민의 모습이 보였다. 잘난 그 도련님은 더블버튼의 미색 양복을 차려입고 있었다. 가방에 넣어와 구겨진 것을 석남이 다려 주었는지 라펠부터 바지 끝단까지 주름진 데 하나 없이 산뜻했다.

희태가 후 하고 연기를 뿜어냈다. 백민의 맞은편에 앉아 있던 부용이 느릿느릿 몸을 일으켰다. 야윈 여자였다. 그러나 높은 구두를 신지 않고도 대부분의 사내들을 내려다볼 수 있을 만큼 키가 무척 컸다. 희태는 부용과 맞보고 섰을 때 그의 이마가 자신의 턱 근처에 온다는 걸 알고 있었다.

신여성답게 어깨 길이로 자른 머리카락이 단정했다. 입술은 화사한 다홍색이었는데 이는 필시 오늘의 만남을 준비하며 립스틱을 발랐기 때문일 것이다. 요 근래 부용의 낯은 파리하다 못해 죽은 사람의 그것처럼 온기라곤 없이 차디찼다. 맙소사, 죽은 사람이라니. 그 무슨 망발을. 희태가 스스로를 꾸중하며 앞니로 담배를 질근거렸다.

부용이 포플린 드레스를 사락거리며 백민의 곁에 가 섰다. 허리를 숙여 백민의 귓가에 밀어를 속삭일 때 희태는 자신도 모르게 주먹을 우두둑거렸다.

그들은 눈빛으로 서로를 더듬고 있었다. 괴롭히고 애태우고 부추기고 있었다. 떨어져 있었던 시간을 벌충하려는 것처럼 열렬하게. 단 한 번도 헤어진 적 없는 것처럼 친밀하게. 그 애정이 너무나도 강렬해 희태는 눈이 멀 것 같았다.

희태는 그들 앞으로 달려 나가고 싶었다. 풋내기 도련님에게 삿대질하며 호통치고 싶었다. 그이를 진정으로 이해하는 건 나, 바로 나밖에 없다고!

희태가 눈시울을 붉히며 담뱃재를 털었다. 먼발치에서 끝끝내 그들을 지켜보기만 했다.

"이 밤에 그렇게 뛰면 못 써. 너는 나만큼 밤눈이 좋지 않잖니."

그것이 부용이 희태에게 처음 건넨 말이었다. 돌이켜보면 묘한 구석이 있는 언사였다. 하지만 그때 희태는 이를 눈치챌 만큼 사리가 밝지 못했다.

천변에서는 밤마저 소란스러웠다. 냇물은 배설물과 구정물, 인간사의 더러움까지 고스란히 실어 날랐다.

"심부름이라도 다녀오는 길이니? 밤은 어둡고 위험하단다. 지금이야 허기가 가셔서 괜찮다고 해도 또 모를 일일지. 이런 곳에서 얼쩡대지 말고 어서 집으로 돌아가렴."

하늘하늘한 블라우스에 플레어스커트를 입은 그 여자는 인기척도 내지 않고 나타났다. 희태는 여자에게서 시선을 뗄 수 없었다. 맨발에 누더기를 걸친 제 몰골이 새삼 부끄러웠다.

"못 가요."

희태가 홧김에 한 마디를 내뱉었다.

"으음?"

하는 소리를 흘리면서 여자가 눈초리를 추켜세웠다. 슬쩍

피를 마시는 새 한정판 (전4권) 이영도

**대하 정치군상극 『피를 마시는 새』 출판 20주년을 기념하여
수량 한정으로 특별히 출판한 친필 사인 양장본**

- 붓과 먹으로 한국적 색채를 낸 백성민 화백의 삽화 62점 수록
- 이영도 작가의 친필 사인 수록 (세트만 해당, 1권에 수록)
- 고급 패브릭 소재 커버 및 고밀도 슬립케이스 (세트만 해당)
- 가볍고 핸디한 페이퍼백 4권 무료 증정 (세트만 해당)

이영도

밀리언셀러를 기록한 『드래곤 라자』로
한국 판타지 문학의 부흥을 이끈 소설가.
대표작 『눈물을 마시는 새』가 사상 최고
선인세로 한국 단행본 출판 수출 역사를
바꾸며, 전 세계 17개 언어권
30여 개 나라에서 인기리에 출간 중이다.

2025
황금가지
황금가지

드러난 송곳니 끝이 입술 가장자리를 눌렀다.

"못 가요. 못 돌아간다고요."

희태는 자신의 팔이 저절로 움직이는 것을 느꼈다. 의식하지 못하는 사이 여자의 스커트 자락을 움켜쥐었다. 삼촌이 구걸을 시킨다고, 매질을 한다고, 찬물을 끼얹으며 걷어찬다고, 자신은 개만도 못한 신세라고 목 끝까지 치밀어 오른 항변을 삼켰다.

"저런."

여자는 그제야 희태의 뺨에 난 상처를 살피는 척을 했다. 그 밝은 눈으로 실은 벌써 다 확인했으면서.

"저를 데리고 가 주세요."

희태가 스커트를 붙든 손아귀에 힘을 주었다.

"재워만 주세요. 누울 자리만 주시면 돼요. 뭐든지 할게요. 이대로 돌아가면 맞아 죽을 거예요."

눈물 콧물을 쏟으면서 애원했다. 매질을 당하고 걷어차이고 바닥을 기는 동안에는 어떻게든 억누르고 있던 울분을 쏟아 냈다.

"저를 혼자 두고 가지 마세요, 제발요, 네?"

여자가 스커트를 구겨뜨리는 손을 쳐냈다. 희태의 어깨를 억세게 내리누르고는 그의 눈을 쏘아보았다.

희태는 자신을 향한 눈동자 속 야수성을 알아보았다. 스스로 의탁하고자 하는 상대가 어떤 맹수인지 어린 마음으로나마 어렴풋하게 짐작했다.

"애원은 하지 말거라. 셈은 정확해야 하니까. 모든 건 거래야. 주는 만큼 받는 거지. 어느 쪽이 이득을 보고 어느 쪽이 손해를 보는지는 끝나는 순간에야 확실하게 알 수 있겠지만."

여자가 희태의 어깨에서 손을 떼고 앞장서 걸음을 뗐다.

"따라오려무나. 비틀거리지 말고 똑바로 걸어."

그리하여 희태는 이곳 북촌에서 지내게 됐다. 다른 하인들과 함께 행랑채에 기거하면서 허드렛일을 거들었다.

대대로 손이 귀한 가문이었다. 저택에서 오래 일한 하인들은 아가씨가 일본에서 병을 얻어 귀국한 이래로 집안에 흉사가 끊이지 않는다고 수군덕댔지만 부용은 남들이 뭐라든 개의치 않았다. 안채에 틀어박혀 밤늦은 시간이 아니면 아예 모습을 드러내지 않았다.

혼란스러운 시절이었다. 얼마 안 지나 조부마저 세상을 떠나고 부용은 가문의 유일한 후계자로서 그 저택과 얼마 남지 않은 부를 물려받았다. 몇 년 뒤 솟을대문에는 호텔 다정이라는 현판이 내걸렸다.

희태는 석남 역시 비슷한 방식으로 부용의 눈에 들었으리라고 확신했다. 그들은 간발의 차이로 목숨을 구했는지 몰랐다.

희태가 담배를 피우며 지난날을 상기하는 동안, 석남은 건넌방에서 꾸벅꾸벅 졸고 있었다. 그 소녀가 보기에도 5년 만에 고국에 돌아왔다는 도련님과 아가씨는 둘도 없이 잘 어울리는 짝임이 분명했다. 석남이 소반에 뺨을 대고 엎드렸다. 가물거리는 머리로 둘이 어떤 한담을 나누고 있을지 그려 보았다. 일본행 연락선에서 우연히 마주쳤던 순간을 돌이키고 있을까. 우에노 공원에서 작별하던 순간을 되새기고 있을까.

그러나 그런 상상을 하는 건, 익지 않은 감을 베어 물었을 때처럼 석남의 입을 떫게 했을 뿐이었다. 석남은 유학 같은 건 꿈도 꾼 적 없으니까. 박가분 하나 사는 것조차 사치였으니까.

더군다나 석남에게 오늘 하루는 무척 고달팠다. 어제처럼. 내일 역시 그러할 것처럼.

부용 아가씨는 언제쯤 종을 울리실까. 금방 나가 봐야 하는데. 곁에서 시중을 들어 드려야 하는데. 잠들어 버리면 안 되는데. 그렇게 되뇌면서도 석남은 서서히 눈을 감고 있었다.

축음기에서 피아노곡이 흘러나왔다. 도련님과 아가씨가 터뜨리는 웃음소리가 낭랑했다.

　그날 이후로도 석남의 일상에 큰 변화는 없었다. 백민은 룸펜과는 정반대인 인물이었다. 매일 아침 석남이 부엌간에서 상을 받아와 들어가도 괜찮겠느냐고 물을 때면 이미 차림을 정제하고 있었다.

　백민이 투숙한 방에는 간혹 새벽까지 불이 밝혀져 있었다. 석남은 문창지를 적신 그 빛을 확인하며 그의 귀가를 짐작하곤 했다. 어느 날에는 호기심을 참지 못하고 희태에게 백민이 언제까지 호텔에 투숙할 계획인지 아느냐고 묻기도 했다. 안경테 위로 석남을 흘낏 넘겨다본 희태는 평소답지 않게 퉁명스러운 말투로 대꾸했다.

“나도 잘 모르겠는데.”

　아가씨는 늘 그렇듯 어둠이 내리기 전까지는 방에서 나오지 않았다. 해가 완전히 저물고 나서야 대청마루에 서서 기지개를 켰다.

　석남은 종일 일을 해 지친 몸으로도 그 방을 열과 성을 다해 소제했다. 미닫이문은 끝까지 밀어젖힌 채였다. 부용은 이 저택에서 일하는 동안 몇 가지 규칙을 꼭 지켜 달라고 당부했다. 자신과 함께 있을 때는 절대 방문을 닫지 말라는 것이 첫 번째 규칙이었다.

　며칠간 비 소식이 없다 했는데 그날은 일찍부터 빗소리가 들렸다. 백민은 전날에도 밤늦게 호텔로 돌아온 모양이었다.

석남은 비가 내려 마당을 비질하지 않아도 되는 것이 기뻤다. 그러나 습기를 머금고 보기 흉하게 뜬 곱슬머리만큼은 불만스러웠다. 이부자리를 개고 머리를 땋아 늘어뜨리고 가는 비를 맞으면서 부엌으로 건너갔다.

언제 안 그랬냐마는 그날 역시 정신없이 바빴다. 그래도 짬을 내 뒤란에 달걀노른자며 황태 부스러기를 가져다 두는 것을 잊지 않았다. 저택을 드나드는 고양이들을 위한 것이었다.

룸펜은 전에 없이 활달한 태도로 석남을 맞아들였다. 하지만 상보를 젖혀 상차림을 확인하자마자 인상을 쓰며 툴툴댔다.

"고기반찬은 없는가."

"달걀이 있지 않습니까. 황태구이도 있고요."

석남이 별 시답지 않은 소리를 다 듣겠다는 듯 되받았다. 콧등에 주름을 잡은 룸펜이 젓가락을 집으려다 말고 석남의 엉덩이를 건드렸다. 석남이 냅다 고함을 질렀다.

"손님!"

"미안하네. 손이 미끄러져서 그만."

룸펜이 얼토당토않은 변명을 하며 실실거렸다.

"빈 상은 문 앞에 내놓으세요. 알아서 가져가겠습니다."

석남이 황황히 물러났다. 대청마루에 나와서도 한참을 씩

씩대며 닫힌 문을 향해 주먹질을 했다. 한숨을 쉬며 돌아서자 멀찍이 떨어진 댓돌에 검은 윙 팁이 코를 바깥으로 한 채 반듯이 놓여 있는 것이 보였다. 그 모양새가 주인의 성품을 닮아 있는 듯했다.

석남이 비죽비죽한 머리카락을 매만졌다. 이놈의 곱슬머리. 그래도 어쩔 수 없지. 장마니까. 앞치마를 정돈한 석남이 방문 앞으로 다가들면서 목을 가다듬었다.

"도련님, 식사 가지고 왔습니다."

"들어오게."

석남이 마루 귀퉁이에 따로 놓아둔 소반을 들었다. 백민이 읽고 있던 책을 덮으며 인사했다.

"간밤 잘 주무셨는가."

"네. 도련님은요?"

"덕분에 편히 잤다네."

백민이 서안 앞에서 몸을 일으켰다. 희고 날씬한 손가락 새로 광채를 띤 줄이 늘어져 있었다. 금줄에 매달려 있던 물건은 석남의 예상대로 회중시계가 맞았다.

소반 앞에 자리를 잡은 백민이 조금 열린 문틈으로 시선을 던졌다.

"오늘은 종일 비가 올 모양이야. 빗소리가 듣기 좋군."

"아무렴요. 저도 비 오는 날을 좋아한답니다. 마당을 쓸지 않아도 되거든요."

둘은 동시에 웃었다. 석남이 소반을 덮은 상보를 걷자 백민이 상 위를 내려다보면서 눈을 빛냈다.

"요사이 조선 음식을 먹는 재미가 얼마나 각별한지. 사람은 마땅히 나고 자란 땅의 음식을 먹고 살아야 하는 게 아닌가 하는 생각이 들 정도야."

"그런가요."

"그럼. 미국에 있으면서 제일 그리웠던 게 바로 이 음식이라네. 오늘도 잘 먹겠네."

"별말씀을요. 꼭꼭 씹어 드세요."

곧장 일어나 자리를 뜨려던 석남을 향해 백민이 손짓했다.

"아, 잠시만 기다려 주게. 자네에게 부탁을 하나 하고 싶어서 말이야."

"네? 부탁이요?"

저 도련님이 나한테 부탁할 거리가 뭐 있다고. 석남은 의아해하면서도 다소곳하게 도로 앉았다.

"며칠간 내 시중을 드느라 고생이 많았지? 그래서 말인데 내일 오후에 나와 같이 나들이를 가 줬으면 하네만."

"고생이라뇨. 저는 아무것도 한 게 없는데요. 그런데 도련님과 나들이를요?"

석남이 믿기지 않는다는 듯 되물었다.

“그렇다네.”

“제 일은 어찌하고……”

“걱정할 것 없네. 부용에게는 허락을 구해 놓았으니.”

그렇게 응수하는 백민의 자세가 태연자약했다. 그러면 그럴수록 석남은 당황스러워 어쩔 줄을 몰랐다.

“도련님 같은 분이 왜 저 같은 것과……”

“부용에게 줄 선물을 사고 싶어서 그래. 자네는 부용을 가까이에서 모시고 있지 않은가. 부용이 어떤 선물을 좋아할지 누구보다 잘 알겠지. 부용에게는 자네한테 혼마치를 안내받고 싶다고 언질해 두었다네.”

백민이 재차 물었다.

“어떤가. 괜찮겠는가.”

“아무렴요. 괜찮다마다요.”

무심결에 숨결이 거칠어져 석남이 한 손으로 가슴을 눌렀다. 나를 대동해 혼마치를 가고 싶으시다고? 귀금속 상점을 방문하시려는 걸까. 아니면 미쓰코시 백화점을? 그런 석남을 빤히 쳐다보면서 백민이 버릇처럼 조끼 주머니 밖으로 불거진 줄을 만지작거렸다.

석남의 시선이 백민의 손놀림을 좇아 움직였다. 백민이 아하는 소리를 터뜨리더니 금줄에 달린 시계를 치켜들었다.

“자네 혹시 이 물건이 무엇인지 궁금한 겐가? 이건 말일

세, 평범한 시계처럼 보이겠지만 실은 최면술에 쓰이는 도구라네."

"최면술이요?"

"그래. 나는 미국에서 서양 의술을 배웠거든. 그중에서도 정신 의학을 전공했지."

"정신 의학이라니 별 희한한 말이 다 있네요."

석남이 입술을 비죽이자 백민이 어깨를 들먹이며 폭소했다.

"자네가 그렇게 대꾸하는 것도 무리는 아니지. 하나 들어 보게. 정신 의학이란 쉽게 설명하면 마음의 소리를 듣는 학문이야. 마음이란 것에도 입이 있거든. 우리에게 줄곧 말을 걸고 있지. 그 목소리를 예사로 흘려듣다 보면 결국에는 병에 걸리는 거고."

백민이 조끼 주머니에 회중시계를 흘려 넣었다. 석남이 몸을 일으켰다.

"내 정신 좀 봐. 부엌에서 찾고 있을 텐데. 도련님, 저는 이만 가 보겠습니다."

"알겠네. 그럼 내일 오후에 봄세."

미닫이문을 닫은 석남은 고무신에 발을 밀어 넣고 얼른 표정으로 주춤대다 댓돌에 걸려 넘어질 뻔했다. 세상에, 이게 꿈이 아니라니! 내일 백민 도련님과 함께 혼마치 구경을 하게 되다니!

부엌으로 향하는 석남의 걸음걸이가 가벼웠다. 빗발이 거셌다.

비는 밤새도록 내릴 기세였다. 이마를 가린 석남이 처마 사이를 뛰어 건넜다. 젖은 머리를 털면서 고무신을 벗고 마루로 올라갔다.

부용은 소파에 늘어져 있었다. 네글리제는 갈아입지도 않은 채였다. 무릎에 스케치북을 얹고 움츠린 자세가 뭔지 모를 생각에 잠겨 있는 듯했다. 석남이 꾸벅 인사했지만 부용은 초점을 잃은 눈으로 스케치북만 쏘아보았다. 연필이 카펫에 굴러떨어진 것도 모르고 있는 것 같았다. 레이스가 달린 치마 아래로 드러난 발이 차가워 보였다.

석남이 청소를 시작했다. 그는 항간의 시각에는 이상야릇해 보일 여주인의 행각을 다반사로 여겼다.

나방 한 마리가 불 켜진 전등에 부딪으며 날개를 파닥였다. 석남은 혹여 나방이 자신에게 달려들지는 않을까 전전긍긍하면서 거울을 닦는 틈틈이 그쪽을 흘끔댔다.

석남은 나방이라면 질색이었다. 날개의 무늬도 징그러웠을뿐더러 숱 많은 더듬이 같은 것들을 들여다보고 있노라면 팔뚝에 소름이 끼쳤다. 반면 부용은 곱게 자란 아가씨답지 않게 벌레를 무서워하지 않았다. 언젠가 화장대에서 분첩을 꺼내려다 크고 화려한 나방이 제 정수리에 내려앉는 것을 보고 함박웃음을 짓기까지 했다.

부용이 마루를 훔치는 석남을 뒤늦게 발견하곤 눈을 동그랗게 떴다.

"어머나, 석남이 왔구나. 혹시 나를 불렀느냐. 미안. 내가 또 딴생각을 하고 있었나 보다."

"괜찮습니다, 아가씨. 신경 쓰지 마세요."

석남이 생글거렸다. 석남에게 부용은 누가 뭐래도 어여쁘고 자상한 사람이었다. 부용이 자신을 요릿집에서 빼내 주었던 순간부터 석남은 그를 위해 마음을 바쳐 일하겠다고 결심했다.

"춥지는 않으세요? 숄을 가져다 드릴까요?"

부용이 스케치북을 내려놓으며 미소를 머금었다.

"말이라도 고맙구나. 석남아, 너는 어쩜 그렇게 순진하고 귀여운지. 그이가 너를 예뻐하는 이유도 알 것 같다."

"아가씨도 참. 도련님께서 저까짓 걸 예뻐할 리 없지 않습니까."

석남이 언감생심이라는 듯 도리질했다. 부용이 그런 석남을 타일렀다.

“네까짓 것이라니 행여나 그런 소리는 하지도 말거라. 너 같은 아이가 세상천지에 어디 있다고. 참, 듣자 하니 내일 그이와 혼마치로 나들이를 간다지?”

“네, 도련님께서 아가씨께 말씀드렸다 들었습니다만.”

석남은 부용이 불쾌하게 여길까 싶어 그의 눈치를 살폈다. 하지만 부용은 도리어 재미있다는 듯 명랑한 웃음을 터뜨렸다.

“그래, 들었다. 그래서 네게 뭔가를 주고 싶었지.”

소파에서 일어난 부용이 서랍장 쪽으로 걸어가더니 호두나무로 만든 묵직한 서랍을 열어 옷 한 벌을 끄집어냈다.

“받아라. 내일 외출할 때는 이 옷을 입는 거다.”

뒤돌아선 부용의 손에 보라색 실크 원피스가 들려 있었다. 석남이 난감해하며 손사래를 쳤다.

“안 됩니다, 이 비싼 걸. 이건 아가씨의 옷인걸요.”

“오랜만에 혼마치 구경을 가는데 기왕이면 멋을 부리는 것도 좋지 않겠니?”

부용이 들뜬 몸짓으로 석남을 끌어당기더니 그의 가슴 앞에 원피스를 늘어뜨렸다.

“과연 내 짐작만큼 잘 어울리는구나. 머리는 모자로 가리는 게 좋겠다. 가기 전에 모자도 하나 받아 가려무나.”

“제, 제가 아가씨의 옷을 입다니요……. 게, 게다가 모, 모자까지……."

석남이 말을 더듬었다. 건너편 거울에 그와 부용의 모습이 비쳐 있었다. 부용이 석남을 부둥켜안고는 그의 뺨에 제 뺨을 눌렀다. 턱으로 석남의 어깨를 고정하고는 거울 속 자신과 그의 면면을 뜯어보았다.

"맞다. 네가 내 옷을 입는 거다. 키 차이야 조금 나겠지만 앉아 있으면 별로 티가 나지 않을 거다. 아무도 의심하지 않을 거야."

석남은 귓가에 쏟아지는 싸늘한 숨결을 느꼈다.

"보렴. 우리는 닮지 않았니?"

부용이 석남의 땋은 머리를 쓰다듬으면서 거듭 물었다.

"우리는 확실히 닮았단다. 너는 그렇게 생각하지 않니?"

석남은 문득 자신과 부용이 자매 같아 보인다고 생각했다. 나이 차이가 별반 나지 않는 막역한 피붙이. 그러면서도 마음속으로는 외었다. 그럴 리 없는데. 저이는 귀하디귀한 아가씨, 나는 보잘것없는 하녀인데.

석남이 굳어 있던 입술을 뗐다.

"마, 맞아요. 아가씨와 저는 좀 닮았어요."

"그렇지. 그렇고말고."

부용이 석남의 팔을 잡고 있던 손을 거두며 활짝 웃었다. 그러나 석남의 눈에는 그 표정에 까닭 모를 심술이 어려 있는 듯했다.

이튿날은 놀랍도록 청명했다. 석남은 느지막이 일어나 세수를 했다. 동백기름을 발라 평소보다 공들여 머리를 단장한 다음 부용이 입으라고 권한 제비꽃색 실크 원피스를 걸치고 그에게서 받아 온 같은 색 클로시를 썼다. 구두만은 자신의 것을 신기로 했다. 거금을 들여 구입한 흰색 윙 팁은 새것이나 다름없었다. 맨 처음 받아 온 모양 그대로 상자에 담아 방 한편에 모셔 두다시피 했기 때문이었다.

석남에게서 나들이 계획을 전해 들은 희태는 그날 하루 그를 대신해 부엌일을 돕고 식사를 날라 주겠노라고 약조했다. 석남은 나중에 희태에게 사탕이라도 사 주어야지 하고 다짐했다.

석남이 윙팁을 손에 들고 방에서 나왔을 때 부엌어멈은 마루에 앉아 라디오를 들으며 나물거리를 손질하고 있었다. 라디오에서 때마침 윤심덕이 부른 「사死의 찬미讚美」가 흘러나왔다.

석남을 흘낏거린 부엌어멈이 대놓고 깔깔댔다.

"아이고야. 무슨 모던 걸이라도 납셨나 보지."

석남은 어멈의 핀잔에 기죽기는커녕 마당 한복판으로 걸

어가 뱅글뱅글 돌기까지 했다.

"어때요, 예쁘지요?"

"그래. 아주 예쁘구나."

언제부터 나와 있었을까. 백민이 모자를 손에 들고 사랑채 앞에 서 있었다.

"도련님!"

석남이 뜨거워진 뺨을 손등으로 가리며 민망해했다. 백민이 실눈을 뜬 채로 중얼거렸다.

"역시 잘 어울리는구나. 짐작대로야."

백민은 진회색 스트라이프 양복을 차려입고 있었다. 가르마를 타 깔끔하게 빗어 넘긴 머리 모양이 정갈한 이목구비를 더욱 돋보이게 했다. 탐색하는 듯한 눈초리로 석남을 뜯어보던 백민이 이내 걸음을 뗐다.

"그럼 이제 가 볼까."

대문을 나서기 직전 석남이 몸을 돌려 부엌어멈을 향해 소리쳤다.

"지배인님께 잘 부탁드린다고 전해 주세요."

석남의 외침을 들었는지 말았는지 부엌어멈은 건성으로 손을 휘휘 저었다.

"무릎이 시큰거리는 것이 또 한판 비가 쏟아질 모양인지."

백민이 인력거를 타겠느냐고 물었지만 석남은 걷고 싶다고

했다. 간만에 산보하기 좋은 날씨였다. 둘은 종로에서 전차를 타고 혼마치 근처에서 하차하는 것으로 의견을 모았다.

클로시의 챙을 기울여 눈가로 떨어지는 햇살을 가리면서 석남이 청계천 맞은편 남촌을 넘겨다보았다. 근 십수 해간 권세 없는 선비들이나 기거하던 혼마치 일대에 일어난 변화는 경이로울 지경이었다. 남산을 낀 터에는 신식 건물들, 조선은행과 경성우편국, 미쓰코시 백화점 따위가 들어섰다. 귀금속과 잡화, 화장품과 서적, 식료품을 파는 이색적인 점포들과 더불어 커피와 칼피스를 마실 수 있는 다방이며 주점, 재즈 음악을 틀어 주는 카페들도 생겨났다.

일제는 그곳에 헌병대 사령부와 경무총감부를 세웠다. 모던 걸과 모던 보이, 기모노 차림의 여자들과 제국의 군인들이 저마다의 용건으로 골목을 오갔다.

은행원들은 인력거에 몸을 실으면서도 주판을 굴리는 양 손가락을 튕겼고 여학생들은 승합자동차를 부르고자 금시계를 찬 팔을 치켜들었다. 갓 쓰기를 고집하는 노인들은 노변의 찻집에 앉아 담배를 피우는 젊은 양복쟁이들을 못마땅한 눈길로 흘끔거렸다. 재킷 안주머니에 필름 몇 통을 담고 다니는 푸른 눈의 이방인들은 카메라의 셔터를 눌러 그 장면을 기록했다.

전차와 인력거, 자전거와 자동차들이 뒤엉켜 대로는 복잡했다. 백민은 석남이 뒤처지지 않도록 신경을 써주었다. 석남의 앞머리가 땀방울이 맺힌 이마에 달라붙었다.

석남은 지나는 사람들이 백민에게서 시선을 떼지 못한다는 걸 알아차렸다. 그럴 만했다. 백민은 누가 봐도 매력적인 미남자였으니까.

"도련님, 저희가 어디로 가고 있나요."

석남이 묻자 전차에서 내린 이후로 앞만 보고 걷던 백민이 아차 싶었는지 부랴부랴 발걸음을 늦추었다.

"정작 중요한 얘기를 빠뜨렸군. 미쓰코시 백화점을 제일 먼저 들르려고 하네."

미쓰코시 백화점이라면 혼마치에 입점한 백화점들 가운데서도 세련되기로 유명한 곳이 아닌가. 혼자서는 겁이 나 출입문을 통과할 엄두도 나지 않는 미쓰코시를 도련님과 함께 구경하다니. 석남은 체면도 잊고 폴짝폴짝 뛰고 싶은 기분이었다.

먼발치에서 보기에도 백화점 건물은 거대하고 위압적이었다. 또한 매혹적이었다. 석남이 쇼윈도에 얼굴을 붙이고 진열된 상품들을 구경했다. 출입문을 지나자 밝고 쾌적한 내부가 펼쳐졌다. 진열장 속 물건들은 호화로웠고 화장을 한 점원들은 고상해 보였다.

석남이 백민을 따라 엘리베이터에 올랐다. 네모반듯한 기계 장치가 전기의 힘을 빌려 미끄러지듯 움직일 때 석남이 무심코 백민의 양복 소매를 붙들었다. 백민은 그런 석남을 번거로워하기는커녕 안심하라는 듯 그의 어깨를 두드려 주었다.

백민은 석남을 데리고 귀금속 코너를 찾아갔다. 젊은 여점원이 그들을 응대하며 이 물건 저 물건을 보여 주었다. 백민이 주저하는 기미를 내비치자 점원은 진열대에 전시된 고가의 목걸이를 들어 올리더니 석남의 목 앞에 대보였다.

"어떻습니까. 이 아가씨에게 잘 어울리는데요."

"당치도 않습니다. 제가 쓸 물건이 아닌걸요."

석남이 질겁해 손을 내저었다.

"아, 그런가요."

점원이 석남을 위아래로 훑어보았다. 마치 품위 있는 의상 속 비루한 영혼을 꿰뚫어 보기라도 한 것처럼.

"손님, 그럼 이 시계를 권해 드리고 싶군요. 요즘 여학생들 사이에서 유행하는 상품인데요."

석남이 진땀을 흘리면서 진열장 위 거울을 향해 눈길을 던졌다. 동그란 거울 속에서 한 소녀가 그를 마주 보고 있었다. 소녀가 입은 의복은 말쑥했고 모자는 우아했지만 분칠하지 않은 맨얼굴은 촌스러워 보였다.

나는 이곳과 어울리지 않는 사람이구나. 석남은 순간 수

치로 온몸이 타오르는 듯한 기분이 들었다.

백민은 조만간 다시 들르겠다는 인사를 남기고 그곳을 떠났다. 석남은 백민의 뒤를 쫓으면서 오늘의 나들이가 자신이 꿈꾸던 것과는 다른 방식으로 이어질 것이라는 예감에 사로잡혔다.

백민은 백화점에서 나온 이후로 부쩍 초조해했다. 그 사이 먹구름이 껴 사위가 어둑어둑했다. 비를 흩뿌릴 듯 캄캄한 하늘을 올려다본 석남이 백민을 불렀다.

"도련님, 다음 목적지는 어디인가요."

그러나 백민은 바지 주머니에 손을 찌르고 말없이 앞서 걸을 뿐이었다.

"백민 도련님?"

석남이 누차 목소리를 돋운 뒤에야 백민은 그 자리에 멈추었다. 석남이 백민에게 다가가 안색을 살피며 물었다.

"어디가 편찮으세요? 괜찮으세요?"

"아직 한 가지 용무가 더 남았네."

백민이 석남을 붙들어 길모퉁이로 밀고 갔다. 그악스러운 손놀림이 석남의 팔죽지를 아프게 했다.

"나와 어디를 좀 가 줬으면 하네. 아주 중요한 일이네. 이번 한 번만 부탁드리겠네."

석남이 담장에 기대서서 백민을 가만히 올려다보았다.

"내가 시키는 대로만 하면 돼. 내 질문에 답하는 것 외에 다른 말은 일절 하지 말게. 그것만 지켜 주면 돼. 그러면 아무 문제도 없을 걸세. 어떤가, 할 수 있겠는가?"

망설이던 석남이 고개를 끄덕였다.

"도련님께서 원하신다면요."

"고맙네. 이 은혜는 잊지 않겠네."

그런 이후에도 여러 번 다짐을 받은 다음에야 백민은 석남을 놓아주었다. 둘은 어디인지 모를 골목을 헤매었다. 막다른 길목에서 모자를 눌러 쓴 남자들이 서성대고 있었다. 석남은 주변을 경계하며 백민의 뒤에 바짝 따라붙었다.

마침내 백민이 걸음을 멎은 곳은 한 카페 앞이었다. 출입문 위에 내걸린 간판에 유려한 서체로 메리고라운드라고 적혀 있었다.

"내가 한 말을 잊지 말게. 나만 믿고 따르면 돼. 부탁드리겠네."

백민이 나무문을 밀며 다시 한번 당부했다. 석남은 불안한 내심을 숨기고 백민을 따라 들어갔다.

카페 안은 담배 연기로 가득 차 있었다. 희게 칠한 벽에는 유화 몇 점이 걸려 있고 테이블 사이에는 높다란 칸막이가 세워져 있었다. 긴장한 석남이 백민의 양복 재킷을 잡았다. 백민은 석남 쪽으로는 시선도 주지 않고 그의 손을 쳐냈다.

"쓸데없는 짓은 하지 말게."

테이블마다 화려하게 치장한 여자 한둘이 껴 있기는 했으나 손님들은 대개 남자들이었다. 백민이 누군가를 찾는 듯 주위를 휘둘러보았다. 그때 안쪽에서 한 남자가 손을 들었다.

"여길세. 여기야."

목소리가 굵직한 그 젊은이는 구불구불한 머리칼을 옆으로 넘기고 있었다. 넥타이는 풀어 헤쳤고 와이셔츠 소매는 두어 번 걷어 올리는 등 차림새가 다소 흐트러져 있었다.

백민이 그쪽으로 다가갔다. 거기에는 백민을 향해 손짓한 남자를 포함해 젊은 양복쟁이 둘과 일본군 제복 복장의 군인 하나, 양장을 한 여자 하나가 둘러앉아 있었다. 남자들에 비하면 여자 쪽은 나이가 있어 보였다. 눈썹이 짙은 그 여자는 머리카락을 어깨에 닿을락 말락 한 길이로 자르고 컬을 넣어 모양을 낸 채였다.

이른 시간부터 술판을 벌이고 있었는지 테이블 위에는 위스키며 맥주며 온갖 술과 안줏거리들이 즐비하게 널려 있었다. 여자가 피죤 담배 한 개비를 꼬나물고 석남을 주시했다. 암체어에 몸을 파묻은 백민이 석남으로 하여금 자기 옆자리에 앉도록 했다.

"그간 안녕하셨습니까."

백민은 그들과 스스럼없이 대화를 주고받았다. 아까부터 흘끔흘끔 석남을 곁눈질하던 제복이 짧은 침묵이 흐르는 틈을 타 물었다.

"그런데 이 아가씨는 누구인가."

"제가 묵는 숙소에서 일하는 아이입니다. 간만에 휴가를 얻어 같이 나왔지요. 저 나이 아가씨들은 누구나 혼마치 나들이를 좋아하니까요."

백민이 눈을 찡긋거렸다.

"호오."

제복이 더듬는 것 같은 시선으로 석남을 응시했다. 석남은 당혹스러워하며 어깨를 움츠렸다. 백민은 허공을 쏘아본 채로 담배 연기만 뿜을 뿐이었다.

그때 여자가 빈 잔에 위스키를 따르며 한마디를 던졌다.

"들으셨는지 모르겠지만 이 도련님에게는 사람의 마음을 들여다보는 능력이 있다고 합니다."

"그게 정말인가."

제복이 반신반의한 표정으로 상체를 숙였다. 담배를 문 백민이 빙그레 웃었다. 그런 그를 핀잔하는 것처럼 여자가 빈정댔다.

"사람 마음을 들여다보는 능력이라니 가당키나 한 소리랍니까."

백민이 피우다 만 담배를 재떨이에 비벼 끄고는 느릿느릿 말문을 뗐다.

"잘 모르시는 분이라면 그런 질문을 하는 것도 당연하다고 봅니다만, 네, 그렇습니다."

그러더니 앉은 자세를 고치곤 조끼 주머니에서 회중시계를 꺼냈다.

"아시다시피 저는 미국에서 정신 의학을 공부했습니다. 최면 요법으로 환자를 치료하는 현장을 무수히 목격했지요. 정신 의학이란 간단히 말해 마음의 병을 고치는 학문입니다. 우리의 마음이 어디가 어떻게 고장 났는지 살피는 의술이라는 뜻이지요. 그러던 어느 날, 저는 한 가지 발상을 떠올리기에 이르렀습니다. 이 기술을 전혀 다른 방식으로 활용하면 어떨까. 예를 들어 오늘날 치료를 요하는 환자가 단순한 환자가 아니라면? 그의 마음이 감추고 있는 것이 개인으로서 고민거리가 아니라 제국에 위해를 끼치고자 하는 범죄 행위라면?"

백민이 의뭉스럽게 목소리를 낮추었다.

"근간에 불순한 무리들 때문에 곤욕을 겪고 계시지 않습니까."

제복이 구미가 당긴다는 듯 입맛을 다셨다.

"그야 그렇지. 혹시 이 자리에서는 시연이 불가능한가."

"가능할 겁니다. 쉽게 행할 수 있는 기술은 아닙니다만 오늘은 이 아이가 동행해 있어서요."

백민이 은근슬쩍 석남을 가리켰다. 그 즉시 남자들의 얼굴에 각기 다른 표정이 깃들었다. 호기심과 두려움, 쾌락에 가까운 흥분까지. 짐작하건대 그것이야말로 그들이 가면 아래 감추고 있던 진짜 얼굴은 아니었을까.

백민이 긴장한 듯 몸을 들썩이던 석남에게 속삭였다.

"준비됐나? 할 수 있겠지?"

"네."

석남이 겨우 목소리를 밀어냈다. 백민이 손가락에 금줄을 감고 회중시계를 아래로 길게 늘어뜨렸다.

"이 시계를 보고 있게. 집중해야 하네."

백민이 지시한 대로 석남은 규칙적으로 진동하는 시계의 궤적을 따라 시선을 움직였다.

"자네는 곧 최면 상태에 빠져들게 될 걸세. 내 말소리에 귀를 기울인 채로 잠드는 거지. 팔다리에서 힘이 빠지고 눈까풀은 무거워질 걸세. 무서워할 필요 없네. 편안하게 내면 깊숙한 곳으로 가라앉아 보는 거야. 깊이, 더 깊이, 아주 깊이."

석남이 눈을 감았다. 치마를 움켜쥔 손아귀가 풀어지는가 싶더니 머리가 옆으로 툭 떨어졌다. 넷 모두 그 광경에서 눈길을 떼지 못했다. 냉소적인 태도로 관망하고 있던 여자까지 흥미가 동한 듯 석남의 변화에 집중했다.

"자네 이름이 뭔가?"

"……김석남."

"올해로 나이가 몇이지?"

"……열여덟."

백민은 준비한 대사를 읊는 것처럼 침착하게 문답을 이어
갔다.

"좋아. 이제부터 나와 함께 자네의 인생을 돌아보는 거야.
18년, 지난 18년 동안 자네에게 일어난 사건들을 하나하나
떠올려 보는 거지. 기쁘고 슬프고 괴롭고 화났던 기억까지
빠뜨리지 않고 전부. 그중에서도 한 장면, 자네가 가장 괴로
웠던 순간을 떠올려 보게. 놓치지는 않을 걸세. 잠시 후 자
네 눈앞에 그 순간의 광경이 생생하게 펼쳐질 테니. 자, 바로
지금이네. 자네는 누구와 함께 있나."

"아빠, 그리고 동생들이요."

석남이 눈살을 일그러뜨리며 신음했다. 백민이 거 보라는
듯 좌중을 향해 의기양양하게 고갯짓했다.

"어디에서 뭘 하는 중인가?"

"집, 집이에요. 도, 동생의 손을 잡고 있어요. 동생이 울고
있어서요."

"왜지?"

"아파요. 많이, 아주 많이요."

막냇동생은 고열에 시달리고 있었다. 몸 전체가 뜨겁다 못해 절절 끓고 있었다. 석남이 매일 업고 다닌 동생이었다. 젖을 떼기도 전에 엄마를 잃어야 했던 어린 동생은 잔병치레가 잦았으며 작고 연약했다.

셋째 남동생이 숨을 거두고 고작 열흘이 지났을 무렵이었다. 못 말리는 장난꾸러기였던 그 애는 병에 걸려 누운 지 하루 만에 세상을 뜨고 말았다.

"그런데 아빠가 어쩔 수 없대요. 이제는 동생을 보내 줘야 한다고. 이러다 우리도 모두 죽을지 모른다고. 동생 옆에 붙어 있지 말고 나가서 먹을 거나 빌어 오라고. 아, 안 돼요. 아빠, 그러지 마세요, 아빠, 아빠!"

석남이 끙끙거리며 몸부림쳤다. 가슴 앞에서 팔짱을 끼고 있던 양복쟁이가 혀를 찼다. 그 모습을 지켜보던 백민이 상황을 마무리하려는 듯 손을 들었다.

"자자, 그만 그 순간에서 벗어나도록 하지. 전과 다른 기억을 떠올려 보는 거야. 음, 그래, 기뻤던 날. 자네가 지금까지 살아 온 동안 제일 행복했던 순간으로 가 보는 걸세."

백민의 암시가 먹혀들었는지 석남의 호흡이 차분해졌다.

"대답해 주게. 자네는 어디에 있지?"

"전차 안이요."

"무엇을 하는 중인지 설명해 줄 수 있겠나?"

"막 전차가 출발했어요. 저는 창문 옆에 서 있어요. 어떤 남자가 등을 밀어서 넘어질 뻔했어요. 그래도 괜찮아요. 그분, 그분과 함께 있으니까. 그분한테 좋은 냄새가 나요."

그러자 제복이 냉큼 끼어들어 질문을 던졌다.

"그자가 누구지?"

힐난하는 눈초리로 그를 넘겨다본 백민이 어쩔 수 없다는 투로 물었다.

"말해 보게. 그래서 그 사람이 누구인가."

"……도련님."

석남이 중얼거렸다.

"백민, 백민 도련님."

"이런. 이렇게 낯 뜨거운 고백이라니."

양복쟁이 하나가 과장된 동작으로 손부채질을 했다. 남자들이 일제히 웃음을 터뜨렸다. 여자가 위스키 잔을 집어 들며 입술을 쌜그러뜨렸다.

희태가 앞마당에 들어섰다. 전깃불이 꺼져 가뜩이나 교교한 고택이 적막했다. 정전은 곧잘 있는 일이었지만 그날따라 어둠이 더욱 짙고 위험하게 느껴졌다.

희태는 토막집에 사는 고아들에게 음식을 나눠 주고 돌아온 참이었다. 석남이 자리를 비워 종일 잡다한 일들을 도맡은 탓에 외출도 귀가도 예정보다 늦고 말았다.

"석남아, 자느냐."

안절부절못하며 기다렸지만 바깥채에서는 아무런 답도 들려오지 않았다. 빗속에서 제자리걸음 하는 희태의 몸놀림이 불안했다. 여태껏 밖에서 뭘 하고 다니는 거지? 아가씨는 어찌하고.

뒤이어 사랑채를 기웃거리던 희태가 발길을 돌려 안채 쪽으로 다가들었다. 우산을 똑바로 들어야 한다는 것도 잊고 뛰다시피 발걸음을 옮겼다.

"아가씨!"

부용은 마루 끝에 서 있었다. 맨발로 대청을 디딘 채로 머리부터 발끝까지 폭우를 맞고 있었다. 비스듬하게 들어 올린 오른팔이 내리쏟아지는 빗방울을 수 갈래로 튕겨 올렸다. 그 모습을 확인한 희태의 눈가에 경련이 일었다.

부용은 혼자가 아니었다. 한 남자를 품에 가득 끌어안은 채였다. 부용은 오른팔을 치켜들어 남자의 멱살을 틀어쥐고서 그의 목에 얼굴을 파묻고 있었다.

고개를 든 부용이 쓸모없는 물건을 부리듯 한 팔로 지탱하고 있던 남자를 획 하니 던져 버렸다. 그 가녀린 팔에 그런 괴력이 있으리라고 희태는 차마 믿기 힘들었다.

남자가 철퍼덕 마루에 나동그라졌다. 사랑방에 묵고 있는 룸펜이었다. 무슨 영문인지 양복바지가 흘러내려 속옷이 다 드러나 있었다.

"정신 차리세요, 아가씨, 아가씨!"

부용이 감고 있던 눈을 떴다. 그 표정이 몰아에서 방금 깨어난 사람 같았다. 석고상처럼 해쓱하던 낯에는 간만에 열기가 감돌았다. 뾰족한 혀가 송곳니를 핥더니 입술 새로 쓱 사라졌다.

"있잖아, 아침부터 물 냄새가 났어. 그래서 비가 올 걸 알았지."

우산을 떨어뜨린 희태가 룸펜의 맥을 짚었다. 룸펜은 이미 죽은 뒤였다.

부용이 룸펜의 목에 이를 박아 넣고 꿀꺽꿀꺽 맛있게 피를 들이켰을 것이다. 그에게 갈증은 저항할 수 없는 갈망이었다. 피는, 착취의 맛은 달콤했으리라.

부용이 변명 비슷하게 우물거렸다.

"목이 말라서 그랬어. 게다가 저 남자가 말했는걸. 내게 주고 싶다고, 원하는 건 뭐든지 가져가라고."

희태는 그제야 자신이 피 웅덩이를 밟고 있다는 걸 깨달았다. 부용이 입은 네글리제 밑단이 핏빛으로 젖어 있었다.

　부엌어멈은 제 방에서 졸고 있을 것이다. 가는귀가 어두운 그 늙은 여자는 룸펜이 부용에게 기습당하며 터뜨린 비명을 듣지 못했을 것이다. 나머지는 빗줄기가 알아서 덮어주었을 것이다.

　희태가 젖은 안경을 고쳐 썼다. 그는 자신이 이 일을 처리할 수 있으리라는 걸 직감했다.

　희태는 부용을 위해서라면 무엇이든 할 수 있었다. 그것이 실상은 범죄나 다름없는 일이라고 할지언정 불만 따위 품지 않고 기꺼이. 닭의 목을 비틀어 선혈을 대접에 받았을 때처럼. 가운뎃방 여드름쟁이의 시체를 물속으로 굴러 떨어뜨렸을 때처럼. 그러므로 그날의 거래는 기실 희태에게 손해가 아니었을까.

　설령 그렇다고 해도 희태는 뉘우치지 않을 작정이었다.

　"미안."

　부용이 눈물을 글썽였다. 빗줄기가 가는 목을 감으며 휘어졌다.

　"또 죄를 짓고 말았네. 사과할게, 희태야. 너한테 이런 추태를 보여서."

　희태가 떨리는 손으로 부용이 입은 네글리제를 여며 주었다.

　"괜찮습니다, 아가씨. 이제 그만 안으로 들어가세요."

부용이 희태의 부축을 받으며 방문턱을 넘었다.

"그래도 이것 하나는 알아줘야 해. 이건 내 본모습이 아니야. 놈들이 나를 이렇게 만들었어. 나, 나를 이, 이런 괴물로. 희태야, 믿어 줘."

부용의 인생에서 낮이 지워진 건 달아나듯 동경을 떠난 직후부터였다. 약해진 몸으로 가까스로 연락선에 올라 귀국한 뒤에야 부용은 함께 투옥돼 의문의 주사제를 맞은 이들이 자신을 제외하고 한 명도 빠짐없이 사망했다는 사실을 알게 됐다.

변화는 점진적이되 비가역적이었다. 그 사실을 받아들이고 제일 처음 자각한 욕구는 허기였다. 닭이나 소 같은 동물의 피로는 부족했다. 부용은 사람을 사냥해야 했다. 밤길을 방황해야 했다. 희생자를 물색해야 했다.

부용은 이전의 명랑하고 순진한 아가씨가 아니었다. 해가 달로 바뀌고 물이 피로 변한 것처럼 전연 다른 존재로 탈바꿈했다.

"압니다."

희태가 건조하게 대답했다.

"나는 왜 이런 꼴로 살고 있을까. 죽여야 할 자들을 죽이지 못하고 힘없는 이들만 희생시키면서."

부용이 어린아이처럼 훌쩍였다. 희태가 부용의 어깨에 손을 얹었다. 부용이 와락 희태에게 안겼다.

"그래도 나는 죽고 싶지 않은걸. 살고 싶어, 간절하게."

채찍비가 핏자국을 지웠다.

석남이 승합자동차 뒷좌석에 몸을 묻었다. 메마른 낯에 피곤한 기색이 역력했다.

이 밤, 가난한 사람들은 어디에서 비를 피하고 있을까. 병자와 임산부, 부모를 잃은 아이들과 노인들은. 더 이상 떠날 곳도 없을 텐데. 춥고 배고프고 고통스러울 텐데. 내일 아침조차 까마득하게 멀게 느껴질 텐데. 희망이라곤 없을 텐데.

이 도시는 가엾은 꿈들을 집어삼킬 것이다. 그들의 삶을 최후의 한 방울까지 약탈할 것이다.

검은색 포드 자동차가 강변도로로 접어들었다. 한강이 흙탕물로 변해 꿈틀거렸다. 가히 노기에 찬 몸부림이었다.

석남이 차창 가까이로 낯을 가져갔다. 창밖에서 한 남자가 여자의 손을 잡고 걷고 있었다. 우산을 받쳐 든 남자의 어깨가 젖어 들었다.

자동차가 흙물을 튕기며 젊은 연인의 곁을 지나쳤다. 저 멀리로 철교가 시야에 들어왔다.

백민은 차에 탄 이후로 한마디도 하지 않았다. 차창에서 눈길을 뗀 석남이 허벅지 위에 놓인 클로시를 쏘아보았다. 입술을 잘근거리며 카페에서 백민이 자신에게 한 짓에 대해 곱씹었다. 그 일은 석남에게 직접적인 해를 끼치지 않았을지 몰라도 그를 한낱 웃음거리로 만들었다.

앞머리를 쓸어 넘긴 석남이 고개를 들었다.

"저를 왜 그곳에 데리고 가신 거예요?"

백민이 쉰 목소리로 대답했다.

"왜냐하면 자네는 겉과 속이 같으니까. 솔직하니까. 비밀이라곤 없으니까. 문제가 일어나지 않을 거라고 믿었어. 그래서 그랬네."

"저를 모욕하셨잖아요. 그 잘난 사람들 앞에서 저를 바보 취급하셨잖아요."

"아니네. 내 의도는 그런 게 아니었어."

도리질하는가 싶던 백민이 덧붙였다.

"그래, 이럴 때는 사과를 하는 게 도리에 맞겠지. 미안하네. 참말로 미안해."

"왜 언질을 주지 않으셨어요?"

"그럼 자네가 그 사실을 알게 되는 셈이니까. 자네는 무구해야 했어. 완벽하게 무지해야 했어. 자네를 위험에 빠뜨리고 싶지 않았거든. 그게 다야."

정적 속에서 둘은 잠시간 서로의 숨을 들이마셨다.

중절모를 쓴 운전자가 운전대를 돌렸다. 아담한 체구의 그는 큼지막한 남성용 재킷 밑에 투피스를 입고 있었다. 눈가에 잔주름이 진 그는 여느 승합자동차 운전자처럼 남자가 아니었다. 눈썹이 짙고 나이가 제법 있는 여자였다.

카페에서 동석한 그 여자는 백민의 친우이자 부용의 이종사촌 언니였다. 사거리에서 잠시 차를 멈춘 여자가 피죤 담배를 입에 물었다. 석남이 갈라진 목소리를 내뱉었다.

"도련님, 저는요. 시대가 아무리 암담하다고 해도 험한 사건에 휘말리고 싶지 않아요. 열심히 일해서 좋은 남자와 혼인해 마음 편히 늙고 싶어요."

백민은 창밖만 고집스레 주시할 뿐 대답하지 않았다. 석남이 집요하게 그를 몰아붙였다.

"어떤 거사를 도모하고 계신 거예요? 도련님 같은 분이 뭐가 부족해서. 가진 걸 누리는 것만으로도 호사스러운 삶일 텐데."

"나 같은 사람이라, 그게 뭔지 나도 알 수 있다면 좋으련만."

백민이 너털웃음을 터뜨렸다. 순간적으로 말문이 막힌 석남이 얼빠진 표정을 지었다.

"네?"

"날 보게."

백민이 석남의 턱을 쓰다듬었다.

"내 얼굴을 좀 봐 주게, 어서."

석남이 주저 끝에 그를 마주 보았다. 정녕 준수한 사내였다. 저 갸름한 눈매와 곧은 코, 모양 좋은 입술까지. 백민이 목소리를 낮춰 물었다.

"뭐가 보이지?"

"뭐가 보이냐고요?"

"그래, 자네에게 한 번쯤 묻고 싶었어. 내 얼굴에서 뭐가 보이는지."

백민이 심술이라도 부리는 것처럼 입매를 씰룩였다.

"대답해 보게. 자네가 보기에는 내가 어떤 사람 같은가. 이국땅에서 수학한 도련님이 맞는 것 같은가. 금광에서 떼돈을 번 벼락부자라면 어떤가. 온천장에서 노부인과 노닥거리다 한 재산 차지한 창부娼夫라면 어떤가. 유명한 기생의 기둥서방이라면? 내가 여행 가방에 담고 있던 그 많은 돈이며 금괴가 어디에서 났는지 자네는 한 번도 궁금해한 적 없나."

석남은 한마디도 할 수 없었다. 백민의 눈동자에 비친 자신의 모습이 너무나도 생소했다.

"정신 의학이라는 학문은 어떤가. 내가 진실로 그런 걸 배웠을 것 같은가. 반반한 낯짝으로 사람 눈을 현혹하며 장난질이나 하고 있는 건 아닌가 의심해 본 적은 없나. 부용과 나는 어떤가. 자네 아가씨와 나는 어떤 관계일 것 같은가.

내가 그를 진정으로 마음에 품고 있는 것 같은가."

축축한 입술이 석남의 귓바퀴에 와 닿았다.

"말해 보게. 자네가 사모하는 나란 남자는 어떤 사람이지?"

석남이 대뜸 백민을 끌어안았다. 백민의 목에 팔을 감고 어금니가 달그락거릴 만큼 격하게 전율했다.

단발머리 여자가 성냥을 그어 담배에 불을 붙였다. 비는 하염없이 내렸다.

자동차가 배기음을 퍼뜨리며 출발했다. 흙탕물이 범람한 도로를 내달렸다.

만찬은 저녁 늦게야 시작될 예정이었다.

남촌에 있는 저택에서 열리는 그 행사에는 소수의 선택받은 명망가들만이 초대받을 수 있었다. 백민은 그곳에 출입하는 기회를 얻기 위해 날마다 경성 바닥을 누볐다. 부용이 가문의 이름을 빌려 연줄을 대 주었고 백민은 그를 뒷배로 삼아 여러 인사들과 친분을 쌓았다. 그 과정에서 적지 않은 부를 탕진한 것은 당연한 일이었다.

그날 카페 메리고라운드에서 석남에게 흥미를 보인 군인이 마지막 가교였다. 석남을 주인공으로 내세운 구경거리가 모처에서 행해지는 비밀 만찬의 초대장으로 되돌아온 셈이었다.

이날의 거사를 위해 부용은 석남에게 빌려주었던 제비꽃 색 실크 원피스를 입었다. 같은 색 클로시에는 다른 모자에 붙은 망사를 떼어 내 기다랗게 드리웠다. 하지만 무엇보다 부용 자신의 매력이 미처 대비하지 못한 위기를 모면할 수 있도록 도와줄 것이었다. 미혹과 도취는 부용에게 숨을 마시고 내쉬는 것만큼 쉬웠으므로.

오늘 밤, 부용은 석남으로 가장할 심산이었다.

새하얀 스리피스 양복 복장의 백민은 그 어느 때보다 맵시 있어 보였다. 앞마당에 나란히 선 그와 부용은 실로 그림 같은 한 쌍이었다.

석남이 그런 그들을 가로막으며 호소했다.

"꼭 가셔야 하나요. 한 번만, 한 번만 더 생각해 주세요. 네?"

부용이 난처한 듯 웃으며 석남의 어깨를 토닥였다.

"그만 울거라, 석남아. 이미 얘기가 끝난 일이잖니."

석남이 얼굴을 감싸며 더욱 크게 울었다. 부용이 덧붙였다.

"제발 시키는 대로 하렴. 새벽 동이 트는 즉시 부엌어멈을 데리고 이 집을 떠나. 기차를 타고 멀리멀리 가는 거다. 내가 준 돈으로 원하는 삶을 살아. 다시는 이곳으로 돌아오지 말거라. 알겠니?"

부용이 옆에 선 백민에게 눈짓했다. 백민은 석남에게 눈길조차 주지 않고 대문을 나섰다.

"무사하세요. 무사하셔야 해요. 지배인님도요. 우리 다시 만나요. 꼭, 꼭이요."

문밖에 있던 부용은 석남의 마지막 말을 듣지 못했다. 희태만이 정 많은 소녀의 인사를 귀에 담고 가슴에 묻었을 뿐이었다.

포드사의 검은 승합자동차는 북촌을 빠져나와 천변을 돌아 나갔다. 남촌으로 진입해 주택가를 가로질렀다. 여러 동의 집채로 이루어진 그 저택은 난공불락의 요새처럼 비죽하게 도드라진 산언저리에 올라앉아 있었다.

운전석에서 내린 희태가 뒷좌석의 문을 열어 주었다. 백민과 팔짱을 낀 부용이 희태를 향해 목례를 건넸다. 희태는 멀어지는 부용의 뒷모습을 바라보며 뼈마디가 불거질 만큼 세게 주먹을 그러쥐었다.

초대장을 확인한 하인이 백민과 부용을 안으로 들였다. 둘은 불빛을 따라 디딤돌을 밟으며 앞마당으로 걸어 들어갔다. 너르고 우미한 정원이었다. 정원수들은 세심하게 손질됐고 돌들은 있어야 할 위치에 정확하게 놓여 있었다. 본채 앞에 심어진 나무들의 자태가 멋들어졌다.

이 저택의 주인은 미의식이 뛰어난 인물이었다. 하지만 그것이 의미하는 바는 단지 그뿐이었다. 아름다움이란 한편으로 몹시 추악한 가치였으므로.

부용과 백민이 하녀의 안내를 받아 유리문이 덧대어진 복도를 지났다. 그 끝에서 노랫소리와 함께 쾌활한 웃음소리가 터져 나왔다.

너른 방에는 흰 테이블보가 깔린 테이블이 늘어서 있고 그 위에는 한식과 일식, 서양식까지 각종 성찬이 차려져 있었다. 손님들이 허리띠를 풀고 탐욕스럽게 먹어 치웠음에도 요리는 조금도 줄지 않은 듯했다. 워낙에 음식이 다양하고 풍족했기 때문이리라. 그 탓에 소고기는 풍미를 잃었고 생선회는 미지근해졌으며 푸딩은 흐물거렸으나 뭐 어떠랴. 더 많이 욕심껏 빼앗으면 그만인 것을.

술잔마다 정종이며 위스키, 맥주 따위가 넘치도록 채워져 있었다. 개중 유일한 백인이던 영국인 의사가 와인 잔을 내려놓더니 기모노 차림의 여자를 무르팍에 앉히고 집적였다. 피차간에 예의를 차리는 회합은 아니었다. 약탈과 신문과 폭력 행사의 계획이 오가는 자리, 비밀스러운 만큼 허물없는 모임이었다.

저고리가 벗겨지다시피 한 연주자가 비단 방석을 깔고 앉아 거문고를 튕겼다. 귀를 기울이는 이가 없음에도 아랫입술을 깨문 채로 하는 연주는 대단히 훌륭했다.

부용이 눈을 가늘게 떴다. 얼굴 앞에 늘어진 망사 저편으로 그 남자가 보였다. 이 저택의 주인이자 만찬의 주최자. 남자가 혀를 내밀어 말끔하게 다듬은 콧수염 아래 두툼한 입술을 훑었다. 샹들리에 불빛 아래 기름을 발라 넘긴 머리카락이 번들거렸다.

부용은 맞춤 양복을 빼입고 몸단장한 그 남자가 조선 땅에서 행하는 죄악에 대해 속속들이 알고 있었다. 살기 위해 타인을 해쳐야 한다면 훨씬 큰 죄를 지은 자를 처단하는 것이 옳지 않을까. 결백하게 살해당하는 이들이 무수히 많은 시대, 죄인 몇 내 손으로 직접 처벌한다 한들 그 무슨 대단한 잘못이라고.

부용의 신념은 이종사촌과 서신을 주고받으며 더더욱 확고해졌다. 부용은 어쩌면 영원히 살 수 있었지만 더는 영원한 것을 원하지 않았다.

그때 반백의 은행원과 한담을 하던 제복이 백민 일행의 등장을 반기며 자리에서 일어났다.

"왜 이리 늦었는가. 안 오는 줄 알고 걱정했지 뭔가."

제복이 백민의 팔을 붙들어 자신의 옆에서 걷도록 했다.

"자네를 이곳에 들인 것부터 도박임을 명심하게. 반드시 성공시켜야 하네."

그런 다음 저택의 주인에게 기합이 잔뜩 들어간 경례를 올렸다. 백민이 모자를 벗으며 더불어 인사를 올렸다. 자세를 낮춘 제복이 일본어로 말했다.

"일전에 말씀드린 사람입니다. 조선인이기는 하지만 재주가 제법 쓸 만합니다. 미국에서 정신 의학을 전공했다고 합니다. 듣자 하니 최면술이라는 걸 할 수 있다고요."

냉랭하던 주인의 눈가에 흥미가 어렸다. 제복이 한결 친밀한 어투로 속살거렸다.

"불순분자들을 물색하는 데 조력을 구할 수 있을지도 모릅니다. 그럴 수만 있다면 제국에 큰 쾌거가 아니겠습니까. 자네, 그날 내 앞에서 보여 주지 않았나. 이 자리에서 다시 한번 시연해 보게."

주인이 의자 등받이에 등허리를 기댔다. 백민이 여유만만한 손놀림으로 재킷 안 조끼 주머니에서 회중시계를 꺼내 쥐었다. 백민의 일본어는 유창했다.

"이쪽을 좀 봐 주시지요. 이 물건의 용도가 무엇인지 모르시는 분은 없겠지요. 네, 회중시계는 시간을 확인하기 위해 만들어진 물건입니다. 하지만 평범한 시계 같아 보이는 이 물건은 또한 최면술의 도구이기도 하지요. 최면 요법이란 한 사람의 내면에 감추어진 진실을 끌어내는 기술입니다. 이를 통해 말할 수 없는 것들을 고백하고 보고 싶지 않은 것들을 직시하게 함으로써 마음의 병을 앓는 환자들을 치유해 주지요."

그러는 동안에도 거문고 연주는 끊이지 않았고 테이블 밑에서는 손들이 치마를 들추었다. 와인 잔이 엎어져 테이블보를 물들였다.

부용을 한 발짝 앞으로 나오게 한 백민이 스스로는 한 발짝 뒤로 물러났다. 손에 금줄을 감고 묵직한 금시계를 주르륵 밑으로 늘어뜨리고는 부용을 향해 눈짓했다.

"그렇다면 여기 이 아가씨가 여러분에게 들려 드릴 진실이란 무엇일까요."

백민이 손을 움직여 회중시계가 양옆으로 진동하게 했다.

"잘 보십시오. 집중, 집중하셔야 합니다."

저택의 주인이 찡그린 눈으로 회중시계를 노려보았다. 부용이 홱 클로시를 벗어던졌다. 흥분한 탓인지 입술 밖으로 튀어나온 한 쌍의 송곳니가 유독 길었다. 제복이 이상하다는 듯 혼잣말했다.

"어라? 그때 그 여자가 아니잖아."

부용은 곧장 주인을 공격했다. 주인은 상황을 인지하기도 전에 목이 부러져 죽었다. 제복은 부용에게 붙들려 피를 빨리면서 연신 돼지 멱따는 소리를 냈다. 찢어지는 비명과 함께 참석자들이 사방으로 흩어졌다.

부용은 잇새로 피를 뚝뚝 떨어뜨리며 다음 희생자를 쓰러뜨렸다. 테이블보가 당겨지면서 접시며 유리잔이 마구잡이로 떨어졌다. 목이 너덜너덜한 시체들 위로 식은 요리가 쏟아졌다.

장식장 옆에 웅크리고 있던 은행원이 허둥지둥 일어나 복도로 내달렸다. 선반에서 도자기를 낚아챈 백민이 있는 힘껏 팔을 내질렀다. 머리통이 으스러진 은행원이 대자로 뻗었다. 백민이 뺨에 튄 핏방울을 닦으면서 거친 숨을 헐떡였다.

이제 백민을 제외하고 그곳에 살아 있는 남자는 한 명도 없었다. 부용이 눈동자를 굴려 테이블 아래를 노려보았다. 거문고 연주자가 울음을 터뜨리면서 문턱을 넘어 달아났다.

백민이 부용에게 다가와 물었다.

"괜찮으시오? 어디 다친 데는 없고?"

그때 등 뒤에서 총소리가 들렸다. 탄환은 간발의 차이로 백민을 비껴 지나 샹들리에를 부수었다. 복도로 이어지는 문 앞에 희태가 한 여자와 함께 서 있었다. 희태가 제가 한 짓이 아니라는 듯 손을 흔들더니 여자의 손에 들린 총을 가리켰다.

둘의 발치에 이 저택의 하인으로 짐작되는 남자가 엎어져 있었다. 여자가 죽은 남자의 손에서 권총을 떼어 내고는 시체를 툭툭 걷어찼다.

"거봐, 내가 없으면 안 된다니까."

백민이 넥타이 매듭을 풀어 당기면서 따지다시피 물었다.

"누나는 도대체. 여기에는 무슨 수로 들어온 거요? 게다가 희태 씨까지 대동하다니. 약속과 다르지 않소."

"비밀 통로를 알고 있거든. 하인들이 다니는 곁문이지. 별 문제 없을 거야. 전화선도 끊어 놨고."

여자가 부용을 돌아보면서 장난스럽게 웃었다.

"나가자고. 이제부터는 누가 죽든 상관 말고 도망쳐야 해. 뒤처지는 사람은 내버려두는 거야. 자기 목숨이 먼저라고 생각해."

부용이 이종사촌을 향해 환한 미소를 지었다. 그때 복도 옆 유리창이 박살 났다. 총탄이 창문을 깨뜨리며 날아 들어 왔다. 여자가 어쩔 도리가 없다는 듯 어깨를 으쓱였다.

"하, 정보가 샜나 보군. 꼬리를 밟힌 것 같아."

구둣발 소리를 들은 부용이 다른 이들을 향해 조심하라 는 듯 손짓했다. 정원 쪽에서 정모를 쓴 경찰들의 모습이 보 였다. 백민이 바닥에 떨어져 있던 권총을 주워 들며 목청이 터져라 고함을 질렀다.

"피하세요!"

부용이 놈들을 향해 달려들었다. 사방에서 총구가 불을 뿜었다. 총 몇 발을 쏜 여자가 가슴팍을 짓누르며 허물어 졌다.

"……누가 죽든 상관 말고 도망쳐."

잇따른 총성이 귀를 먹먹하게 했다. 마당으로 뛰쳐나온 희태는 뒤통수에 가해지는 충격을 느끼면서 정신을 잃었다.

희태가 맨 먼저 인지한 것은 어둠이었다. 세상이 온통 캄캄했다. 그런가 하면 우는 아기를 안고 으르는 것처럼 위아래로 요동하는 것 같기도 했다. 신음을 흘리는 희태를 나긋한 손길이 다독였다.

"괜찮아. 움직이지 말아."

뺨에 닿은 손이 차가웠다. 그제야 희태는 자신이 죽지 않았다는 걸 깨달았다. 눈물이 고인 눈을 깜빡인 뒤에야 잊지 못할 얼굴이 시야에 가득 들어차 있음을 알아차렸다. 안경이 벗겨져 있었지만 희태는 정신을 혼미하게 만드는 통증에 휩싸인 채로도 그 사람이 누구인지 놓치지 않았다.

"부용 아가씨."

희태가 몸을 일으키려고 하자 부용이 가슴께를 눌러 만류했다. 바로 앞 운전석에서 친숙한 얼굴이 어른거렸다. 백민이 운전대를 잡고 있었다.

부용이 희태의 귓가로 고개를 숙이며 속삭였다.

"제발 이대로 있어 줘."

희태는 부용에게 안긴 채로 그들에게 무슨 일이 일어났는지 더듬었다. 침입과 총격과 죽음. 그 아수라장에서 자신이 어떻게 살아남을 수 있었는지 이해가 가지 않았다. 메마른 입술을 떼 가라앉은 목소리로 물었다.

"우리는 지금 어디로 가는 건가요?"

"글쎄다."

부용이 희태의 손가락 하나하나에 입을 맞추었다. 희태는 손끝에 느껴지는 감각으로 부용이 미소 짓고 있다는 걸 알았다.

"희태야, 나는 살고 싶었어. 그 지경에 처해서도 정말이지 죽고 싶지 않았어."

"아가씨, 부용 아가씨……."

희태가 나른한 안도감에 젖어 탄식했다. 그러다 문득 젖은 손을 눈앞으로 가져왔다. 그의 손바닥에 검붉은 액체가 묻어 있었다. 불이 꺼진 차 안에서도 그 색은 섬찟할 만큼 선명했다.

아아, 그렇지. 피는 역겨운 것이 아니었으니까. 그 붉고 비릿하고 따스한 물이야말로 유일하게 아가씨를 먹여 살릴 수 있었으니까.

하지만 이는 다른 사람이 흘린 핏물이 아니었다. 바로 부용 자신의 피였다. 부용의 심장이 있는 곳에 커다란 구멍이 뚫려 있었다. 그 사실을 확인하고 희태는 공포에 가까운 슬

품에 압도됐다.

아가씨도 상처 입을 수 있었나. 피를 흘릴 수 있었나. 저이는 괴물이 아니었나. 우리와 꼭 같은 고통에 시달려야 한다면 저이를 정녕 괴물이라고 부를 수 있을까.

희태가 허겁지겁 셔츠의 단추를 끌렀다.

"아가씨, 제 피를 드세요. 그러면 나을 거예요. 제발 제 말을 들으세요. 얼른요."

"아니."

부용이 희태의 입술에 제 것을 포겠다.

"그것만은 허락할 수 없어. 절대로."

불거진 송곳니가 희태의 윗입술을 쓸었다. 부용이 쌕쌕 힘겨운 숨을 몰아쉬면서 희태의 손바닥에 뺨을 댔다.

"이 밤이 영영 끝나지 않으면 좋으련만."

백민이 운전대를 비틀었다. 자동차가 아슬아슬하게 경사진 도로를 나아갔다.

경성이 점차 멀어졌다.

로즈버드

동쪽 하늘에는 무지개가 걸려 있었어요. 오후 늦게 내린 소나기 때문이었을까요. 바람결에 은은하게 나무딸기 향기가 묻어나는 날이었습니다.

레모네이드를 담은 유리잔을 받쳐 들고 뒤뜰로 나갔을 때 엄마는 벤치에 앉아 고개를 떨어뜨리고 있었어요. 무릎을 덮는 길이의 샛노란 드레스에 푸른색 카디건을 걸친 채 잠들어 있었어요. 자세를 고치며 뒤척인 탓인지 검은색 슬리퍼 한 짝이 벗겨져 스타킹을 신지 않은 오른발이 풀밭에 외따로 놓여 있었어요. 아랫입술과 그보다 더 도톰한 윗입술은 그 순간에도 여전히 붉었을지 몰라도.

엄마는 죽었어요. 깊은 잠에 빠져들듯 그렇게 돌아가시고만 거예요.

유리잔 속에서 얼음이 달카당거리며 녹아내렸습니다. 나

는 벤치 귀퉁이에 쟁반을 내려놓고 용기 내 불러 보았습니다.

엄마? 엄마, 주무세요?

엄마의 코밑에 손을 가져가 보았지만 미미한 숨결조차 흘러나오지 않았어요. 다리를 굽히고 몸을 밀착해 엄마의 가슴에 귀를 대 보았어요. 레이온 소재의 드레스는 뜨뜻미지근했지만 그건 식어 가는 체온의 자취에 불과했어요.

엄마의 속은 비어 있었어요. 알맹이 같은 건 남아 있지 않았죠.

엄마는 육체를 버리고 떠났어요. 허물을 벗고 자유로워진 나비처럼 훨훨 날아가 버린 거예요.

엄마의 장례를 치르던 날, 하늘에는 구름 한 조각 떠 있지 않았어요. 말도 안 되게 청명한 여름날이었습니다. 그 화창함이 지나치다 못해 어딘가 끔찍하게 잘못된 것처럼 보일 정도로요. 나는 엄마를 등대 근처 바닷가에 뿌려 드렸습니다. 바닷바람은 사나워 유골함에 들어 있던 가루들이 흩날려 얼굴 위로 쏟아졌어요. 혓바닥으로 입술을 핥아 보았지만 별다른 맛은 나지 않았습니다.

엄마는 뒈졌고 나는 이 저택에 혼자 지내게 됐어요. 이곳, 릴리 매너에 말이에요.

나는 스물두 살이에요. 삶이란 때때로 가시에 스스로 손가락을 찔리는 것과 같다는 걸 알 만한 나이이지요.

엄마는 나를 로즈버드라고 불렀어요. 내가 봄을 맞기 직전의 꽃망울 같기를 바랐기 때문일까요. 나는 궁금했어요. 왜 장미가 아니었을까. 왜 꽃잎을 펼치고 탐스럽게 만개한 꽃이 아니라 꽃봉오리였을까. 엄마는 내가 오월의 장미처럼 활짝 피어나기를 원하지 않으셨다는 의미일까.

릴리 매너는 엄마가 증조할머니로부터 물려받은 저택이에요. 내 입장에서는 증조할머니, 엄마에게는 남편의 할머니 말이에요. 그분의 성함이 릴리였거든요.

릴리 매너는 광막한 정원을 품은 목조 건물이에요. 엄마는 이 집의 뜰을 살아생전 정성을 쏟아 가꾸었어요. 지난가을 덤불에 둘러싸인 벤치 세 개를 제각기 다른 색으로 칠해 놓는 바람에 풍경이 약간 우스워지기는 했지만요. 벌들이 날아다니고 애벌레가 꿈틀대고 두더지들이 헤집어 놓는 땅이에요. 솔직히 털어놓자면 엄마는 정원 일에는 재능이 없었어요. 풀을 뽑거나 가지치기를 하는 데도 무관심했고요.

나무들은 기괴한 모양으로 자랐습니다. 담쟁이덩굴은 저택의 벽을 타고 멋대로 뻗어 갔어요. 꽃들은 아마추어 화가가 씻지 않은 붓을 무성의하게 휘두른 탓에 실수로 찍힌 점들 같았고요. 그럼에도 풀잎 하나조차 살아 있기를 멈추지 않았죠. 그것이 엄마가 이 대지에 부린 마법이었을까요.

엄마가 뽐내는 아름다움이란 그런 것이었습니다. 풀숲을

걷다가 벌에게 쏘이는 순간의 따끔한 아픔이자 쾌락. 라일락과 인동덩굴이 한데 어우러진 모습 같기도 하고 레이스와 실크, 합성섬유를 잇대어 만든 드레스 같기도 한 것. 갈피를 잡을 수 없는 매력. 혼돈의 정수.

아빠는 젊은 나이에 돌아가셨어요. 그는 건장한 체구에 탭댄스를 굉장히 잘 췄다고 해요. 지금의 내가 그 시절의 아빠를 만난다면 나는 그를 사랑할 수 있을까요. 엄마가 그랬던 것처럼 아빠의 손을 잡고 반딧불이 날아다니는 한밤의 숲으로 그를 데리고 갔을까요. 어느 불운한 영혼이 묻혔는지 모를 무덤 앞에서 외투와 드레스, 스타킹과 속옷을 벗어 던지고 그와 마주 설 수 있었을까요.

내 방의 창가에는 트럭 운전석에 앉아 운전대에 팔꿈치를 받친 청년의 사진이 놓여 있습니다. 그의 콧등에는 주근깨가 박혀 있어요. 광선이 차창 옆에서 기우듬하게 쏟아져 돌린 턱이 하얗게 반짝여요. 피부는 보기 좋은 갈색이고 머리카락은 벌꿀색이지요. 코끝은 살짝 들려 있어요. 잿빛 눈동자는 들여다보는 각도에 따라 깊이가 달라질 거예요. 마치 바다처럼요.

침대를 누운 나를 토닥이며 엄마가 들려준 이야기에 의하면, 그 눈동자 속에 무엇인가 있었대요. 아주 특별한 어떤 힘이 말이에요. 그래서 엄마는 아빠를 불러 세울 수밖에 없었대요. 드레스 자락을 말아 올리고 아빠가 몰던 포드사의 픽업트럭에 올라탈 수밖에 없었대요.

하지만 엄마의 오해와는 다르게 아빠는 평범한 남자에 불과했어요. 그토록 거대하고 단단하던 푸른색 트럭 역시 마찬가지였죠. 아빠를 태운 채로 다리의 난간을 들이받고 강물 속으로 잠겨 들고 말았으니까요. 그 어떤 특별한 힘도 그들을 구해 주지 못했어요.

이후에 일어난 사건은 아무리 상상력이 부족한 사람이라 할지라도 그럴싸하게 이어 갈 수 있을 만큼 뻔한 것이었죠. 아빠는 릴리 할머니에게 남겨진 유일한 자손이었고 엄마는 그의 부인된 자격으로 릴리 매너를 소유하게 된 거죠. 호사가들 사이에 떠도는 소문을 옮겨 보자면 증조할머니의 죽음에도 미심쩍은 구석이 있다고는 하지만 남의 일에 대해서는 누구든 쉽게 혀를 놀리는 법 아니겠어요? 그 오만한 혓바닥이 그들의 입속에 언제까지나 붙어 있으리라고 생각하면 오산이겠지만요.

내가 아는 증조할머니는 세상 모두를 경멸하는 사람이에요. 강철 같은 머리카락은 마지막 한 올까지 틀어 올렸고 선홍색 패브릭을 씌운 팔걸이의자에 도도하게 걸터앉아 있어요. 거실 벽에 걸린 초상화 속 릴리 할머니는 아빠와 하나도 닮은 데가 없어요.

그러면 아빠를 낳은 사람, 그러니까 할머니는 어떤 인물이었냐. 글쎄. 저는 그분에 대해서는 아는 바가 없어요. 손님방에서 음악을 틀어 놓고 혼자 춤추기도 지겨웠던 어느 날, 다락이며 응접실이며 방을 샅샅이 뒤졌지만 사진 한 장 건질 수 없었거든요.

결론부터 말하면 바로 그런 이유로 제가 이 저택에 들어와 살게 된 거예요. 엄마의 방, 작업실, 서재, 뭐라고 불러도 상관없을 이곳, 장미 문양의 벽지를 사면에 두른 이 방에서 엄마는 레코드를 들으면서 책을 읽었어요. 스웨터를 짜고 재봉틀을 굴리고 춤 연습을 했어요. 차를 마시고 다리를 면도하고 낯선 사내들을 불러들이기도 했을 거예요.

엄마는 내가 이 방 근처에는 얼씬도 하지 못하게 했어요. 엄마가 내게 늘 강조한 것이 자신의 방에 허락 없이 들어오면 안 된다는 약속이었거든요.

하지만 여기를 좀 보세요. 지금 내 손에 무엇이 들려 있는지 아시겠어요? 릴리 매너에 있는 방이란 방은 죄다 열 수 있는 열쇠 뭉치예요. 짤랑거리는 소리가 듣기 좋지 않나요? 이 순간을 위해 엄마가 아끼던 슬리퍼를 꺼내 신었답니다. 발등에 양귀비 자수가 놓인 굽 높은 새틴 슬리퍼예요.

바이올린 연주가 내 등을 떠밀고 나는 스텝을 밟아요. 엄마의 레코드가 돌아가고 있으니까요. 살포시 치마를 들어

올리며 정중하게 인사도 건네지요.

흠, 하지만 인정할 수밖에 없겠네요. 이 슬리퍼가 내 발에는 맞지 않는다는 사실을요. 우아함이 내가 아닌 엄마의 매력이었다는 것도. 그럼에도 기억해야 할 교훈이라면 이 세상에 영원한 것은 없다는 사실이겠지만요.

나는 마호가니 책상에 앉아 엄마 흉내를 냅니다. 턱을 괴고 한쪽 다리를 까딱이며 책상 서랍을 열어요. 은제 케이스에서 담배 한 개비를 꺼내 문 다음 칙 하고 성냥을 그어 담배에 불을 붙여요.

다시없을 여름입니다. 엄마가 즐겨 피우던 멘솔 담배가 향기롭군요. 나는 거만한 태도로 입술 사이에 담배를 꼬나물어요. 손목을 기울여 유리 재떨이에 담뱃재를 털면서 지껄이지요.

개같은 년, 잘 죽어 버렸지 뭐야.

이제 그 이야기를 꺼낼 차례군요. 길버트, 그와 나의 관계에 대해. 우리가 어떻게 만나 어떻게 재회했고 어떻게 결별했는지에 대해.

길버트와 나는 같은 나이에 같은 고등학교를 다녔어요. 학창 시절 나는 마음을 다해 그 애를 사랑했지만 그 사실을 먼저 고백할 만큼 용감하지는 못했답니다. 그러니 상상해 보세요. 길버트가 내게 자신과 함께 졸업 무도회에 가 주지 않겠느냐고 물어왔을 때 내가 얼마나 놀랐을지. 나는 기쁨에 못 이겨 소리를 질렀어요.

물론이지. 너와 함께라면 어디라도 좋아.

무도회가 열리는 날, 길버트는 검은 세단을 몰고 나를 데리러 왔어요. 엄마는 포치 기둥에 기대서서 담배를 피우며 우리를 배웅했어요. 우리는 밴드 합주를 들으면서 손을 잡고 춤을 췄어요. 때때로 박자를 놓쳐 상대의 발을 밟기도 했어요. 별 의미도 없는 농담을 세상 제일가는 비밀인 양 소곤대기도 하면서요.

길버트는 긴장한 듯 자꾸만 입술을 빨았습니다. 그럴 때마다 엿보이던 앞니가 얼마나 희고 반듯하던지.

우리는 크라이슬러사의 자동차에 앉아 밤을 지새웠습니다. 길버트는 의자 등받이를 젖히고 눕다시피 한 채로 내 머리카락을 쓰다듬었어요. 입을 맞춰 오지는 않았습니다. 가슴을 만진다거나 치마를 들추지도 않았어요. 길버트는 달빛으로 축축해진 입술로 이렇게 소곤거렸습니다.

로즈버드, 우리는 다시 맺어질 거야. 나는 그렇게 믿어.

졸업 직후 길버트는 대학에 입학하기 위해 고향을 떠났습니다. 나는 이 소도시에 남았습니다. 평일에는 서점 거리에 있는 카페에서 커피를 내렸고 주말에는 베이커리에서 카운터를 지켰어요. 베이커리의 주인인 리 씨는 내 뺨을 가리키면서 잘 반죽한 밀가루 같다고 놀리곤 했어요. 값비싼 밀가루를 치대 숙성한 것처럼 향기로운 냄새가 난다나요. 그 무렵 나는 아빠로부터 물려받은 것이 틀림없는 벌꿀색 머리카락을 땋아 등 뒤로 기다랗게 늘어뜨리고 다녔습니다.

이듬해 여름, 길버트는 방학을 보내기 위해 고향으로 돌아왔어요. 우리는 더는 어떤 욕망도 숨기지 않았어요. 세단 뒷자리에서 어설프지만 강렬했던 첫 섹스를 치렀어요. 우리는 백사장에 함께 누웠고 다이너의 테이블 아래로 서로를 만졌습니다. 베이커리에 딸린 창고에서 일을 벌이다 리 씨에게 들킬 뻔했다는 건 둘만이 아는 비밀일 거예요.

길버트는 여름 내내 릴리 매너를 제집처럼 드나들었습니다. 엄마의 오른편 그리고 내 왼편에 앉아 스테이크를 썰고 맥주와 와인을 마셨죠. 나는 식사를 마치고 길버트와 함께 정원을 산책했고 벤치에 앉아 입을 맞추었습니다.

어느 날 두통에 시달리다 평소보다 일찍 카페에서 퇴근했을 때 돌담 옆에 자동차가 대어져 있는 걸 발견했어요. 크라이슬러사의 낡은 세단이었죠. 길버트는 그 차를 헐값에 삼촌에게 사들였다고 했어요.

나는 분노하지 않았습니다. 오히려 얼음처럼 싸늘하게 식어 버렸죠.

구두를 벗어 쥐고 살금살금 현관을 통과했습니다. 발꿈

치를 들고 복도를 걸어 그 방의 문을 밀어젖혔을 때 길버트는 엄마가 입은 드레스 밑에 머리를 박고 있었어요. 엄마는 기지개를 켜듯 책상 위로 느른하게 팔을 뻗은 채로 의자 팔걸이에 다리를 걸치고 있었고요.

유리 재떨이에 걸쳐진 담배에서 재가 떨어지기 직전이었어요. 구불거리며 피어오르던 담배 연기가 흩어지기 직전이던 내 영혼 같았죠.

엄마는 길버트의 뺨에 입을 맞추며 그를 일으켜 세웠습니다. 내게 젖을 물릴 때 그랬던 것처럼 브래지어의 훅을 열고 가슴을 꺼냈습니다. 둘은 기이할 만큼 율동적으로 움직였어요. 나는 그 일이 그들에게 처음이 아니라는 걸 깨달았어요. 마지막일 가능성도 없었지만요.

의자가 삐걱거렸습니다. 그들은 한 쌍의 가위들이었어요. 내 마음을 갈기갈기 찢어발겼죠. 지금 내가 앉아 있는 게 바로 그 의자예요. 그년은 여기에 앉아 내 애인과 씹질을 한 거예요.

엄마는 알몸이었지만 장신구 하나만은 끝까지 벗지 않았어요. 목걸이, 호랑이의 뼈를 갈아 만든 장식품이 달린 은목걸이였어요. 나는 엄마가 길버트를 홀린 것이 절반쯤은 그 목걸이 때문이라는 걸 알고 있었어요. 그 목걸이를 걸고 있는 한 누구도 엄마의 유혹을 뿌리칠 수 없다는 걸.

나는 격정에 사로잡혀 거리를 달렸습니다. 리 씨가 창문 너머로 눈물범벅인 내 얼굴을 확인하고 문을 열어 주었습니다.

왜 그래, 로즈버드? 무슨 일이야?

나는 한마디 말도 없이 그를 부둥켜안았어요. 그것으로 우리의 대화는 끝나 버렸어요.

리 씨는 밀가루를 반죽하듯이 나를 애무했습니다. 나는 뭉개졌고 팽창했으며 나뉘었다가 다시 합쳐졌습니다. 우리는 서로의 품속으로 탐욕스럽게 파고들었어요. 현관 앞에서, 욕조와 테이블, 그의 전 아내가 골랐다는 침실의 카펫 위에서.

정염은 식을 기미가 없었어요. 나는 조르고 또 졸랐고 그는 기꺼이 내 요구에 응해 주었어요.

그래서 리 씨와 내가 어떻게 됐느냐고요? 내가 아직도 리 씨의 베이커리에서 일하고 있을 것 같나요? 꽃집의 스미스 씨는 다정한 사람이랍니다. 그는 내 목덜미에서 백합 향기가 난다고 말해 주었어요.

이것이 그날 벌어진 사건의 전말이에요. 이 액자를 다시 봐 주시겠어요? 픽업트럭을 탄 부모님이 보이시나요? 놀랍지 않아요? 죽기 직전까지 엄마는 이 사진과 꼭 같은 모습이었답니다. 주름살 하나 생기지 않았죠. 흉터나 점, 하다못해 흰머리 한 올조차도. 그로부터 22년이라는 세월이 흐르는 동안에도 엄마는 조금도 늙지 않았던 거예요.

엄마는 젊었어요. 게다가 비현실적일 만큼 매혹적이었죠. 검은 머리카락과 푸른 눈동자, 새하얀 피부와 진주를 저며 붙인 것 같은 손톱은 물론이고 온몸 구석구석이 광채를 발했어요. 나이트가운 아래로 엿보이던 발가락마저 상아를 갈아 만든 것처럼 매끄러웠죠. 길버트가 그날 손바닥에 받쳐 들고 입이 닳도록 칭송하던 그 발 말이에요.

이웃들은 그런 엄마를 두고 수군덕거렸습니다. 저 여자는 평범한 인간이 아니라고, 악마와 붙어먹은 게 틀림없다고 귓속말을 주고받았죠. 저 낯짝을 보라고, 저 같은 미색은 이 세상에 존재해서는 안 된다고, 사악한 목적 없이는 빚어질 수 없는 괴물이라고 비난했어요.

그들도 내 생각만큼 어리석지는 않았던 모양이에요. 하지만 엄마가 발휘하는 힘의 원천이 무엇인지 짐작도 할 수 없었을 테죠.

엄마가 일분일초도 몸에서 떨어뜨리지 않던 호랑이 뼈 장식의 목걸이, 그것이야말로 악마로부터 받은 선물이었거든요. 그 목걸이를 소유한 이상, 엄마는 영원히 싱그러울 수 있었어요. 세월의 위협에서 벗어날 수 있었어요. 길버트의 심장을 움켜쥐고 당신을 가질 수 없다면 차라리 죽어 버리겠다는 고백을 이끌어 낼 수 있었죠.

다시 한번 강조하지만, 나는 엄마를 위해 준비한 레모네이드에 독극물을 타지 않았어요. 싱크대 옆 보관함에서 식칼을 뽑아 들고 배를 쑤시지도 않았어요. 유리병을 낚아채 뒷머리를 있는 힘껏 후려갈기지도 않았고요. 욕조에 물을 받은 다음 머리채를 그러쥐고 깊숙이 담가 버리지도 않았어요.

엄마는 어느 날 갑자기 숨을 거두었어요. 주무시는 것처럼 평화롭게.

잠깐만, 내 얘기를 마저 들어 보세요. 어렸을 때 나는 원인 불명의 열병을 앓은 적이 있어요. 그 열은 경련과 발작과 기타 무수한 증상으로 이어졌고 나는 이 의사 저 의사에게 불려 다니며 갖가지 검사에 응해야 했어요. 그런데도 이렇다 할 병명을 얻을 수는 없었어요. 그해 겨울이 지날 무렵 나는 종일 침대에 누워 지내야 했을 만큼 기력이 떨어져 있었어요. 수프 한 숟갈 삼키기 힘들 지경이었죠.

나는 내 몸을 태우는 불덩이를 감지할 수 있었어요. 그것의 실체가 무엇이든지 조만간 그 불에 완전히 잡아먹힐 운명이었던 거예요.

엄마가 그런 나를 휠체어에 태워 정원으로 데리고 나간 건 이른 봄이었습니다. 휠체어를 멈춰 세운 다음 기진한 내

쪽으로 고개를 숙이고는 소곤거렸죠.

저 나무에 입을 맞추렴. 두려워하지 마, 로즈버드. 입술만 갖다 대면 돼. 살짝, 아주 부드럽게.

나는 숨이 차 쌕쌕거리면서도 엄마가 시키는 대로 따랐습니다. 장미 덩굴 중에서도 가시가 여물지 않은 연약한 줄기에 각질이 일어난 뜨거운 입술을 가져갔어요. 엄마가 내 머리를 만져 주었습니다.

잘했어, 딸아. 그럼 내일까지 기다려 보자꾸나.

그날 밤에도 열은 내리지 않았어요. 나는 산 채로 불타는 듯한 고통 속에서 밤새도록 신음해야 했습니다.

하지만 다음 날 아침 눈을 떴을 때 엄마의 지시가 옳았음을 알 수 있었어요. 병증이 감쪽같이 사라져 있었거든요. 기분이 놀랄 만큼 상쾌했어요. 나는 침대를 박차고 나가 엄마를 찾아갔습니다. 맨발에 숄도 두르지 않고 방문을 열면서 기쁨에 차 외쳤어요.

이제 하나도 안 아파요! 얼마나 가뿐한지 하늘로 날아오를 수도 있을 것 같아요!

엄마는 창문 앞 의자에 앉아 책을 읽고 있었어요. 담배 연기를 뿜으면서 나를 바라보며 미소 지었답니다.

다행이구나, 얘야. 그런데 이 방에 들어오지 않기로 한 약속을 잊은 건 아니겠지?

한 가지 이상한 일은 말이에요. 일주일도 지나지 않아 내가 입을 맞추었던 장미 덩굴이 시커멓게 썩어 문드러졌다는 거예요. 마치 내게서 병마를 대신 가져가기라도 한 것처럼 말이에요.

나는 확신할 수 있었어요. 엄마는 내게 그리고 그 나무에 주문을 걸었던 거예요. 나를 이 방에 출입하지 못하도록 막은 건 단순히 자신의 공간을 지키기 위해서만은 아니었던 거죠. 이 방의 벽면을 둘러싼 책장들에는 금서가 감추어져 있었거든요. 요리책과 백과사전, 소설책들 사이사이에 고대의 언어로 쓰인 책들, 금지된 술법의 작동법을 밝힌 마법서며 악마가 구술했다고 알려진 회고록들이 끼워져 있었으니까요.

그러니 나로서는 궁금해질 수밖에요. 그 약속은 마법적인 힘에 무지한 나를 보호하기 위함이었을까요. 아니면 엄마만이 그것들을 독차지하고 싶어서였을까요. 내게는 그 책에 기록된 지식들을 넘겨주고 싶지 않아서?

나는 새벽마다 엄마의 방에 잠입했습니다. 달빛의 도움을 받아 읽어서는 안 되는 책들을 읽었고 터득해서는 안 되는 앎을 터득했죠. 엄마한테서 훔쳐 내야 할 것이 무엇인지 알게 된 거예요.

그날 나는 아끼는 찻잔을 꺼내 엄마에게 차를 끓여 드렸습니다. 허브차에는 잘게 빻은 수면제가 들어 있었어요. 차 한 잔을 맛있게 드신 엄마는 리본이 둘러진 모자를 쓰고 잠시 정원에 나가 있겠노라며 뒷문을 나섰습니다.

그래요. 거듭 말하지만, 나는 엄마를 해치지 않았어요. 그저 수면제를 넣은 차를 마시게 했을 뿐이에요.

엄마가 정원으로 이어진 문을 나서는 즉시 거실 한복판에 마법진을 그렸습니다. 몇 날 며칠을 무수하게 곱씹어 익힌 주문을 외웠죠. 가죽으로 장정된 마법서에 쓰인 주문이었어요. 저주는 맹세코 아니었습니다. 이치에 어긋난 것들을 원래 자리로 되돌리는 술법이었어요. 쉽게 설명하면 빼앗긴 것들을 되찾고 돌려받지 못한 것들을 무로 허물어뜨리는 주문이었죠. 이 세상의 균형을 맞추기 위한 아주 기초적인 마법.

당시의 내게는 그조차 무척 힘에 부치는 임무였어요. 하지만 그 주문을 마지막 한 줄까지 완벽하게 암송하는 데 성공했습니다.

난생처음 수행한 마법의 영향력에 취해 두 뺨 가득 홍조를 띠고 뒤뜰로 향했습니다. 레모네이드를 담은 유리잔을 받치고 뒤꿈치를 들고 걸었어요. 유리잔 속에서 얼음이 달카당거렸습니다.

엄마, 어디 계세요? 엄마, 엄마?

장미 군락을 지난 다음에야 벤치에 앉은 엄마와 마주할 수 있었습니다. 그 무렵까지만 해도 엄마는 살아 있었어요. 숨을 내쉬고 들이마실 때마다 몸 전체가 들썩이고 있었으니까요. 나는 시치미를 뚝 떼고 물었습니다.

엄마, 괜찮으세요?

다음 순간 소스라치게 놀라 비명을 터뜨리고 말았어요. 커다란 뱀 한 마리가 엄마의 종아리를 휘감고 있는 게 아니겠어요. 드레스 자락에 가려 대가리는 보이지 않았어요.

그런가 하면 엄마의 입속에는 꿀벌들이 들끓고 있었어요. 꽃가루를 찾는 것처럼 윙윙거리며 입술 안팎을 부지런하게 들락거렸어요. 나는 엄마의 콧구멍에서 애벌레가 기어 나오는 것을 목격하고 핼쑥하게 질려 비틀거렸습니다.

새들이 모자가 드리운 리본 밑으로 목덜미를 쪼았어요. 살점이 뜯겨 나가고 핏줄기가 튀는 와중에도 엄마는 극도의 황홀 속에서 신음하고 있었어요. 개미들이 가슴골을 따라 내려가고 담비들이 팔을 물어뜯는 순간에도.

나는 욕지기를 삼키며 달려들어 엄마의 목에 걸린 목걸이를 잡아당겼습니다. 목걸이가 내 손아귀에 들어와 잡히는 순간, 엄마는 소멸했어요. 검은 흙모래로 흐무러져 고꾸라졌지요. 최후의 비명을 지를 새도 없었습니다. 그건 엄마가 써버리고도 대가를 지불하지 않은 세월이 그만큼 길었다는 의미일까요.

그나저나 이 목걸이 말이에요. 나와 정말 잘 어울리지 않나요?

엄마의 장례를 치르던 날, 몇 줌 안 되는 흙모래를 담은 유골함을 안고 모래사장을 거니는 동안 하늘에서 비가 흩뿌렸어요. 자욱한 안개가 흐르고 구름 색이 짙어지더니 벼락 한 줄기가 바로 옆 나무에 내리꽂혔습니다. 나는 깔깔거리며 웃어 젖혔어요. 목걸이를 그러쥐고 목청이 터져라 소리쳤어요.

할 수 있으면 빼앗아 봐! 이 목걸이는 내 거야, 내 거라고!

파도가 내 발등을 핥았고 바람이 내 어깨를 문질렀습니다. 나는 광란의 춤을 추었어요. 하늘에 안겨 바다와 잤습니다. 빗물인지 바닷물인지 모를 것에 흠뻑 젖어 버렸어요. 얼마 지나지 않아 몸을 일으켰을 때 비구름은 걷혀 있고 파고는 가라앉아 있었습니다. 모래톱에는 돌고래들이 떼죽음을 당해 있었어요.

그래서 내가 길버트를 용서했느냐고요? 천만에요. 마법을 사용할 필요도 없었죠. 엄마의 장례식 날 그 새끼는 릴리 매너가 내려다보이는 언덕에서 스스로 목을 맸으니까. 나는 그를 엄마의 반의반도 사랑하지 않았거든요. 더군다나 내 소망은 이미 이루어지지 않았겠어요?

나는 뱃속에 아이를 품은 채 릴리 매너에 남겨졌습니다. 나는 내가 다갈색 눈을 한 남자아이를 낳을 거라는 걸 압니다. 그 아이의 아빠가 누구인지는 확신할 수 없어요. 그따위 딱히 중요하지도 않은 문제지만.

이웃들이 뭐라고 떠들어 대든지 간에 나는 믿고 있답니다. 아가들은 죄 없이 태어난다는 것을. 그 조그마한 것들은 무고해요. 그들이 죄악을 저지르는 건 나중의 일입니다. 어떤 사람을 동경하는 동시에 증오할 때. 내가 엄마한테서 목걸이를 훔치고 싶어졌던 것처럼.

이제 그만 창문을 열어도 될까요. 여름 공기가 상쾌하네요. 어디선가 나무딸기 향기가 흘러들어오는 것 같아요. 아, 잠시만 이쪽을 봐 주세요. 그래요, 여기요. 나비들이 내 어깨에 앉아 있잖아요.

오늘 나는 릴리 매너로 향하는 오솔길에서 한 청년을 만났습니다. 그는 검은 고수머리를 하고 있었어요. 나는 그의 눈동자에서 무엇인가를 읽을 수 있었습니다. 이루 말할 수 없이 특별한 어떤 힘을.

청년에게 다가가 인사했습니다. 이봐요, 내게 어떤 저주가 내려졌는지 들어 보지 않을래요?

인형들

인형을 좋아하신다고요? 그럼 혹시 봉제 인형은 어떠세요? 면이나 펠트, 벨벳 같은 천을 잘라 깁고 솜을 넣어 만든 인형 말이에요. 누구나 한 번쯤 품에 꼭 안고 잠든 적이 있잖아요.

왜 뜬금없이 봉제 인형 얘기냐고요? 제가 일하는 곳이 바로 요 앞 봉제 인형 공장이거든요. 저는 마름질해 꿰맨 모형에 솜을 채우는 일을 하고 있어요. 정량으로 떼어 낸 솜뭉치를 창구멍 속으로 밀어 넣으면 부피감이라곤 없이 밋밋하던 인형의 몸이 부풀어 오르면서 폭신해지죠. 어두운 밤, 아이들이 같은 이불을 덮고 누워 비밀 이야기를 털어놓을 수 있도록.

그 인형들은 어린 나이에도 슬픔이란 무엇인지 깨달은 아이들에게 세상이 그렇게 나쁘기만 한 건 아니라고 알려 줄 거예요. 외로운 소녀들에게 가짜 체온이나마 나눠 줄 거고요. 화난 소년들의 주먹을 받아 주기도 할 거예요.

아이들이 쑥쑥 자라 더는 자신을 찾지 않게 될 때까지 그들의 고독을 헤아려 주고 눈물을 닦아 주고 울분을 다독여 줄 거예요. 코 모양을 이룬 실은 해져 터지고 솔기가 뜯겨 솜이 비어져 나올지언정 아무런 해도 입히지 않을 거예요.

봉제 인형은 날카로운 구석 하나 없이 부드럽고 말랑말랑하잖아요. 그게 인형들의 천성이잖아요. 그렇게 생각하지 않으세요?

하지만 일하는 입장에서는 썩 고약한 직장이랍니다. 원단이며 솜에서 날리는 먼지 때문에 매일 기침을 달고 사는 신세라니까요.

우리 공장의 언니들은 한결같이 일을 잘하지만 그중에서도 민영 언니가 제일이에요. 과장이 아니에요. 누구한테 물어도 같은 답이 돌아올걸요. 정말이에요. 손놀림이 어찌나 날래고 야무진지 미싱 앞에 앉은 언니를 지켜보고 있으면 절로 눈이 휘둥그레질 정도라니까요.

공장에서 저희는 진분홍색 작업복을 착용합니다. 오른 가슴에는 이름표를 패용하고요. 머리는 바짝 틀어 묶어요. 저희는 개인이자 집단이에요. 그것이 저희에게 주어진 임무거든요. 각자의 자리에서 한 치의 오차도 없이 정확하게 움직이는 것. 마치 기계처럼 말이에요.

저희는 실로 기계처럼 일합니다. 그렇지 않으면 작업량을 채울 수 없으니까요. 그럴 때 저희의 마음은 이곳을 떠나 아주 먼 곳에 가 있습니다. 지금까지 한 번도 있어 본 적 없는 어딘가에. 주말 밤 흑백의 텔레비전에서 본 영화 속 이국의 휴양지나 유원지 같은 장소에.

거기에서는 작업복을 입지 않아도 돼요. 이름표를 달지도 않죠. 부모님이 무성의하게 지어 준 이름들, 순자나 미자나 경자 대신에 스스로 직접 지은 이름으로 불려요.

제 이름은 샬럿입니다. 민영 언니가 그 이름이 잘 어울린다고 말해 주었어요. 민영 언니는 에밀리예요. 언니가 그렇게 불러 달라고 부탁했거든요.

민영 언니를 처음으로 에밀리라고 호명했을 때 언니가 어떻게 웃었는지 설명할 수 있다면. 제 목소리가 간지럼을 태우기라도 하는 것처럼 키득거렸다니까요. 덕분에 잔뜩 들뜬 나는 에밀리, 에밀리 하고 중얼거리면서 언니의 머리카락에 입을 맞추었어요.

저희는 자매이자 연인이에요. 샬럿과 에밀리. 진분홍색 작업복을 입은 여자들.

저희가 인간이라기보다는 상품의 일종처럼 여겨지는 순간이 있습니다. 영혼 같은 건 품지 않은 솜뭉치. 이것과 저것을 구분할 수 없는 공산품. 아주 값싼 물건. 그런데 말이에요, 봉제 인형들도 자세히 뜯어보면 다 다르거든요. 귀가 삐뚤거나 한쪽 팔이 더 길거나 옷 길이가 짧거나. 동일한 공정을 거친다고 해도 미세한 오차가 생길 수밖에 없어요.

저희 또한 마찬가지입니다. 대다수의 사람들에게는 그저 그런 공순이처럼 보일지 몰라도 모두가 다르고 또 특별해요. 연숙 언니는 피부가 유달리 곱고 미지 언니는 머릿결이 좋고 숙현이는 심술궂은 것처럼 말이죠. 그리고 민영 언니, 저의 민영 언니는 사랑스러워요.

제가 특히 좋아하는 건 언니의 속눈썹입니다. 가지런하게 돋은 속눈썹을 손끝으로 쓰다듬고 있으면 가슴 안쪽이 뜨거워지는 느낌이 들어요. 민영 언니는 쑥스러운 듯 제 손을 밀어내곤 했지만 저는 책을 읽는 언니의 무릎을 베고 누워 자꾸만 언니의 속눈썹을 만졌습니다. 언니가 첫사랑이어서일까.

숙현이는 제가 자신과 동갑이라고 믿고 있겠지만 공장에 처음 취직했을 때 저는 열다섯 살이 아니었어요. 그보다 더 어렸죠. 거짓말을 하고 싶지는 않았지만 그렇게 하지 않으면 일자리를 구할 방법이 없었거든요.

주희 언니도 식모보다야 여공이 훨씬 나을 거라고 했어요. 먼 친척인 주희 언니는 저를 이 공장에 소개해 준 사람이에요. 서너 달 전쯤엔가 잘 지내라는 인사도 없이 사라졌는데 어디에서 뭘 하고 있는지. 마지막으로 본 언니는 공장 뒤편에서 강 반장과 대화를 나누고 있었어요. 손으로 얼굴을 가리고 있어서 확실하지는 않지만 울고 있는 것 같았어요. 강 반장은 옆에서 무슨 얘기를 속닥이고 있었고요. 협박이라도 하는 것처럼 입꼬리는 비틀렸고 눈매에는 묘한 미소가 번져 있었어요. 그래서인지 멀끔한 얼굴이 평소보다 더 잔인해 보였어요.

아, 강 반장은 사장의 아들이에요. 소문으로는 공장에서 같이 일하던 사무직 여직원과 결혼했다가 3년도 안 지나 이혼했다고 해요. 그 여자는 딸만 둘 낳았다고 했어요.

강 반장은 복도를 지나며 몰래몰래 저희의 뺨을 꼬집고 엉덩이를 더듬는 조장들과는 달라요. 무척 예의 바르고 조심스럽지요. 하지만 저는 강 반장이 여자들을 어떤 눈빛으로 바라보는지 알고 있어요. 특히 저처럼 어린 여자애들을요.

잔업도 야근도 없는 날이었습니다. 그래서 공장을 나서는 발걸음이 가벼웠어요.

언니들과 함께 거리로 몰려 나갔습니다. 목은 잠기고 어깨는 뻐근하고 눈자위는 충혈돼 있었지만 기분은 좋았어요. 청바지에 블라우스를 걸치고 핸드백을 들었죠. 공장에서야 먼지투성이 작업복 차림일지언정 바깥에서까지 그런 복장으로 돌아다니고 싶지는 않았거든요. 기왕 멋을 부린 김에 저는 새로 산 립스틱도 발랐습니다.

날씨마저 화창한 날이었어요. 미지 언니조차 소리 없이 웃고 있었을 정도였으니까요.

미지 언니는 그 무렵 유난히 힘들어했어요. 전날에는 퇴근 준비를 하다가 쓰러지기까지 했대요. 미지 언니는 지난 봄부터 대학생과 동거를 하고 있었어요. 다른 언니들은 쉬쉬했지만 저는 친언니의 배가 불러오는 모습을 가까이에서 지켜본 적이 있는걸요. 미지 언니가 더 큰 고통을 겪지 않기만을 바랄 뿐이었죠.

언니들은 신이 나 떠들었습니다. 근래 유행하는 옷이며 구두, 영화배우며 가수, 공장에서 떠도는 소문들까지 옆에서 듣기만 했는데도 아주 흥미진진했어요. 민영 언니는 대화에 끼지 않았어요. 언니는 말수가 적었거든요. 종일 일을 해 지쳐 있기는 했지만 제 눈에는 누구보다 예뻐 보였어요.

대로로 나오기 직전 민영 언니가 저를 따로 부르더니 이렇게 말했습니다.

노조 사무실에 들렀다 갈게. 늦을 수도 있으니까 피곤하면 먼저 자고 있어.

언니는 노조 사무실에서 책을 읽고 공부를 했거든요. 공장에서 일을 한 후에 어떻게 공부할 기운을 낼 수 있는지 저로서는 놀라울 따름이었죠.

민영 언니가 돌아서자 노리고 있었다는 듯 숙현이가 다가와 저와 팔짱을 꼈습니다. 저는 그 애가 하는 대로 내버려 두었지만 속으로는 코웃음을 쳤어요. 이제 보니 그 애, 저와 같은 립스틱을 바르고 있지 뭐예요? 하여간 숙현이는 뭐든지 저를 따라 한다니까요. 어쩐지 얄미운 생각이 들어 뾰로통한 표정으로 앞만 보고 걸으려는데 숙현이가 기다렸다는 듯이 이상한 소리를 하는 거예요.

민영 언니 대학생이랑 연애한다던데. 뭐 들은 애기 없어?

저는 있는 힘껏 숙현이를 밀치고 잡혀 있던 팔을 빼냈어요. 숙현이는 제가 화가 났다는 걸 알아채고 한껏 기고만장해졌죠.

둘이 그렇게 붙어 다닌다던데. 너만 모르고 있을걸?

모르기는 개뿔! 민영 언니 검정고시 준비하느라 바쁘거든!

험악한 말투로 쏘아붙이고는 걸음을 빨리했어요. 숙현이는 잽싸게 저를 따라잡더니 아부라도 하는 것처럼 제 팔을 붙들며 헤헤거리더군요. 저는 신경질을 내고 눈을 흘기면서도 그 손을 뿌리치지는 않았어요. 제 기분이 누그러졌다는 걸 알아챈 숙현이가 몸을 붙이며 물었습니다.

오늘 너희 집에 놀러 가도 돼?

그러든지.

마지못한 듯 고개를 끄덕였지만 솔직히 말하면 숙현이와 같이 밥을 지어 먹는 게 싫지만은 않았어요. 민영 언니가 없는 집을 혼자 지키고 싶지 않았거든요.

사거리에 잠시 멈춰 섰을 때 인근의 다른 공장에서 노동자들이 쏟아져 나왔습니다. 핏발 선 눈들이 저희를 훑었어요. 으쓱한 기분과 함께 본능적이랄 만한 경계심이 생기더군요. 연숙 언니가 이맛살을 찌푸리며 저와 숙현이에게 귀엣말했어요.

너희들, 공돌이들한테는 눈길도 주지 마. 평생 공장에서 벗어날 수 없게 될 거야.

연숙 언니는 늘 비슷한 얘길 하곤 했어요. 하지만 저는 그 충고를 듣지 않았어요. 저희들 역시 그들과 똑같은 노동자인걸요? 반항심에 가까운 거부감이 치받아 목을 빳빳이 들고 그들을 정면으로 마주 바라보았습니다. 그러다 그 남자들의 시선에서 민영 언니의 눈에 서려 있던 것과는 전혀 다른 욕망을 읽어 내고 빨개진 낯을 돌려야 했지만요.

언니들과 헤어져 숙현이와 둘이서 육교를 지났습니다. 그 집은 벌집이라고 불렸어요. 일벌들에게 주어져야 할 공간이란 갑갑한 단칸방에 불과하다는 걸 가르쳐 주려는 듯한 이름이었죠. 하지만 저한테는 더없이 소중한 보금자리였어요. 민영 언니와 함께할 수 있다면 세상 어디라도 그랬을 거예요.

석유곤로를 켜 라면을 끓여 먹었습니다. 상을 치우고 요를 깔자 숙현이가 베개를 놓았어요. 베개를 나란히 벤 숙현이가 제 손을 잡아 자기 쪽으로 끌더군요. 민영 언니가 이 순간 방문을 열면 어떤 일이 벌어질까 궁금했지만 곧 그런 생각은 지워 버리고 숙현이가 시키는 대로 손을 움직였습니다.

잠시 후 숙현이는 뜨거운 숨을 뱉으며 제게서 떨어져 나갔어요. 만족스러운 얼굴로 옷매무새를 정돈하곤 나를 향해 돌아누웠습니다.

너 말이야, 밤의 공장에 가 본 적 있어?

밤에 공장에는 왜? 쉬어야지.

되묻는 나를 바라보면서 숙현이가 알궂게 웃었습니다.

너는 혹시 그런 생각해 본 적 없어?

무슨 생각?

공장이 살아 있다는 생각.

공장이 살아 있다고?

응, 그래서 공장에 출근해 일을 하다 보면 우리도 모르는 사이 조금씩 생명을 빼앗기게 되는 거야. 공장은 하루하루 힘이 세지고 우리는 그만큼 약해지는 거지. 비밀인데 언젠가부터 강탈당한 생명이 우리의 형상을 하고 깨어나고 있대. 한밤중에 공장에서. 낮 동안 우리가 하지 못한 일을 끝내기 위해. 어쩌면 우리가 죽은 뒤에도 계속 공장에 붙들려 착취당할는지도 모르지.

그게 무슨 헛소리야?

뭐, 믿지 않아도 상관없어.

그래서 그 말이 사실이라고?

숙현이는 미소만 지을 뿐 더는 대답하지 않았어요. 저희는 이불을 덮어쓰고 깔깔거리며 몸싸움을 벌였습니다. 그러다 어느 순간 까무룩 곯아떨어졌어요. 그럴 수밖에요. 아침부터 그렇게 열심히 일했는걸요.

잠에서 깼을 때 싸늘한 방에는 저 혼자 남겨져 있었습니다. 숙현이는 떠나고 없었어요. 민영 언니는 돌아오지 않았고요. 민영 언니는 어디에서 무엇을 하고 있는 걸까요? 설마 그 대학생과 같이 있는 걸까요? 저는 이불을 뜯으며 갖가지 불길한 상상들을 이어 가다 발딱 일어나 앉았습니다.

그래서 그런 무모한 행동을 하게 됐을까요? 민영 언니가 곁에 없어서. 상을 펼치고 앉아 공부를 하다 졸린 눈을 비비며 하품하는 저를 돌아보면서 잘 잤어? 하고 물어봐 주지 않아서.

민영 언니에게 상처를 입히고 싶어서. 그게 가장 큰 이유였을까요.

연숙 언니는 저한테 민영 언니를 조심하라고 했어요. 예전에 민영 언니와 어울리던 여자가 있었다고, 둘은 친구라기에는 수상할 만큼 친밀해 보였다고도 했어요.

저는 연숙 언니의 조언을 귀담아듣지 않았어요. 민영 언니에게 첫눈에 반해 버렸으니까요. 언니가 맨 처음 건넨 말도 기억하고 있는걸요.

작업복이 참 잘 어울리네.

그 한마디가 얼마나 기쁘던지. 심장이 터지는 줄 알았다니까요. 먼저 손을 잡은 건 저였어요. 먼저 입을 맞춘 것도 저였고요.

그래도 함께 살지 않겠느냐고 먼저 물어봐 준 건 민영 언니였어요. 당장 이모 집에서 나와 언니와 살림을 합쳤죠. 이모는 그런 저를 말리지 않았어요. 가뜩이나 이모부 때문에 속을 썩이는 마당에 속으로는 제가 나가는 걸 반겼을지도요.

누운 자리를 정리하고 작업복을 꺼내 입었습니다. 립스틱은 지워지고 뺨에는 눈물이 말라붙어 있었지만 어때요. 작업복 차림의 저는 진짜 제가 아닌걸요. 제가 공장에서 일을 하는 동안 샬럿은 에밀리와 춤을 추고 소풍을 갈 테니까요. 얼음을 넣은 레몬주스를 마시고 호숫가를 산책할 테니까요. 제가 기침병에 시달리다 피를 토하며 죽어 버린다고 해도, 공상 속에서 행복하게.

저는 몽유병 환자처럼 밤거리를 헤맸습니다. 행인들은 한 명도 보이지 않았어요. 이상했어요. 가로등은 밝은데 신호 등은 왜 꺼져 있었을까요? 차들은 왜 다니지 않았을까요? 세상이 왜 그렇게 조용했을까요?

교차로를 건너 공장을 향해 나아갔습니다. 지붕 위에는 휘황한 달이 떠 있었어요. 외눈의 거인이 지켜보는 가운데 공장 부지를 가로질렀습니다. 지붕 아래 인색하게 난 창문에 네모난 어둠이 고여 있더군요. 당연하지 않겠어요? 잔업도 야근도 없는 밤인데.

공장 안으로 들어가기 무섭게 등 뒤에서 저절로 문이 닫히더군요. 목덜미의 털이 쭈뼛 곤두섰지만 다시 한번 마음을 다잡았습니다. 이렇게 된 이상 끝까지 가 보는 수밖에 없다고 다짐했어요. 밤의 공장에서 무슨 일이 일어나는지 꼭 알아내고 싶었거든요.

조심조심 복도를 걸을 때 귀에 익은 소리를 들었습니다. 캐비닛 옆에 멈춰 서서 숨을 죽였습니다. 그러다 곧 제 추측이 옳았다는 걸 알게 됐죠. 맞아요, 그건 기계가 돌아가는 소리였어요. 그럼 공장에 누군가 있다는 얘긴데. 이 시간에 어떤 사람이 일을 하고 있다는 거지?

상자 더미 뒤에 엎드려 숨었습니다. 때마침 창문에서 달빛이 흘러 들어와 공장 내부를 밝혀 주었어요. 다음 순간 저는 깜짝 놀라 큰 소리를 낼 뻔했어요.

일렬로 늘어선 작업대마다 공원들이 달라붙어 있는 게 아니겠어요? 사람이 아니었어요. 인형들이었죠. 진분홍색 작업복을 입은 봉제 인형들이요.

불도 켜지 않은 공장에서 인형 노동자들이 일을 하고 있더군요. 가위질을 하고 미싱을 작동하고 떼어 낸 솜을 저울에 올리고 무게를 재 창구멍 속으로 밀어 넣었어요. 저희와 똑같은 모습으로 저희와 똑같은 노동을 하고 있었던 거예요.

문득 의문이 들었습니다. 저 인형들도 지칠까? 눈에는 핏줄이 터지고 목소리가 쉴까? 등허리는 뻐근하고 손가락이 붓고 가래를 뱉게 될까?

아마 그렇지는 않을 거예요. 그 입으로는 아무것도 먹지 못할 테니까. 감기에 걸려 코를 풀지 않아도 되겠죠. 구둣발에 차이거나 손찌검을 당해도 멍이 들지 않을 테고요. 몸수색을 당하거나 머리채를 잡혀 끌려가지도 않겠죠.

그런 끔찍한 상황을 구태여 상상하는 이유가 뭐냐고요? 지금까지 그런 일이 한 번도 없었다고 주장하고 싶으신 건 아니죠?

어쩌면 숙현이의 귀띔이 맞았는지도 모르겠어요. 그 인형들은 공장이 저희한테서 강탈한 생명에서 태어났을지도요. 그러면 저희가 이곳을 떠난 후에도 손쉽게 노동력을 착취할 수 있을 테니까.

뒤꿈치를 들고 신중하게 작업대 사이를 거닐었습니다. 인형들은 돌아보지 않았어요. 정말이지 흠잡을 데 없는 노동자들이었죠. 몸동작은 규칙적이고 실수 따윈 저지르지 않았어요. 항의하고 시위하고 노동조합을 결성하고 파업을 시도하지도 않을 거예요. 인형들이란 목소리를 낼 수 없는 존재들이잖아요.

제가 쓰는 작업대를 찾아가 보았습니다. 불행 중 다행으로 제 자리는 비어 있더군요. 안도의 한숨을 쉬려다 흠칫했습니다. 인형 하나가 연숙 언니의 자리를 차지하고 있다는 걸 알아차렸거든요.

혹시나 하는 마음에 민영 언니의 자리로 가 보았습니다. 역시나 비어 있었어요. 미지 언니의 자리도요.

제가 사태 파악을 위해 이곳저곳을 기웃거리는 중에도 인형들은 묵묵히 노동했습니다. 잡담을 하거나 물을 마시거나 화장실에 가지도 않았어요. 두려움이 걷히면서 저는 보다 냉정하게 사고할 수 있었습니다. 만약에 우리가 생명을 마지막 한 줌까지 전부 빼앗기면 어떻게 될까? 연숙 언니는 깊은 잠에 빠진 채로 영영 깨지 못하게 될까? 언니의 인형만이 공장에 남아 계속 움직이게 될까?

고개를 들어 어둠이 깔린 복도 저편을 노려보았습니다. 그 끝 멀리에서 수상쩍은 소리가 들리는 것 같았거든요. 미싱 소리는 아니었어요. 그보다 훨씬 크고 공격적인 기계에서 나는 듯한 소리였어요. 할퀴고 물어뜯고 찢어발기고자 하는 욕구에서 터져 나온 소리, 굶주린 맹수가 으르렁대는 소리에 가까웠어요.

일순 등골이 오싹해졌습니다. 그 소리를 내는 이가 누구든지 간에 제가 야밤에 허락도 받지 않고 공장에 무단 침입했다는 걸 알게 되면. 그러다 일자리를 잃기라도 하면.

마른땀을 흘리면서 뒷걸음질했습니다. 두 손을 뻗어 앞을 더듬다 실수로 전등 스위치를 건드렸나 봐요. 별안간 공장 내부가 환해지더군요. 급하게 스위치를 다시 내리려다 손길을 멈추었습니다.

강 반장이 거기에 서 있는 게 아니겠어요? 파르라니 질린 저를 응시하면서 환하게 웃더군요. 그 냉담한 인간이 말이에요.

그와 동시에 깨닫게 됐죠. 그는 강 반장이 아니라는 걸 말이에요. 강 반장의 외형을 하고 있었지만 진짜 강 반장은 아니었죠. 아니, 이쪽이 진짜였을까?

강 반장의 눈동자에는 붉은빛이 어렸고 가슴팍은 발동기가 돌아갈 때처럼 격렬하게 고동쳤어요. 후끈거리는 김이 서린 숨결에서는 삭은 기름 냄새가 풍겼어요.

그는 인형 노동자들과는 이질적인 존재였어요. 매끈한 외피 아래에 공격성을 감추고 있었어요. 그의 몸속에 들어 있던 건 솜이 아니었거든요. 욕망이었죠.

저는 강 반장이 무서웠어요. 되도록 빨리 공장에서 벗어나고 싶었어요.

강 반장이 강철을 연마해 만든 혀를 놀려 말했습니다.

왔구나, 기다리고 있었는데.

강 반장의 목소리는 요란하고 경박했어요. 철판이 긁히고 용수철이 튕기는 소리와 흡사했어요. 얄따란 입술 새로 드러난 치아가 금속성의 광색을 번뜩이는 듯했어요.

저는 반장님을 찾아온 게 아니에요.

대꾸하기 무섭게 강 반장이 한 발짝 다가왔습니다.

괜찮아. 변명하지 않아도 돼. 아프지 않을 거야. 오히려 무척 즐거울 거란다. 겁먹지 말고 이리 오렴. 내가 꼭 안아 줄 테니.

유들유들한 낯짝을 쏘아보면서 생각했습니다. 그게 네가 언니들한테 한 짓이야? 주희 언니가 공장을 떠난 이유고?

그러나 적개심을 억누르고 응수했어요.

싫어요. 돌아갈래요. 그만 비켜 주세요.

마음과는 다르게 말소리가 점점 작아졌어요. 저는 조금도 용감하지 않았거든요. 남의 불행을 목격하고 그것이 내 일이 아니라는 데 안도감과 죄책감을 동시에 느끼는 평범한 사람이었죠.

그런 제 속뜻을 꿰뚫어 보았기 때문일까, 강 반장이 제 쪽으로 슬금슬금 다가들었어요. 만면에 역겨운 미소를 퍼뜨리며 또 한 걸음을 내딛자 체인이 감기는 것처럼 철커덕거리는 소리가 났어요. 강 반장에게서 뿜어져 나오는 매연 냄새가 어찌나 지독한지 머리가 지끈거렸어요.

저는 주먹을 꼭 쥐고 뒤로 물러났습니다. 강 반장이 저를 바라보며 재미있어 죽겠다는 듯 킬킬댔어요.

숨바꼭질을 하고 싶어서 그러니? 그것도 즐길 만하겠지. 하지만 잘 생각해 봐. 이 공장에서 네가 어디로 도망칠 수 있을 것 같니?

그 즉시 작업대를 돌아 달음질했습니다. 강 반장은 탁월한 술래였어요. 노련한 사냥꾼처럼 번번이 제 앞을 가로막았죠. 저는 한 마리 토끼였고요. 공포에 눈이 가려진 나머지 되는대로 달음질했어요.

막다른 복도에서 허둥대다 상자에 부딪혀 넘어지고 말았어요. 쉴 새 없이 내쫓긴 탓인지 옆구리가 결리고 종아리가 땅겼어요. 달리기는커녕 한 발짝도 더 걸을 수 없을 것 같았어요.

강 반장은 이 상황을 즐기는 듯했어요. 능글맞게 웃으며 천천히 거리를 좁혀 왔죠. 그런데 이상했어요. 그의 체격이 이전에 비해 곱절은 커진 것 같았거든요. 실제로도 그랬어요. 강 반장은 팽창하고 있었어요. 몸속 깊숙한 곳에서부터 분해되고 재조립되고 있었어요. 느리지만 꾸준하게, 육안으로 확인할 수 있을 만큼 확연하게.

이윽고 눈동자가 새빨갛게 물드는가 싶더니 셔츠 깃을 조인 넥타이가 뜯어지고 단춧구멍에 끼워진 단추들이 떨어져나갔어요. 찢어진 양복은 양어깨에 간신히 걸려 있을 뿐이었죠.

동시에 껍데기가 녹아내리기 시작했습니다. 허울뿐인 살가죽을 벗어 던지고 강 반장이 마침내 본색을 드러낸 거예요.

예상했던 대로 그는 인간이 아니었어요. 쇳덩이이자 기계였죠. 시커먼 연무를 피워 올리며 내 쪽으로 성큼성큼 다가들었어요.

이리 오려무나. 괜한 반항은 하지 않는 게 좋을 게다.

저리 가! 꺼지라고!

접질린 다리를 끌면서 바로 옆 작업대 아래로 들어갔어요. 속으로는 저를 이곳으로 오게 만든 숙현이를 원망하면서요.

그때 바닥을 짚은 손바닥에 무엇인가 닿더군요. 그 용수철은 어디에서 굴러온 부품이었을까요? 하지만 당시에는 그런 의문을 품을 겨를이 없었어요. 무의식적으로 용수철을 집어 들고 강 반장을 향해 내던졌죠. 강 반장은 이를 낚아채 대번에 부러뜨리더군요. 얼마 지나지 않아 저 역시 그렇게 될 것이라고 선언하는 것처럼 말이에요.

저는 상자와 솜덩이, 재단하지 않은 천 같은 것들을 잡히는 대로 집어 던졌습니다. 그 물건들은 모조리 강 반장의 손아귀에 으스러졌고요. 당연하지요. 강 반장은 금속으로 만들어졌는걸요. 파쇄하고 끊어 내고 망가뜨리는 데 이골이 난 존재인걸요.

의자를 끌어내 들어 올리려다 비명을 지르며 주저앉고 말았습니다. 발목이 아파 서 있기도 힘들 지경이었어요. 강 반장이 후후 웃으면서 쥐고 있던 상자를 우그러뜨렸습니다. 저는 겁에 질려 기절하기 직전이었어요.

그때 강 반장의 등 뒤에서 그림자가 어른거렸습니다. 민영 언니는 대걸레에서 분지른 듯한 나무 꼬챙이를 치켜들고 있었어요. 꼬챙이를 이리저리 휘두르면서 강 반장을 향해 호령했어요.

물러서! 어서!

그런 다음 달려와 울먹이는 저를 안아 주었습니다.

미안해. 내 잘못이야. 더 일찍 돌아갔어야 했는데.

나중에 전해 듣기로 민영 언니는 제가 집에 없는 걸 확인하고 곧장 영숙 언니를 찾아갔대요. 영숙 언니는 숙현이를 의심했고요. 영숙 언니는 숙현이가 저와 민영 언니에게 품은 동경과 질투와 애정을 예감하고 있었대요.

저는 언니의 품에 안겨 엉엉 울었습니다. 민영 언니를 위해서라도 저희는 헤어져야 할까요? 언니가 노조 사무실에서 만난 대학생을 사랑하는 편이 나았을까요? 하지만 저는 언니를 사랑하는걸요. 누구보다 많이, 깊이, 오래 사랑할 수 있는걸요.

민영 언니가 제 머리를 쓰다듬으며 말했습니다.

이따 얘기해. 저자를 처치한 다음에.

그러곤 저를 부축해 일으켜 세웠습니다. 강 반장이 겁박하는 듯한 몸짓으로 괴성을 터뜨리자 작업대가 들리고 상자들이 나가떨어졌어요.

민영 언니의 손에 이끌려 공장 안을 빙글빙글 돌았습니다. 강 반장은 그런 저희를 뒤쫓았고요. 목이 마르고 가슴이 옥죄었어요. 모든 걸 포기하고 싶었죠. 그래도 쉬지 않고 움직였어요. 민영 언니가 다정한 말투로 북돋워 주었으니까요.

멈추지 마! 계속 가! 할 수 있어!

그러는 동안에도 인형들은 쉬지 않고 일했습니다. 미싱이 드륵거리고 피륙이 나풀거렸죠. 가위가 짤각대고 솜이 뜯겨 나갔어요.

더는 안 되겠어. 언니, 제발 나를 두고 가.

울먹이면서 민영 언니의 손을 놓았습니다. 삔 발목이 끊어질 것처럼 아팠어요. 통증 때문에 당장이라도 까무러칠 것 같았죠.

그 이상 달아나는 건 무리라는 걸 깨달았는지 민영 언니가 저를 옆에 앉히곤 의자들을 끌어오더군요. 그 의자들을 바리케이드 삼아 목청을 돋우어 외쳤습니다.

이 이상 다가오면 가만히 있지 않을 거야!

강 반장이 피식피식 웃으며 작업대 하나를 쓸어 버렸어요. 그 탓에 미싱 작업을 하던 인형 몇이 고꾸라졌어요.

강 반장은 이제 살의를 감추려는 시도조차 하지 않았어요. 자신에게 대항하는 누구라도 해치워 버리겠다는 듯 폭력적으로 굴었지요. 아아, 틀렸어. 우리가 저런 괴물을 상대할 수 있을 리 없잖아. 절망에 빠진 나와는 달리 민영 언니는 전보다 한층 결연해진 듯했어요. 턱을 되들고 단호한 표정으로 나무 꼬챙이를 그러쥐었습니다.

다가오지 말라고 했어. 마지막 경고야.

그때 쓰러져 있던 인형 하나가 몸을 일으키려는 것처럼 꿈틀거리더군요. 그 모습을 본 강 반장이 다리를 들어 올렸어요. 입꼬리를 비틀고 눈가에 묘한 미소를 띤 채로 인형을 향해 구두를 짓찧었어요. 머리를 밟혀 덜그럭대던 인형은 이내 축 늘어지고 말았어요.

다음 순간 미싱 소리가 멎고 공장 안에 서늘한 정적이 차오르는 듯했어요. 하지만 인형들은 금세 다시 일에 몰두했습니다. 마치 노동만이 자신들을 살아 있게 하는 유일한 동력인 것처럼.

너는 그런 짓이 재밌어? 끔찍한 새끼.

민영 언니가 꼬챙이 끝으로 강 반장을 겨냥했어요. 하하 소리 내 웃던 강 반장의 눈동자에서 시뻘건 광채가 뿜어져 나왔어요. 피부가 녹아내린 탓에 이전과 같은 표정을 지을 수는 없었지만 강철로 주조한 가면 같은 얼굴에는 분명 가소롭다는 기색이 서려 있었어요.

저는 홀린 것처럼 자리를 박차고 일어났습니다.

도와주세요! 우리를 좀 도와주세요!

강 반장이 놀리기라도 하듯 휘파람을 불었어요. 저는 아픈 다리에 힘을 주고 똑바로 선 채로 간청했습니다.

여기에 같이 모여 있잖아요. 처음부터 다 보고 들었잖아요. 이렇게 모른 척할 거예요?

하지만 인형들은 각자의 자리에서 꼼짝도 하지 않았어요. 저는 스스로의 멍청함을 책망하며 입술을 깨물었습니다. 이게 통할 거라고 생각했다니. 저들은 인형인데. 인간이 아닌데.

그때 민영 언니가 제 팔을 건드리더니 다급하게 손짓하는 게 아니겠어요? 뜻 모를 기대감에 눈을 부릅뜨고 언니가 가리키는 곳을 주시했어요.

작업대에서 내려온 인형들이 강 반장을 둘러싸고 있었어요. 제 말에 동의한다는 듯이, 위기에 처한 친구를 이대로 외면할 수 없다는 듯이.

강 반장은 성가신 일을 맞닥뜨렸을 때처럼 혀를 차더니 지체 없이 주먹을 휘둘렀습니다. 인형들은 우수수 쓰러졌지만 굴하지 않고 일어났어요. 열을 지은 채로 뚜벅뚜벅 질서 정연하게 전진했어요.

강 반장은 강건하고 위력적이었지만 혼자였어요. 반면에 인형들은 많았죠. 합심해 움직인 덕분에 빈틈을 노려 강 반장의 등이며 팔에 매달릴 수 있었어요. 하지만 애석하게도 거기까지였어요. 강 반장이 그들을 잡아채 뜯어 버렸으니까.

어떤 인형은 허리가 동강 나고 어떤 인형은 머리를 통째로 뽑혔어요. 그런 와중에도 다른 인형은 강 반장을 극렬하게 공격했고요.

그 광경에 압도된 듯하던 민영 언니가 재게 몸을 돌려 작업대 앞에 앉았어요. 저는 언니의 의중을 단번에 간파했어요. 다리가 부러져 쓰러져 있던 인형 노동자를 안아 올려 작업대에 눕혔어요.

민영 언니는 절단된 다리를 고정하고 박음질했습니다. 드르륵 소리와 함께 날 듯이 바늘땀이 놓였어요. 작업대에서 내려온 인형이 감사를 표하듯 고개를 끄떡였어요.

저희는 바쁘게 일했습니다. 제가 인형들을 작업대에 옮기고 다친 부위를 정돈하면 언니가 미싱으로 고쳐 주었어요. 부상을 입은 인형들은 늘어갔습니다. 그에 반해 강 반장은 미미한 상처조차 입지 않은 듯했어요.

어쩔 수 없지요. 봉제 인형은 보드랍고 말랑말랑하고 폭신한걸요. 싸움을 위해 만들어진 존재가 아닌걸요.

그때 눈앞이 밝아지면서 기막힌 발상이 떠올랐습니다. 저는 작업대 밑으로 들어가 떨어져 나온 의자 다리를 주워 민영 언니에게 보여 주었어요. 제 계획을 이해한 민영 언니가 눈을 빛내며 머리를 주억거렸어요.

저는 작업대에 누워 있던 인형의 옆구리에 조각난 의자 다리를 넣어 주었습니다. 언니는 능숙하게 터진 곳을 봉합했고요. 그제야 그 인형이 숙현이라는 걸 알 수 있었어요. 진분홍색 작업복의 가슴팍에 이름표를 달고 있었거든요.

작업대에서 뛰어내리던 숙현이의 태도가 자신만만해 보였어요. 나를 향해 눈인사를 건네고는 달려가 강 반장과 몸싸움을 벌였어요. 강 반장은 그를 떼어 내 던져 버렸지만 숙현이는 포기하지 않고 다시 한번 돌진했습니다.

저는 사방에 널브러진 솜뭉치를 헤치고 단단하고 날카로운 물건들을 찾아다녔습니다. 실패와 쇠줄, 드라이버와 머리핀, 강 반장에게서 떨어져 나온 부품들까지 빠뜨리지 않고 상자에 주워 담았어요. 그것들은 곧 민영 언니의 손을 거쳐 인형들의 팔과 다리, 몸통에 심어졌고요.

인형들은 강해졌어요. 지지 않기 위해, 더는 서로를 잃지 않기 위해.

강 반장은 금속으로 만들어졌어요. 인형 노동자들은 천과 실과 솜으로 이루어져 있지요. 하지만 그 무엇도 영원할 수 없어요. 철은 녹슬면 무뎌지고 나사는 돌리면 풀려요. 아무리 훌륭한 기계라고 할지언정 제때 손보지 않으면 망가져 돌이킬 수 없어져요.

저와 민영 언니, 그리고 인형 노동자들은 소리 높여 서로를 응원했습니다. 조각 천을 나눠 갖고 솜을 빌리고 단추를 물려받았어요. 맞닿고 꿰매어지고 하나로 잇대어졌어요.

어느 순간부터 강 반장이 동작이 눈에 띄게 느려지더군요. 인형들은 이전과 꼭 같은 결기로 강 반장을 때리고 들이받았습니다.

강 반장은 서서히 내려앉았어요. 이음매가 헐거워지고 철판이 비틀리는가 하면 실린더에 금이 갔어요. 강 반장이 최후의 발악을 하듯 뜨거운 김을 뿜어낸 탓에 인형들 몇이 화상을 입기는 했지만 큰 부상은 아니었어요.

인형들이 강 반장을 주저앉혔습니다. 애원하는 강 반장을 붙잡아 팔다리를 토막 내고 눈알을 끄집어내고 가슴을 난도질했습니다. 저 역시 그들을 도왔습니다. 손가락 사이에 끈적이는 액체가 배어들었지만 그 감촉이 역겹기는커녕 달콤하기만 했어요.

인형들은 태엽을 굴렸고 리벳을 베어 물었어요. 인형 하나가 가위를 가지고 와 강 반장의 혀와 연결된 전선을 잘랐어요. 이윽고 목소리마저 빼앗긴 강 반장은 구멍 난 눈으로 기름을 뚝뚝 흘렸어요.

그래서 강 반장이 어떻게 됐느냐고요? 확실한 건 그가 누구도 괴롭힐 수 없게 됐다는 거예요. 낱낱이 분리돼 본래 형체를 잃었으니까.

있지요, 그 부품들은 재활용될 거예요. 비밀리에 거래돼 다른 기계에 섞여 들어가겠죠. 일부는 그 밤을 기억하기 위한 기념품으로 간직될 거예요. 제가 귓불에 달고 다니는 볼트 모양의 피어스처럼.

승리의 탄성을 터뜨린 저는 민영 언니를 와락 끌어안았습니다. 동시에 깨닫게 됐죠. 저희 둘 역시 어느새부턴가 인형의 모습을 하고 있다는 사실을. 언제부터였을까요? 밤의 공장에 들어오자마자 이미 인형으로 바뀌어 있었을까요?

저희는 이름표를 단 가슴을 맞대고 입을 맞추었습니다. 밤이 가고 아침이 밝아올 때까지, 숨이 막힐 걱정은 하지 않고 오래오래.

그날 이후로 저는 듣게 됐답니다. 제 몸속에서 나는 소리, 가윗날이 열렸다 닫히고 너트가 굴러다니는 소리를 말이에요. 때로는 옆구리를 뚫고 불거져 나온 칼날을 몸속으로 몰래 밀어 넣기도 해요.

저희는 정말로 봉제 인형일지 몰라요. 인간이라기보다는 일종의 상품. 영혼 같은 건 품고 있지 않은 솜뭉치. 이것과 저것을 구분할 수 없는 공산품. 값싼 물건. 착한 아이를 달래 단잠으로 이끌기 위해 태어난 존재일 수도 있어요.

하지만 명심하세요. 그런 저희도 당신을 공격할 수 있답니다. 웃으면서 태연하게 악몽에 빠뜨릴 수 있어요.

저희 안 깊은 곳에는 무기와도 같은 심장이 숨겨져 있으니까. 아무도 그 속을 들여다본 적 없으니까.

저희는 인형들이에요.

오버코트

여자는 곧잘 잊어버렸다. 오늘이 무슨 요일이었더라 입속 말하며 구겨진 구두 앞코를 내려다보았다.

화분에 물을 줬는지 안 줬는지 헷갈리는 건 예사였다. 어느 날에는 외투를 여밀 새도 없이 밖으로 뛰쳐나왔다가 버스 정류장에 다다라서야 누구와 어디에서 만나기로 했는지 기억나지 않아 당황스러워하기도 했다. 쓰고 남은 건전지를 어느 서랍에 넣어 두었는지 떠올리지 못해 애를 먹었고, 계산대 앞에서 포인트 번호를 묻는 슈퍼마켓 직원에게 자기 전화번호의 뒤 네 자리를 단번에 대지 못하고 이런저런 숫자들을 혀 위에서 굴리며 민망해했다.

여자는 맨 처음 집에 들인 고양이의 이름을 외우지 못했다. 골목길에서 털빛이 검은 고양이와 마주칠 때마다 아련한 슬픔에 사로잡혔을 뿐이었다. 여자는 남편에게 맞았던 나날들을 하루하루 착실하게 지워 나갔고, 자신보다 먼저 죽은 아이를, 품 안에 뿌듯하게 들어차던 무게와 말랑한 살결에서 풍기던 냄새를, 비할 데 없던 환희를 잊었다. 기쁨을 헌납하는 대가로 고통을 함께 바치는 은총을 입었다.

여자는 나이보다 늙어 보이는 사람이었고 새로운 즐거움보다 망각에서 훨씬 큰 위안을 얻었다. 그것이 어떤 여자들이 세상살이의 수난에 대처하는 방식이었다.

여자는 체념한 만큼 점점 더 빨리 나이를 먹었으며 그만큼 빨리 가난해졌다. 잊을 것이 없다는 건 이미 충분히 잃었다는 것과 같은 의미였다.

그날도 여자는 닳은 구두를 끌다가 머리 위에 떠오른 달을 우러르며 내가 지금 어디로 가고 있었더라 자문했다. 제 그림자가 성실하게 자신을 뒤따르고 있음을 확인하곤 가슴을 쓸어내리며 안도했다. 급하게 몇 발짝을 나아가다 이내 멈추었다.

전신주 옆에 큼지막한 물체가 늘어져 있었다. 뻐근한 허리를 짚은 여자가 잰걸음을 옮겼다.

담 위에 검은색 오버코트 한 벌이 걸쳐 있었다. 누가 버렸을까. 빨랫줄에 매달려 있다 강풍에 날려 옥상에서 떨어지고 말았을까.

마른기침을 쿨럭인 여자가 미련이 남은 듯한 표정으로 옆을 돌아보았다. 슬며시 왔던 길을 되짚어가 담 앞에 멈춰 서서는 들릴 듯 말 듯한 신음을 흘리며 팔을 뻗어 오버코트를 끌어 내렸다. 왜소한 체구의 여자가 걸치기에는 지나치게 커 보이던 모 재질의 코트에서는 곰팡이 냄새가 풍겼다.

버려진 물건을 주워 오는 습벽은 없었지만 여자는 그 코트를 안고 귀가했다.

식사를 하고 청소와 설거지까지 마친 뒤에야 여자는 코트에 눈길을 줄 수 있었다. 자세히 보니 어깨 쪽에 먼지며 털 같은 것이 묻어 있었다. 여자가 서랍에서 솔을 끄집어냈다. 행거에 코트를 걸고 솔질하자 겉면에 은은한 윤기가 감돌았다. 불쾌한 냄새도 거반 사라진 것 같았다.

여자가 주름 잡힌 소매를 펴고는 가볍게 토닥였다.

"그동안 수고 많으셨어요. 잘 오셨어요."

그리하여 오버코트는 여자가 사는 다가구 주택에서 지내게 됐다.

주인 미상의 옷가지 한 벌이 늘었다는 점을 제외하면 여자의 일상은 이전과 별로 달라지지 않았다. 여자는 새벽같이 집을 나섰다가 느직이 퇴근해서는 간소한 저녁을 차려 먹었고 세탁기를 돌렸으며 분리수거를 했다. 공장 일은 힘에 부쳤고 생계를 위한 노동 외에는 어떤 것에도 관심을 쏟을 여유가 없었다.

어느 날 저녁, 지하철과 버스를 갈아타고 언덕 꼭대기 집으로 돌아온 여자는 의자에 앉아 아픈 다리를 두드렸다. 평소보다 각별하게 고통스러운 날은 아니었다. 그러나 한 방울씩 떨어지는 물방울이 물잔을 채우듯 매일의 고단함이 기어이 넘쳐흘러 울게 하는 때는 존재했다.

여자가 손바닥에 얼굴을 묻으며 흐느꼈다.

"나는, 나는, 더 이상은⋯⋯."

잠시 후 무슨 소리를 들은 것처럼 머리를 들었다. 집 안은 고요했다. 바로 앞 차도를 지나는 배달 오토바이의 엔진 소리가 유일한 소음일 만큼.

방금의 말소리는 윗집에서 전해진 것일까. 주위를 살피던 여자의 시선이 행거에 멎었다. 옷걸이가 기운 탓인지 오버코트의 왼팔이 구부러져 있는 듯했다. 처지가 딱한 상대 앞에서 허리를 굽히고 괜찮으냐고 묻는 사려 깊은 사람의 몸짓처럼.

여자가 눈물이 고인 눈가를 훔치며 고갯짓했다.

"아니에요. 걱정하지 마세요. 별일 아니니까."

그날부터 여자는 종종 코트와 이야기를 나누었다. 이상한 일은 아니었다. 그전에도 여자는 쌀을 안치거나 빨래를 개면서 습관적으로 혼잣말을 하곤 했으니까. "어때요, 맛있어 보이죠?" 찌개 냄비를 식탁에 올려놓으며 다정한 눈짓으로 오버코트를 곁눈질했고, "우리 라인에 문제가 생겨서 말이에요." 수저를 챙기며 공장에서 겪은 고충들을 시시콜콜하게 늘어놓았다.

여자는 스스로도 눈치채지 못할 만큼 천천히 바뀌었다. 언제 샀는지 가물가물한 낡은 스카프를 다림질해 맸고 작은 소리로나마 전보다 자주 웃게 됐다. 구멍 난 스타킹을 신지 않게 됐으며 타인의 시선에 지레 겁을 먹고 말을 더듬지 않게 됐다. 동시에 망각 속으로 떠밀려 가도록 내버려두었던 기억들이 되돌아오기 시작했다. 기쁨을 돌려받은 대가로 어쩔 수 없이 되찾은 고통처럼.

그럴 때면 화장실 바닥에 엎드려 흘렸던 피의 맛이 입안을 감돌았고 화장장의 창문에 비쳐 있던 신록의 빛이 눈앞에서 깜빡였다. 여자는 그제야 깨달았다. 자신이 살아 숨 쉬는 한, 그 기억들을 결코 몰아내지는 못할 것이라고. 그의 소멸에 이르러서야 그것들은 완벽하게 사라질 것이라고.

옷걸이째 오버코트를 들어 요 위에 내려놓은 여자가 그 옆에 모로 누워 속닥였다.

"머지않아 다 괜찮아질 날이 오겠지요? 그렇지요?"

잠들기 전 여자는 일과를 마치는 의식처럼 코트를 솔질했다. 소맷부리에서 실밥을 뜯어내고 등판에서 보풀을 떼면서 그 옷에 어울리는 남자를 그려 보았다. 여자의 상상 속에서 남자는 새끼손가락에 가느다란 반지를 끼고 있었다. 좀체 들뜨는 일이 없는 침착한 성정으로 미루어 혼자 시간을 보내는 데 익숙한 사람임이 분명했다.

여자는 남자의 손을 쥐듯 코트 소매를 만지작거렸다. 코트 깃에 뺨을 비비며 숨을 들이마시기도 했다.

여자는 남자의 체취를 맡을 수 있었다. 남자의 목소리를 들을 수 있었다.

눈을 감은 채로 오버코트를 안고 있으면 슬픔이 곱씹어 삼킬 수 있을 정도로 작아졌다. 여자에게 이는 단순히 옷이 아니었다. 구원이었다.

그 주 주말은 간만에 화창했다. 창문을 연 여자가 뒤를 돌아보았다.

"날씨도 좋은데 볕을 좀 쬐는 건 어때요?"

여자가 오버코트가 걸린 행거를 창가에 끌어다 놓았다. 햇살을 받은 코트의 어깨가 봉긋했다. 한 번도 입지 않은 새 옷처럼 번듯했다. 그 광경을 응시하고 있으려니 왠지 모르게 졸음이 쏟아졌다. 여자가 만족한 얼굴로 식탁에 엎드렸다.

얼마나 잠들어 있었을까, 여자가 낮잠에서 깼을 때 창밖에서 빗방울이 떨어지고 있었다. 전혀 다른 세상에서 불어오는 듯한 바람이 코트를 기이한 모양새로 나부꼈다.

옷걸이가 달그락댔다. 오버코트가 행거에서 벗어나 날아
가 버릴 것처럼 거칠게 펄럭였다. 의자에서 일어난 여자가
창가로 달려갔다.

날카로운 파열음과 함께 옷걸이의 고리가 쪼개졌다. 광풍
이 코트를 휘감아 올렸다. 작별 인사라도 하듯 기다랗게 뻗
어 나온 소매가 위아래로 흔들렸다.

여자가 두 손으로 세게 코트를 억눌렀다. 쏟아지는 비를
맞으면서 고집스럽게 소맷자락을 쥐고 늘어졌다.

"안 돼요. 지금은, 지금은 아니에요."

그러자 오버코트의 왼 어깨가 비틀리면서 여자 쪽으로
슬쩍 치우쳤다. 여자가 눈을 크게 떴다. 그 남자였다. 코트
의 주인.

오버코트를 입고 원래 모습을 되찾은 남자가 바람의 목소
리를 빌어 청했다.

"나랑 같이 가요."

그 음성이 여자가 상상했던 것과 똑같았다. 코트의 소매
한쪽이 여자의 허리를 감쌌다.

"그럼 모든 게 괜찮아질 거예요."

여자가 남자의 손에 제 손을 겹쳤다. 주름진 눈가에 미소
가 어렸다.

"갈게요."

맨발바닥이 바닥에서 떨어졌다. 여자가 남자의 품에 안겨 창문 밖으로 몸을 내밀었다. 빗줄기가 잦아들고 있었다. 먹구름 사이로 어슴푸레한 빛이 내비쳤다.

"떠날 거예요, 당신이랑 같이. 아, 포근해."

여자는 허공으로 높이 떠오른 다음에야 망각할 수 있었다. 세상 전부를, 그 자신조차, 깨끗하게.

폭풍의 씨앗

나는 존재하기 전부터 움직이고 있었습니다.

눈을 떴을 때는 구름 속에 파묻혀 있었어요. 웃음을 터뜨리며 나를 에워싼 팔 안으로 파고들었죠. 거구에 무척 힘이 세고 우락부락하던 적란운은 나를 거칠게 끌어안았고 덕분에 기운을 차린 나는 따뜻한 수증기를 여러 겹 걸쳐 입을 수 있었습니다.

그런 다음에는 그를 소진해야 했어요. 안타깝게도 나는 그보다 강해져 있었거든요. 벗은 발을 놀리며 휘돌아 오만한 그 작자를 굴복시킬 때 그가 터뜨렸던 난폭한 웃음소리를 나는 여전히 기억하고 있습니다.

아래는 바다였어요. 대해는 송곳니를 드러낸 채로 으르렁거렸습니다. 나는 가파른 계단 같은 파도를 디디며 비상했어요. 더, 더, 더! 소리치면서 성난 바다를 부추겼죠. 내가 입은 드레스 자락이 수면 위에 끌리며 그려 내는 무한한 궤적을 확인했어요. 그것들은 한편으로 영원히 잇대어지는 시간과도 같았죠.

사랑하는 당신, 해변에 앉아 물결의 모양을 헤아리는 사람들을 비웃지 마세요. 거기에는 우주의 비밀이, 한 시대의 시작과 종언, 무수한 차원으로 펼쳐졌다 끝내는 하나의 작은 점으로 소멸하고 마는 공간의 수수께끼, 인간이 해석하지 못한 모든 기호와 상징의 의미가 깃들어 있으니까요.

공허에서 나를 구해 그토록 긴 세월 되풀이해 잉태한 힘의 원천이 무엇인지는 알지 못합니다. 그건 아마도 창조 이후에도 살아남아 있던 혼돈의 일부는 아니었을까요. 혹은 그 이유를 당신이 먼저 건네고 돌연 거두어 버렸으나 나로서는 놓지 못한 애정, 그 사이의 급격한 온도 차이로 돌린다면 지나친 비약이라고 비난받을까요.

사랑하는 당신, 앎과 진실이 늘 일치하는 건 아니랍니다. 더군다나 눈에 보이지 않는다고 존재하지 않는 건 아니잖아요. 그렇지 않다면 나라는 존재를 무엇으로 설명할 수 있단 말인가요. 빗방울이 흘러내리는 창문 뒤에서 당신도 나를, 이곳과 저곳의 경계를 찢고 허무는 무형의 거대한 흐름을 느끼고 있지 않나요.

나는 솟구치는 포말을 밟으며 돌고 또 돌았습니다. 발을 구르고 주먹질하면서 화난 것들을 독려했어요. 울분에 겨운 비명을 들었습니다. 팔을 휘두르면서 비겁하고 역겨운 반동들을 짓이겨 버리려는 찰나, 당신을 떠올렸습니다. 그리고 깨달았죠. 더는 여기에 머물러 있어서는 안 된다는 것을.

나는 떠나야 했어요. 한시라도 빨리 당신을 찾아야 했거든요.

뇌성 사이로 메아리치는 부름을 들었습니다. 그 소리를 놓칠까 두려워하며 갓 돋은 투명한 귀를 세우고 걸음을 떼다 너울에 휩쓸려 출렁이던 배 한 척을 조금은 험악하게 그러나 할 수 있는 한 최대한의 조심성을 발휘해 모래톱 가까이로 밀어 주었습니다.

하필이면 그때 갑판에 나와 있던 선원 하나가 절규하는 물보라 속에서 나를 응시하는 실수를 저지르고 말았지요. 선원의 눈에 비친 내 모습은 실로 매혹적이고 무시무시했습니다.

선원은 나를 품으려는 열망에 도취된 나머지 바다에 뛰어들려고 했습니다. 나는 선원이 입은 셔츠를 부풀려 소름이 돋은 맨 살갗을 어루만지며 속삭여 주었어요.

"어리석은 사람아, 죽음에 매료되기에는 그대는 너무 어려."

선원의 목덜미에서 젊은 육체 특유의 향내가 풍겼습니다만 나는 역하도록 무해한 그것에서 고개를 돌렸을 뿐입니다. 기도하건대 선원이 또 다른 유혹에 자신을 던져 버리지 않기를.

다음 여정은 한결 쉬웠습니다. 흥분과 만용의 체취를 만 끽한 나는 좀 더 빠르고 가뿐하게 질주했습니다. 짐승들이 달아났고 사람들도 그러했죠. 거만하기로 이름 높은 건축물 들조차 내 면전에서는 예의를 차릴 수밖에 없었어요. 내가 도도하게 치솟은 첨탑들을 공포에 질려 신음하게 만들었으 니까.

사랑하는 당신, 하지만 맹세컨대 심장이 뛰고 피가 흐르 는 존재들 중에 치명적인 부상을 입은 것은 하나도 없었습 니다. 심장이 뛰지 않고 피도 흐르지 않는 존재, 외딴 바위 산에 뿌리 내리고 있던 늙은 과일나무를 제외하면. 나는 그 나무를 뿌리째 뽑아 버렸거든요.

내가 바라던 바는 아니었어요. 하지만 그 노파가 시든 잎 을 바스락거리며 자신의 목숨을 끊어 달라고 애걸했을 때 나는 그 청을 차마 모른 척할 수 없었답니다.

대지는 인류가 박고 세운 장식물들로 오염된 지 오래였어 요. 미지의 해로 같은 건 남아 있지 않았지요. 살충제를 뿌 리지 않은 숲 역시 말이에요. 인어들은 절멸했고 늑대 인간 들은 들개 무리에 섞여 털을 쥐어뜯긴 채 병들어 갔습니다. 흡혈귀는 십자가를 더럽힌 피 얼룩에 불과했고요. 전설이란 곰팡이가 핀 책장에 사어로 적어 내려간 망각된 이야기와 다름없었지요.

이 땅은 머지않아 자살한 것들의 무덤으로 가득 찰 운명이었어요.

인간들이 떠받들었던 신의 갈비뼈는 고층 빌딩의 골조를 이루었고 그 위에서는 날개가 달리지 않은 것들까지 허망할 만큼 쉽게 투신했습니다. 나는 그 누구도 경멸하지 않았어요. 당신, 당신마저도 그들의 일원인걸요. 나 또한 언젠가는 두 팔을 벌리고 빌딩의 난간을 딛고 서서 까마득한 아래를 내려다보지 않을까.

나는 태연한 손놀림으로 요트를 고정한 줄을 흔들었고 비행기의 날개를 쓰다듬었습니다. 그 무정한 쇳덩이들조차 내 손길에 몸을 떨며 수줍어했어요.

해안선을 넘어 평야를 가로지르면서 나는 차츰 느려졌습니다. 동시에 잃어 가기 시작했어요. 당신은 알고 계실까요. 숲 위로 결결이 일었던 파문이 내가 덧입었다 벗어 던진 의복들의 무늬와 같다는 것을. 풀잎들은 내 발길에 걷어차이는 동안에도 파릇파릇하게 돋아났습니다. 가로등 불빛이 점멸하는 가운데 나는 방금 죽은 영혼들이 밤하늘을 가로지르며 이승을 떠나는 광경을 지켜보았습니다.

그 영혼들은 찰나의 광휘였습니다. 그들이 전한 마지막 인사의 몸짓마저 번갯불 속에 지워져 버렸지만.

달리는 자동차의 보닛에 걸터앉아 볼까 하다가 그만두었습니다. 지하철은 운행이 중단된 상태였어요. 언덕 중턱, 공사가 중단된 건물은 썩어 문드러진 뼈대를 드러낸 채로 어둠 속에 파묻혀 있었어요. 한순간도 누군가의 집인 적 없던 그곳은 아늑한 묘지였어요.

이제껏 단 한 번도 날아 보지 못한 것들까지 곳곳에서 비상하고 있었어요. 원을 그리며 맴돌면서, 내 동작을 따라 하면서.

이마를 찧을까 두려워하며 다급히 상점가를 돌아 나갔습니다. 찢어진 속치마를 당기고 반듯하게 구획된 아파트 단지를 가로질렀어요. 흙냄새를 부풀리면서 뜀박질했어요. 맨발로 호수 위를 미끄러질 때 사방으로 하얗게 물안개가 피어올랐습니다. 그 광경이 얼마나 꿈결 같고 아득하던지.

흐릿한 눈을 끔뻑이며 주택가를 지날 때 2층 주택의 창문이 밝혀져 있는 것을 보았어요. 빛이 번지는 창문 너머에서 한 소녀가 무릎에 책을 펼치고 졸고 있더군요. 나는 소녀에게 말해 주고 싶었답니다.

물거품으로 변해 사라지는 것이 그렇게 나쁜 결말은 아니야. 나는 누구도 피 흘리게 하고 싶지 않았거든. 그러나 기억하렴. 저주의 진의는 이를 이룬 말 자체보다 훨씬 복잡하고 음습하단다. 구름과 비, 샘과 강과 바다가 순환하는 것처럼 내가 겪은 고통은 끝나지 않을 거야. 뜨거워진 것들이 식고 무거워진 것들이 떨어져 내리듯 나는 사랑하는 사람들이 죽어 가는 모습을 지켜보면서 끝없이 살게 될 거야.

둔해진 몸놀림으로 회한에 전율하며 서투르게 발길질하다 형체 없는 손들에 떠밀려 거꾸러졌습니다. 뜻밖의 불운에 저항하면서 죽을힘을 다해 날아오르려고 했지만 허사였습니다.

나는 눈이 멀고 귀가 먹은 채로 이리저리 끌려다니다 울음을 터뜨렸어요.

"어디에 계세요? 이제 그만 모습을 보여 주세요."

가로수 사이를 헤매다 녹슨 울타리에 부딪혀 수억 개의 허무로 허물어졌어요. 그럼에도 희망을 잃지 않고 수억 개의 다른 목소리로 외쳤어요.

"당신을 찾기 위해 이 먼 곳까지 달려왔어요. 당신은 여전히 내 목소리를 들을 수 없나요."

이제야 기억나는군요. 나는 청새치가 일으킨 파랑 속에서 나라는 존재를 처음으로 자각했어요. 그런 뒤에는 고래의 등에서 뿜어져 나와 하늘 높이 솟구치며 무지갯빛으로 반짝였고요.

나는 길가 화단을 적시는 비 한 방울이에요. 하지만 걱정하지 마세요. 산산이 부서진 몸으로나마 꽃나무의 가지 끝 오므린 봉오리 속으로 스며들어 갈 수 있었으니까.

사랑하는 당신, 나는 폭풍의 씨앗이에요. 혼돈 속에서 오랜 세월 수없이 거듭 태어날 거예요. 당신의 부름에 응하고자 내게 주어진 모든 것을 걸고 이곳에 다다랐어요.

향기도 없는 꽃이 만개하는 순간 나는 다시 눈을 뜰 거예요. 비로소 깨끗하게 소멸할 수 있을 거예요.

그날 내가 햇살 속에서 증발할 때 당신에게 입 맞출 수 있도록 허락해 주세요. 당신에게 1100번째 키스를.

하필이면 고양이

미닫이문은 활짝 열려 있었다. 정오경. 햇살 속에 초월적인 힘이 서려 있어 세상 만물을 가장 찬란한 방식으로 드러내는 듯했다. 게다가 무척 더웠다. 그해 여름에는 유별스러운 면모가 있었다.

선풍기가 삐걱대며 돌아갈 때마다 미적지근한 바람이 방향을 바꾸었다. 천ㅓ이 누운 자세로 팔을 더듬어 머리맡을 탐색했다. 얼음주머니를 얹은 낯이 발그레했다. 선풍기에 얼음주머니로도 모자랐는지 손에 잡힌 접부채를 착 하고 펼쳐 땀으로 얼룩진 얼굴을 향해 슬슬 부치려는 찰나였다.

안뜰에서 야옹 하는 소리가 들렸다. 돌담을 타 넘는 저 형상은 얼룩고양이일까. 천은 오래된 이 한옥집을 드나드는 고양이 가족을 위해 장독대 옆 인적이 드문 곳에 사료며 물을 담아 놓아두었다.

천이 다 죽어 가는 말투로 중얼거렸다.

"아무렴. 너희에게도 여름은 잔인한 계절이겠지."

천은 다른 어떤 계절보다 여름에 약했다. 이 순간 그는 뚜껑을 덮은 프라이팬 속 냉동 피자나 다름없었다. 피자야 맛있기라도 하지, 그는 온몸으로 녹은 성에 같은 땀을 흘리며 흐물거릴 뿐이었다.

더는 안 되겠다는 듯 부채를 집어 던진 천이 얼음주머니를 부둥켜안은 채로 젖은 등허리를 들썩이는 순간, 낯익은 풍경이 그의 눈앞을 스쳤다. 천은 등줄기를 타고 내리는 소름을 느꼈다. 바로 그거야! 서쪽 해안으로 가는 거, 그게 내가 해야 할 일이야. 왜 진작 그 생각을 못 했을까.

서쪽 해안, 용천수가 흘러나오는 용오름물은 천이 이 섬에서 최고로 사랑하는 장소였다. 얼음처럼 찬 그 물속에서 수영을 할 수만 있다면.

선풍기를 끈 천이 황망히 문턱을 넘었다. 툇마루에 앉아 스니커즈를 구겨 신고는 소쿠리에 넣어둔 키를 꺼내 쥐었다. 손으로는 헬멧의 버클을 잠그고 눈으로는 햇살이 지글거리는 양달을 쏘아보며 창졸간에 몸서리친 것도 사실이지만 이내 각오를 다잡고 용감무쌍하게 다음 걸음을 내디뎠다.

문간 옆에 대어 둔 베스파의 안장이 지옥 불에 그을리기라도 한 것처럼 뜨거웠다. 천이 신음 소리를 흘리면서 안장에 걸터앉았다. 엉덩이를 지지는 열기를 견디며 키를 꽂아 돌리곤 스쿠터의 시동을 걸었다.

천이 스로틀을 당겼다. 막 분 바람은 시원했다. 하지만 브레이크를 쥐어 정지하는 즉시 햇살이 다시 고문을 시작할 것임을 천은 경험으로 터득하고 있었다.

민트색 베스파가 비포장도로를 내달렸다. 깻잎밭에서 잠자리채를 휘두르던 아이들이 천을 넘겨다보며 너나 할 것 없이 손을 흔들었다. 천이 아이들을 향해 고개를 까딱였다.

정주한다는 건, 천에게 익숙한 감각은 아니었다. 천은 생의 대부분을 길 위에서 보냈으므로. 바로 지금 내리막을 미끄러져 내려가는 베스파처럼.

이 섬은 천에게 단지 스쳐 지나는 장소여야 했다.

천은 한때 여행자였다. 씨앗이 떨어져 새싹이 자랄 만큼의 시간이 흐른 뒤에는 어김없이 머물던 곳을 떠났다. 그것이 그를 고독하게 하는 동시에 더없이 자유롭게 만들었다.

천은 인어들과 함께 난파선이 가라앉은 바닷속을 헤엄쳤다. 서리가 내려도 시들지 않는 꽃 한 송이를 찾아 헤매었고 도깨비들과 어울려 춤을 추었다. 만년설 위에 태초의 발자국을 남겼으며 귀신의 노래에 맞춰 휘파람을 불었다.

겉모습만 보면 천은 영락없는 20대였다. 탈색과 염색을 반복해 연회색에 가까운 머리카락은 뿌리 부분이 새까맸고 입가에는 미세한 주름조차 지지 않았다. 의미 불명의 문구가 적힌 티셔츠에 해진 청바지 차림으로 젊음만이 유일한 자산인 것처럼 이렇다 할 이유도 없이 동네를 어정댔다.

천은 기실 깨달은 자였다. 죽음을 각오하고 들어간 산중에서 스승을 만나 기백 년을 함께 수행한 끝에 천리天理를 깨우쳤다. 천을 제자로 받아들였을 무렵 이미 이 땅의 질서에서 반쯤 초월해 있던 스승은 스스로 사멸하기를 원했다. 이후 1000년이 넘는 세월이 흐르는 동안 천의 외형은 여러 번 바뀌었다. 현재 천은 젊은 남성의 모습을 하고 있었으나 머지않아 마땅히 이 육체를 벗어던질 순간이 올 것이었다.

세계들 사이에 문이 나 있다는 걸 알아낸 것도 깨달음 때문이었다. 그 문을 알아볼 수 있는 사람은 깨달은 자들의 수만큼이나 적었다.

첫 번째 문을 통과한 뒤로 천은 나들이를 가듯 태평하게 세계를 넘어 다녔다. 그의 목표는 비밀스럽게 포개진 채로 맞닿아 있는 이세계異世界 전부를 둘러보는 데 있었다. 여행자로서 의무를 다하기 위해서도 천은 혼자여야 했다. 아무도 다치게 하지 않고 누구도 함부로 용서하지 않기 위해 노력했다.

천이 또 하나의 경계를 가로질러 원래 세계로 돌아왔을
때 이곳에서는 기십 년이 지난 후였다. 하지만 천의 영혼은
그간 100년은 더 늙어 있었다.

마른 풀을 엮어 지은 튜닉을 걸치고 맨발에 사막 동물의
가죽으로 만든 샌들을 신은 천이 문턱 너머로 한 발을 내뻗
는 순간, 눈 한 송이가 그의 콧등에 떨어졌다. 이 세계는 마
침 겨울이었다. 문을 통과한 천이 찬 공기를 호흡했다. 몸의
안과 밖이 긴밀히 공명하면서 재배치되는 것이 느껴졌다.

그것이 정화, 다시 말해, 세계가 스스로를 방어하는 방법
이었다. 각각의 세계는 문을 건너오는 개체들, 즉, 이물질에
게서 자신에게 유해하게 작용할 수 있는 요소들을 태워 없
앴다. 그 과정을 겪고도 무사할 수 있는 건 오직 깨달은 자
들뿐이었다.

이 세계의 존재로 재구성된 천이 한결 밝아진 눈으로 주
위를 둘러보았다. 천은 문을 넘기 전과 다른 복장을 하고
공사가 중단된 다리 위에 서 있었다. 난생처음 입어 본 스웨
터의 감촉이 낯설었다.

천이 생소한 풍광을 감상하듯 교각 아래에서 철썩이는
검은 물결을 내려다보았다. 이제 쉴 곳을 구할 차례였다. 지
친 발걸음을 떼려던 천이 자리에 멈추었다.

한 사람이 다리 끝에서 그를 기다리고 있었다.

햇살이 잘게 부서진 유리 조각 같았다. 도로 위에 흩어진 채로 연신 쨍그랑댔다.

천이 스로틀을 풀어 속도를 늦추었다. 베스파가 은행나무가 늘어진 2차선 도로를 돌아 나가자 삼거리 옆 빨간 지붕의 단층 건물이 눈길을 잡아챘다. 간판도 걸려 있지 않은 그 건물이 이 섬의 유일한 가겟방인 임자 슈퍼였다. 듣자 하니 가겟방 주인인 할머니의 성함이 유임자라고 했다. 그 건물의 지붕만큼 새빨간 뿔테안경을 쓴 임자 할머니는 천과 마주칠 때마다 과자며 알사탕 따위 소소한 간식거리를 쥐여주며 강매에 힘쓰곤 했다.

임자 슈퍼를 지난 베스파가 갈대밭 옆으로 잇닿은 돌담길을 나아갔다. 천은 더위를 먹어 몽롱한 상태에서도 느티나무 아래에 도사린 노르스름한 형체를 용케 알아보았다. 브레이크를 밟아 천천히 스쿠터를 정차했다. 치즈고양이는 눈을 게슴츠레하게 뜨고 엎드려 천은 거들떠도 보지 않았다.

"반달아, 그동안 잘 지냈어?"

천은 반달이 뜬 밤에 처음 만난 녀석에게 반달이라는 이름을 붙여 주었다. 천이 열심히 알은체해 보았지만 반달은 못 들은 척 앞발을 두어 번 할짝이더니 급기야는 휙 고개를 돌려 버렸다. 천이 쿡 하고 웃었다.

"미안. 방해하지 않을게. 나중에 또 보자."

스쿠터는 그늘 한 점 드리워져 있지 않은 땡볕을 달렸다. 천이 마침내 스쿠터를 멈춘 장소는 버려진 상가 건물 옆이었다. 접근 금지라고 쓴 표지판이 무성하게 우거진 잡초들 사이에 꽂혀 있었다.

헬멧을 벗어 스쿠터 손잡이 위에 고정한 천이 흙길을 타고 내려갔다. 멀지 않은 곳에서 물 냄새가 피어오르고 있었다. 천이 가슴 앞에서 팔을 교차해 땀으로 흥건한 티셔츠를 벗었다. 해안가와 맞닿은 저수지를 내려다보며 뒤축이 우그러진 스니커즈를 차 던져 버렸다.

돌담 사이에 가두어진 용천수가 맑디맑았다. 천이 용오름 물을 향해 걸어갔다. 땀으로 흥건한 등허리가 번들거렸다. 아무렴, 어떤 세계에도 이런 곳은 없을 테지. 그래서 내가 이 섬을 사랑하는 거고.

차디찬 물이 종아리를 간질이며 찰랑이는가 싶더니 곧 허벅지까지 차올랐다. 천이 거침없는 동작으로 단물 속으로 잠겨 들었다. 무릎을 안고 웅크려 정적 한가운데 가라앉았다. 그 자신과 단둘이 대면했다.

천은 더는 호흡을 참을 수 없게 됐을 때야 젖은 머리카락을 헝클어뜨리면서 물 밖으로 박차고 올랐다. 가쁜 숨을 몰아쉬며 만면에 미소를 머금었다. 이만하면 여름도 나쁘지 않은 것 같아.

손가락 새를 휘도는 물결을 만끽하면서 물살에 스스로를 내맡긴 채로 이리저리 흘러 다녔다. 잠시 후, 두 팔을 벌리고 수면 위에 비스듬하게 떠올라 있던 천이 눈을 번쩍 떴다. 서둘러 자세를 바꾼 탓에 발끝이 바닥에 닿지 않아 허우적대다 하마터면 물을 삼킬 뻔했다.

저수지에서 나온 천이 돌담에 걸쳐 두었던 티셔츠를 낚아챘다. 젖은 상체에 티셔츠를 욱여넣으면서 자책했다. 아무리 더위에 정신이 나갔어도 그렇지, 변명의 여지가 없어.

스쿠터를 타는 것은 포기해야 했다. 천은 술법을 써 달음질했다. 그러나 마음을 완벽하게 다스리지 못해 마지막 동작이 흐트러지는 바람에 우듬지 위를 가로지르다 비자나무 가지 하나를 부러뜨리고 말았다.

천이 그은 궤적이 물수제비의 파문처럼 멀리 아주 멀리까지 퍼지면서 휘파람 소리를 일으켰다.

천이 이 장소와 저 장소 사이에 난 틈을 관통해 수 분 만에 섬 반대편에 다다랐다. 짙푸른 하늘 아래 기이한 얼룩이 져 있었다. 문이 열렸다는 명백한 증거였다.

천이 주위를 살피며 다리 쪽으로 다가들 때 한 형체가 그를 덮쳤다. 천이 반사적으로 걸음을 물렸다. 짙푸른 빛을 내뿜던 구체는 방어 자세를 취한 천을 감싸며 부서지더니 금세 다시 뭉쳐졌다.

"그러지 말아요! 돌아와요!"

천이 술법의 힘을 빌려 달아나는 구체를 뒤쫓으려는 찰나였다. 눈앞이 깜깜해지면서 발밑이 푹 꺼지는 느낌이 들었다. 오랜만에 술법을 과용했기 때문일까. 그날의 유난스러운 더위 때문에? 혹은 단순히 수행을 게을리해서일지도.

천이 식은땀을 흘리며 난간에 매달렸다.

"하, 빌어먹을 여름 같으니."

어금니를 갈면서 까라지는 몸을 가누었다. 당장 붙잡을 수는 없다고 해도 최소한 놈을 놓쳐서는 안 됐다. 최대한 가까이에서 추적해야 했다.

천이 풀린 다리에 힘을 주고 겨우겨우 걸음을 놀릴 때 먼지바람을 일으키며 이쪽으로 다가오는 형상이 보였다. 천이 거친 손놀림으로 이마를 훔쳤다. 가만, 저건 횟집 아들이 새로 샀다는 오토바이 아냐?

파란색 슈퍼커브가 요란한 소음과 함께 다리 초입에서 급정거했다.

천의 속눈썹에 맺힌 땀방울이 굴러떨어졌다. 천은 그제야 검은 가죽 재킷에 청바지를 입은 상대가 누구인지 알아보았다.

여자는 방금 담배에 불을 붙인 듯했다. 장갑을 낀 손으로 나부끼는 머리카락을 넘기면서 천을 노려보았다.

"이제야 도착하다니 늦었군."

천이 어리둥절한 얼굴로 제 가슴팍을 가리켰다.

"저 말씀이십니까?"

"그럼 여기에 댁 말고 누가 있다고."

코트 주머니에서 휴대용 재떨이를 꺼낸 여자가 담배를 비벼 껐다. 잠시 생각에 잠겨 있는 듯하던 천이 차분한 말투로 물었다.

"왜입니까?"

"너를 만나야 내가 이 빌어먹을 섬에서 나갈 수 있으니까. 그게 이 세계가 마련한 또 하나의 자기 방어 수단이거든. 수문장을 세우는 것. 문을 통과하는 것들을 저지하거나 보호하는 것. 이제부터 이 문은 네가 지켜야 해. 무슨 뜻인지 알아먹겠어?"

여자의 눈동자 속에서 수없이 많은 나날들이 떠올랐다. 해가 지고 달이 떴으며 바람이 일었고 무수한 사람들이 태어나 죽었다.

여자와 눈을 맞춘 천은 비로소 그가 전하고자 하는 이야기를 이해했다. 여자가 왜 이 섬으로 건너왔는지. 이전 수문장은 누구고 무슨 예언을 남겼는지, 어떤 멸망은 문을 넘어

들어온다는 것도.

만월이 뜬 밤 여자가 용오름물에서 헤엄치기를 좋아한다는 것 역시 천이 엿본 비밀 중 하나였다.

"어떤 문은 가끔 위험해지지. 정화가 불완전할 수도 있고. 그게 우리 같은 자들이 존재하는 이유가 아닐까 싶어."

여자가 위로라도 하듯 천의 어깨를 건드렸다.

"먼 미래에 너한테도 의무를 넘겨받을 사람이 찾아올 거야. 그전까지 절대 섬을 떠나면 안 돼. 오늘부로 나는 자유니까."

여자가 케이스에서 담배 한 개비를 더 끄집어냈다. 천이 여자의 손가락 사이에 끼워진 담배를 빼앗더니 케이스에 도로 밀어 넣었다.

"저는 아직 의무를 이어받기로 약속하지 않았습니다만."

"거절은 불허하겠다."

여자의 눈동자 깊은 곳에서 불길이 타올랐다.

"아니면 나한테서 한번 도망쳐 보든가."

교각을 후려갈기는 파고가 높아졌다. 눈보라가 그들을 에워쌌다. 미소를 띤 천이 여자의 손을 붙들었다.

"어떤 사람도 당신의 요구를 물리칠 만큼 멍청하지는 않겠죠."

여자의 손가락을 하나하나 당겨 장갑을 벗겨 내고는 맨손바닥을 제 뺨으로 가져갔다.

"따뜻하군요. 인간은 어쩌면 이렇게 알맞은 온도인지."

여자가 말없이 눈썹을 꿈틀거렸다. 천이 소리 내 웃었다.

"좋습니다. 이제부터 제가 머물러야 할 곳을 알려 주세요."

천과 여자의 숨결이 뒤엉켰다. 둘의 발자국이 눈 위로 이어졌다.

섬 주민들은 처음에 천을 여자의 사촌 동생쯤으로 여겼다. 하지만 십수 년이 흘러 섬을 떠난 여자를 망각하면서부터는 부모를 여의고 고향 집에 눌러앉은 작가 지망생으로 받아들였다. 십수 년이 흐르고 또 십수 년이 흐르는 동안에도 천의 정체를 의심하지 않았다.

그것의 기억의 본질이었다. 티 나지 않을 만큼만 조금씩 왜곡되는 것.

해안가에 잘못 달린 꼬리처럼 튀어나온 다리에 대해서도 마찬가지였다. 건설사가 비용을 충당하지 못해 공사가 중단됐다고 믿었을 뿐 아무도 그 이면을 파헤치려고 하지 않았다. 모르긴 몰라도 여자가 기계奇計를 발휘한 까닭일 것이라고 천은 추측했다.

"당신이 여기에는 왜……."

천이 슈퍼커브의 운전자를 바라보면서 곤혹스러운 표정을 지었다. 두 발로 땅을 받쳐 오토바이가 넘어지지 않도록 지지한 여자가 헬멧의 실드를 올렸다.

"타, 놈이 어느 쪽으로 갔는지 봤어."

"어떻게 알고 왔어요? 이런 일이 있을 거라는 걸 어떻게 알고."

천이 말끝을 흐렸다. 천은 그 자존심 강하고 냉정한 여자를 한시도 잊은 적이 없었다. 여자가 응수했다.

"전날 밤에 이전 수문장이 꿈에 나와 당장 섬으로 가라더군. 당신을 도와야 한다면서. 그 늙은이는 늘 그런 식이야. 정중하게 부탁하는 법이 없어요. 하여간, 그 즉시 차를 몰고 포구를 찾아갔지. 내 힘으로 바로 바다를 건널까 하다가 가장 빠른 여객선에 올랐어. 부주의하게 기운을 낭비했다가는 중요한 순간에 대처하지 못할 것 같아서. 지금에 와서는 옳은 결정이 아니었다는 생각이 들지만."

천이 입술을 물어뜯었다. 여자가 헬멧의 실드를 내리며 고갯짓했다.

"안 탈 거야? 이 슈퍼커브, 그쪽 이름을 대고 빌린 거야. 나중에 그 친구와 따로 만나 계산해야 할걸."

천이 말없이 뒷좌석에 올라탔다. 여자가 스로틀을 당겨 슈퍼커브를 출발시켰다. 파란색 슈퍼커브가 돌담을 낀 해안도로를 질주해 널따랗게 펼쳐진 유채밭을 가로지를 때였다. 천은 연둣빛으로 일렁이는 유채밭 너머로 낯선 기운이 또렷해지는 것을 감지했다.

여자는 버드나무 앞에서 다소 험하게 브레이크를 걸었다. 그 시점에는 천도 웬만큼 기력을 회복한 뒤였다. 한결 자신 있는 태도로 여자를 뒤쫓았다. 두어 발짝 거리에서 여자가 자기 안의 힘을 끌어 올리는 것이 느껴졌다.

둘은 돌담 옆에서 거의 동시에 발길을 멈추었으며 일촉즉발의 정적 속에서 거의 동시에 발견했다. 치즈고양이 두 마리가 나무 그늘 아래에서 서로를 핥아 주고 있었다.

천이 눈을 부릅뜨고 주위를 둘러보았다. 하지만 고양이 두 마리 외에 다른 생명체를 찾을 수 없었다. 헬멧을 벗은 여자가 질문을 던졌다.

"보여?"

"아뇨, 사라졌어요. 감쪽같이."

천이 무릎을 굽히고 앉았다. 데면데면하게 굴 때는 언제고 반달은 천을 만나 한껏 기분이 좋은 듯했다. 반달과 형제처럼 닮은 다른 고양이가 함께 가르랑댔다.

"새로 사귄 친구니? 못 보던 녀석인데."

천이 쓰다듬어 주자 반달이 그렇다고 대답하는 것처럼 야옹 하고 울었다. 여자가 대놓고 눈살을 찌푸렸다.

"한가하게 노닥거리고 있을 때가 아냐. 방금 상황을 떠올려 보라고. 그만 움직이는 게 좋겠어."

둘은 노란 털빛의 고양이들을 뒤로하고 언덕을 올랐다. 여자는 세월의 흐름을 완벽하게 비껴가지 못한 듯했다. 숱 많은 머리카락에는 드문드문 흰머리가 섞였고 끝이 올라간 눈가에는 주름이 생겼다. 하지만 천은 그 몸속 한 알의 열매 같은 심장은 조금도 시들지 않았음을 확신할 수 있었다.

여자가 언덕 아래에 있는 빨간 지붕의 건물을 가리켰다. 여자의 손가락에 색이 다른 돌들이 박힌 열 개의 반지가 끼워져 있었다.

"못 보던 건물인데. 새로 생겼나 봐."

"섬에서 하나뿐인 가게예요. 할머니 한 분이 운영하고 계세요."

천의 대답을 듣는 여자의 안색이 어두워졌다.

"운이 나쁘군. 마을과 가까운 곳에서 자취를 감추다니."

여자는 더워하는 기색도 없이 뚜벅뚜벅 도로변을 거닐었다. 천이 바쁘게 손부채질하며 그의 뒤를 따랐다.

마침 가게 앞 평상에 선풍기를 내어놓고 있던 임자 할머니가 천을 반기며 일어났다.

"아이고, 한옥집 총각 아닌가. 이런 날 어딜 돌아다니는 겐가. 그러다 탈 나. 여기서 쉬었다 가게."

할머니가 천을 향해 선풍기를 돌려 주는 등 수선을 부렸다.

"괜찮습니다, 할머니. 오늘 날씨가 참 덥네요."

천이 선풍기 바람을 쐬면서 공손하게 인사했다. 슬리퍼를 주워 신은 할머니가 여자를 흘끔거리며 목소리를 낮추었다.

"그런데 이분은 누군가? 얼굴이 어째 눈에 익은데."

"이분이 누구냐면 말이죠."

천이 주저하는 사이 여자가 선수를 쳤다.

"누나예요."

"누나가 있었나? 외동 아니었어?"

할머니가 갸우뚱거리자 여자가 과장된 웃음을 터뜨리면서 천을 흘겨보았다.

"애는, 무슨 소리를 하고 다니는 건지. 연락은 잘 하지 않지만 누나도 형도 있는걸요. 저도 이런 식으로 다시 만날 줄은 몰랐지만요."

"그건 그렇고."

할머니가 슬그머니 화제를 바꾸었다.

"아이스크림 하나 들지 않겠나. 한옥집 총각이 스크류바를 좋아하는 걸 내 잘 알지. 이런 날씨에는 아이스크림이 최고지, 안 그래?"

"저녁에 다시 들를게요. 당장 가 봐야 해서요."

천의 만류에도 할머니는 한사코 냉동고 문을 열었다.

"아이스크림 하나 먹는 데 뭐 그리 시간이 걸린다고."

천과 할머니가 티격태격하는 동안 여자는 뒤늦은 의문에 사로잡혀 혼잣말했다.

"……아무래도 이상하단 말이지. 그렇게 감쪽같이 사라지다니. 고양이가 하나가 아니라 둘이라."

그때 감귤밭을 둘러싼 담 너머에서 날카롭다 못해 오싹하기까지 한 포효가 울려 퍼졌다. 그 울음이 퍼뜨리는 고통에 공명한 천이 귀를 막으면서 휘청댔다. 임자 할머니가 노기 어린 어조로 내뱉었다.

"감나무 집 영감이 쳐 놓은 덫에 애꿎은 짐승이 잡힌 모양이군. 지난번에도 노루가 덫에 걸렸다더니. 몹쓸 영감 같으니. 신고라도 해 버려야지, 원."

그 즉시 여자는 헬멧을 평상에 내려놓고 섬뜩할 만큼 기민하게 움직였다. 여자를 뒤따르면서 천이 내딛는 속도를 높였다. 할머니가 그들의 등에 대고 고함을 질렀다.

"아이스크림은?"

"나중에 먹을게요."

천이 뒤도 돌아보지 않고 소리쳤다. 여자가 바람을 타고 도약하는 데 이어 천이 공간과 공간 사이의 틈으로 모습을 감추었다. 안경테를 들어 올린 임자 할머니가 눈을 비볐다.

"나도 늙긴 늙었나 보군. 대낮부터 헛것을 다 보고."

할머니의 말이 끝나기도 전에 둘은 사건이 일어난 바로 그 지점에 도착해 있었다. 덤불 속에서 노란 털의 고양이가 덫에 걸려 버둥대고 있었다. 금속 날이 박힌 앞발에서 피가 흘렀다. 반달이 그의 곁을 떠나지 못하고 구슬프게 울었다.

그러나 천은 위장 뒤에 숨겨진 본 모습을 꿰뚫어 볼 수 있었다. 반달과 꼭 닮은 그 고양이는 이세계에서 온 존재, 이물질이었다. 마음의 눈이 트인 천은 노르스레한 빛을 띤 털끝에서 파릇한 불길이 이는 것을 분명하게 인지할 수 있었다.

"잠시만 그대로 있어 주세요, 잠시면 돼요. 부탁드릴게요."

천이 조심스레 몸을 낮추었다. 여자는 천에게 공격 의사가 없음을 뒤늦게 알아차린 듯했다.

"다가가지 마. 수문장은 어떤 경우에도 위험을 감수해서는 안 돼."

"덫에서 풀어 주려는 거예요. 저길 좀 보세요. 고통스러워하고 있잖아요."

"고양이로 변신해 정체를 감추려고 한 걸 보면 모르겠어? 교활한 놈이야. 되도록 빨리 해치워야 해."

여자의 태도는 강경했지만 천 역시 호락호락한 상대는 아니었다.

"그럴 수는 없어요. 원래 세계로 돌려보내야 해요."

"비켜. 네가 못하겠다면 내가 해. 이 세계의 안전을 위해서라도 놈을 처리해야 해.”

“죽이지 않으면 죽는다는 게 유일한 진리는 아니잖아요. 다른 방법을 찾을 수 있을 거예요. 나를 한번 믿어 봐요.”

그러자 여자가 못 참겠다는 듯 분통을 터뜨렸다.

“아니! 의무를 맡는다는 건 그런 뜻이야! 더 많은 것들을 지키기 위해 원치 않는 피를 흘려야 할 때도 있어. 그게 우리 수문장들이 져야 할 책임이라고.”

그때 올올이 인 털의 둘레에서 시푸른 기운을 띤 불꽃이 화르르 뻗쳐 오르더니 이세계 존재의 몸집이 커졌다. 고통이 그를 또 한 번 탈바꿈하고 있었다.

그와 함께 당장이라도 튕겨 나갈 듯 삐거덕거리던 덫이 쩍 하고 갈라졌다. 부러진 덫을 밟아 으스러뜨린 괴수가 피범벅인 발을 핥으며 울부짖었다. 새파란 화염이 괴수의 몸을 휩쌌다.

하룻강아지 범 무서운 줄 모른다더니, 반달이 돌변한 친구를 향해 하악질을 했다. 천이 가볍게 발을 내려딛어 하룻강아지, 아니, 하룻고양이를 덤불 저편으로 날려 보냈다. 반달이 허공을 할퀴며 키야옹 부르짖었다.

여자가 팔짱을 끼고 빈정거렸다.

“싸우는 데 기력을 쏟아부어도 모자랄 판에.”

천이 지지 않고 받아쳤다.

"그래야 싸움에 집중할 수 있으니까요."

비소한 여자가 허공을 그어 칼날 같은 바람을 일으켰다. 괴수가 발톱을 뽑으며 여자에게 덤볐다. 천이 둘을 교란해 떼어 놓으려고 했지만 효과가 영 신통치 않았다.

계획을 변경한 천이 이편과 저편을 잘라 경계를 둘렀다. 결계 밑에서 풀들이 강력한 힘에 이끌려 곤두섰다. 여자와 괴수가 서로에게 결정타를 입히는 사고를 막기 위해서라도, 회피하고 조작할 공간을 확보하기 위해서라도, 싸움터는 넓으면 넓을수록 좋았다.

여자가 주문을 외워 아무것도 없는 공기 속에서 손아귀에 꽉 들어와 잡히는 두툼한 손잡이와 그로부터 이어지는 길고 날 선 칼날을 벼려 냈다. 바람의 속도가 느려졌다. 천의 턱에 방울져 있던 땀이 결계의 표면에 떨어져 되튀어 오르는 동안, 여자는 무수한 방법으로 장도를 휘둘러 괴수를 공격했다.

괴수는 유연하고 빈틈이 없었으며 무시무시할 만큼 반응 속도가 빨랐다. 여자가 욕설을 퍼부었다.

"젠장, 하고많은 동물들 중에 고양이와 싸워야 한다니."

장도를 눕혀 쥔 여자가 몸을 던져 적의 발밑을 공략하려는 찰나, 고양이다운 민첩성으로 위기에서 벗어난 괴수가 꼬리를 휘둘렀다. 괴수가 던진 꼬리에 낚아채인 여자가 장도의 손잡이를 놓쳤다. 허구의 칼은 주술을 건 사람의 손에서 풀려나기 무섭게 납빛 얼룩으로 흩어지며 삽시간에 무無로 되돌아갔다. 천이 미처 손쓸 틈도 없이 괴수가 앞발을 내질러 여자를 후려갈겼다.

여자는 급소를 가격당하는 것은 피했지만 적지 않은 내상을 입고 거꾸러졌다. 발톱이 긁고 지나간 가죽 재킷의 등판이 너덜거렸다. 천이 결계를 구부려 적에게서 여자를 떼어 냈다. 일고의 망설임도 없이 공간의 틈을 벌려 둘 사이로 비집고 들었다.

괴수가 제 앞에 뛰어든 천을 물어뜯었다. 송곳니가 파고든 천의 목에서 선혈이 뿜어져 나오는 순간, 결계가 허물어졌다.

여자가 자리를 박차고 일어났다.

"수문장이, 죽었어!"

괴수가 쓰러진 천을 내려다보며 승리의 일성을 터뜨렸으나 그것도 잠시, 독이라도 먹은 것처럼 경련했다. 괴수가 발하던 불꽃이 잦아들면서 몸집이 줄어들었다. 가냘픈 울음에서 분노가 걷히고 혼란과 두려움만이 남았다.

곧이어 섬찟한 소리가 지축을 울리기 시작했다. 토석으로 이루어진 다섯 개의 손가락이 수풀이 우거진 언덕을 뒤엎으며 솟구쳐 올라 엎드려 있던 천을 덮었다.

천의 시체가 흙더미에 쓸려 땅 아래로 사라졌다. 여자가 얼빠진 표정을 지었다.

"이게 대체……."

땅울림이 멎은 언덕 위에 흙빛 손이 손가락을 벌린 채 멎어 있었다. 암석이 손톱처럼 불거진 보좌에 한 소녀가 가부좌를 틀고 앉아 있었다.

명상을 끝낸 소녀가 손바닥 아래로 뛰어내렸다. 그 즉시 소녀를 떠받치고 있던 손은 희미한 여진을 남기며 대지로 굳어 갔다.

소녀가 어깻죽지에 묻은 흙모래를 털면서 인사했다.

"안녕. 다시 만났네요."

"설마하니 그쪽……."

"맞아요. 겉모습이 조금 달라지기는 했지만."

끙 하는 소리를 낸 소녀가 흘러내리기 직전이던 청바지를 끌어 올렸다. 소녀가 입은 티셔츠의 소매에 방금 흘린 피가 튀어 있었다. 여자는 여전히 믿기지 않는 얼굴이었다.

"어떻게 그런 게 가능하지?"

"스승님께서 자신의 영생과 맞바꾸어 술법을 걸어 주신 덕분이죠. 대신 목숨을 건 맹세를 해야 했지만요. 누구도 해치지 않겠다고, 오직 지키기 위해서만 살겠다고. 그 맹세를 저버리는 순간 스스로 영원히 소멸하겠다고."

허탈하게 웃던 여자가 인상을 쓰면서 고함을 질렀다.

"그런 건 미리미리 알려 줬어야지!"

소녀, 아니, 천이 장난스러운 미소를 지으며 되받았다.

"만나자마자 나를 차 버리고 섬을 떠났으면서. 피차간에 비밀을 털어놓을 관계는 아니잖아요? 아무튼 이 세계는 안전하고 우리는 저 친구를 왔던 곳으로 돌려보내야 해요."

천의 희생으로 말미암아 괴수는 광기에서 벗어나 고양이의 형상을 한 연푸른빛 구체로 바뀌어 있었다. 천이 고개를 숙여 이세계 존재와 시선을 맞추었다.

"이제 안심해도 돼요. 집으로 가는 문을 열어 줄 테니까."

그런 다음 벨트를 꽉 조이고는 이마에 손을 대고 저 멀리 해안가를 응시했다.

"그럼 슬슬 출발해 볼까요."

하늘은 푸르렀고 바다는 그보다 더 푸르렀다. 사이즈가 맞지 않는 스니커즈가 헐거워 천은 걷는 데 애를 먹었다. 여자가 불러일으킨 맑고 고고한 공기의 흐름 속에서 인간 둘과 고양이 하나는 돌담길을 걸어 미완성된 다리에 이르렀다.

이번에는 여자가 실력을 발휘할 차례였다. 여자가 주문을 낭송하며 손을 펼치자 기계 장치가 돌아가는 소리와 함께 창공에 점멸하는 문자열이 떠올랐다. 열 개의 반지를 장식한 제각기 다른 색의 돌들에서 광채가 뻗어 나왔다.

여자가 보이지 않는 벽을 더듬었다. 반지에서 내뻗은 빛들이 어지럽게 번뜩였다. 여자가 앓는 소리를 내며 중얼거렸다.

"아니야, 맞지 않아. 얼마나 멀어진 거지."

고투 끝에 옳은 문을 찾아낸 여자가 명령했다.

"준비하라, 문이 열릴 것이니."

천이 다른 세계에서 온 친구와 작별 인사를 나누었다.

"잘 가요. 이제 두 번 다시 길을 잃지 말아요."

이세계 존재가 푸른빛이 일렁이는 꼬리를 흔들면서 다리 끝으로 걸어갔다. 닫히는 문틈으로 빛의 구체가 멀어졌다.

그 모습을 바라보던 천이 굽히고 있던 무릎을 펴고 일어났다.

"나는 말이에요, 여름이 싫어요."

여자가 나긋한 말투로 맞받았다.

"그러지 마. 계절에 무슨 죄가 있다고."

그런 뒤에는 둘 다 아무 말도 하지 않았다. 어깨를 늘어뜨리고 터덜터덜 언덕을 올라갔을 뿐이었다.

임자 할머니는 그때까지도 선풍기를 켜 놓고 슈퍼 앞 평상에 앉아 있었다. 천이 삼거리를 지나 모습을 드러내기 무섭게 만면에 화색을 띠고 슬리퍼에 발을 밀어 넣었다.

"기다려 보게. 얼른 아이스크림을 꺼내 올 테니."

여자와 천이 평상에 걸터앉았다. 냉동고 문을 열려던 할머니가 의심 섞인 눈초리로 10대 소녀로 변한 천을 곁눈질했다.

천이 재빠르게 피 얼룩이 진 티셔츠 소매를 걷어 감추었다. 할머니가 냉동고 속에서 팔을 저으며 여자에게 물었다.

"그나저나 저 학생은 누구인가?"

"제 동생이에요."

여자가 뻔뻔하게 대답했다.

"한옥집 총각은 어디 갔고?"

"뭍에 볼일이 있다던데요."

할머니가 환하게 웃으며 아이스크림 두 개를 가져다주었다.

"여기 스크류바."

"감사합니다."

그 역시 덥고 목이 말랐는지 여자가 냉큼 아이스크림을 받아들었다. 할머니가 여자를 향해 귀띔했다.

"외상은 한옥집 총각 앞으로 달아 놓을 테니 그리 알고."

천이 절레절레 도리질하며 포장지를 벗긴 스크류바를 한 입 크게 베어 물었다. 언제부터 여기에 와 있었는지 반달이 평상 아래에 엎드려 있었다. 천이 자신을 알아본 것을 눈치채고는 폴짝 뜀박질해 무릎 위로 올라왔다.

천이 입안 가득 번지는 단맛을 만끽하며 반달을 쓰다듬

어 주었다. 응, 반달아. 너는 정말이지 용감한 고양이야.

　세계는 무사 안녕했고 어느 누구도 죽거나 희생되지 않았다. 어느 유별스러웠던 여름날 오후.

토우

　남자와 마주쳤을 때 유진은 울고 있었다. 뺨은 뜨거웠고 눈시울을 적시며 흘러넘친 눈물 때문에 앞이 보이지 않았다. 내키는 대로 무작정 걷고 있던 터라 자신이 어느 골목을 지나는지도 모르는 채였다.

"저기, 잠시만요."

　누군가 말을 걸었으나 유진은 그 소리를 듣지 못하고 비틀비틀 몇 발짝을 더 나아갔다.

"이대로 보내면 안 될 것 같아서 그래요. 힘든 하루였잖아요. 잠깐이면 돼요. 오래 붙잡고 있지 않을게요."

　눈자위를 문지르며 돌아서자 흐릿한 시선 끝에 한 손을 든 남자가 보였다. 남자의 옆에는 자그마한 가판대가 세워져 있었다. 자정에 가까운 시각, 가판대를 차려 놓고 상품의 구매를 권하기에 적당한 때는 아니었다.

대화를 나누고 싶은 기분은 아니었지만 유진은 눈가를 훔치던 동작을 멈추며 심호흡했다. 잘했다고 칭찬하듯 남자가 상냥하게 고갯짓했다.

"가만있자, 어떤 놈을 내어 드려야 할까."

남자가 턱 밑을 만지던 손을 떼더니 가판대 위에 놓인 물건 하나를 집어 들었다. 훅 숨을 불어 넣어 흙빛의 작은 물건에 묻은 먼지를 털었다.

"이놈을 가져가세요. 그래요, 이놈이 좋겠어요."

유진은 대답 없이 시선만 내려 남자의 손바닥을 살폈다. 행여 입을 여는 실수를 저지르지는 않았다. 목소리를 들키고 나면 뜻밖의 사건에 휘말리고 말 것이라는 예감 때문이었을까.

"꼬리가 특이하게 생겼죠? 동경이예요. 들어 본 적이 있는지 모르겠네요. 신라 고분군에서 꼬리가 짤막하니 없다시피 한 개 토우들이 출토됐다는 소식. 이건 제가 직접 빚은 거예요. 무척 귀한 물건이죠."

유진이 남자의 손바닥 위 토우를 유심히 관찰했다. 네 다리로 땅을 디딘 개 형상. 머리는 둥글었고 등허리는 반듯했으며 곧게 뻗은 다리는 튼튼해 보였다. 또, 남자가 설명한 대로 꼬리가 무척 짧았다.

유진은 개를 키워 본 경험이 없었다. 일고여덟 살 무렵 두어 달 남짓 길렀던 거북을 제외하면 반려동물과 함께 산 전력 자체가 전무했다. 만에 하나 자신이 반려동물을 들이게 된다면 개가 아니라 고양이일 것이라고 유진은 확신에 가까운 믿음을 가져왔다. 하필이면 개 모양 토우라니, 유진이 직접 고를 만한 물건이 결단코 아니었다.

"그냥 주시는 거예요?"

그것이 유진이 남자에게 첫 번째로 던진 질문이었다. 유진의 목소리를 들은 남자의 얼굴에 안도의 기색이 번졌다.

"그럴 수는 없죠. 값을 치러야 효력이 생기니까."

"얼만데요?"

유진이 무심히 손을 뻗어 개 토우를 쓰다듬으려는 찰나였다.

"반지와 맞바꾸는 건 어때요? 그 손에 끼고 있는 거, 네, 그거요."

섬뜩한 기분이 든 유진이 펼치고 있던 손가락을 오므렸다. 남자는 유진의 눈길을 피하지 않았다. 설득이라도 하는 것처럼 진지한 얼굴로 유진을 마주 보았다.

"어차피 버리려고 한 물건이잖아요. 의미가 다한 물건은 지닌 사람을 보호해 주지 못하거든요."

왜 그런 황당한 제안을 하느냐고 항의해야 했건만 유진은 얼떨결에 묻고 말았다.

"그만한 가치가 있는 물건인가요?"

"물론이죠. 저를 믿어 보세요."

남자가 자신만만한 미소를 지었다. 오늘 처음 만난 사람을 무슨 수로 믿으라고. 입을 다문 유진이 손가락에 끼워진 반지를 만지작거렸다. 그러다 자신이 더는 울고 있지 않다는 사실을 깨달았다. 그 순간에는 그것만으로 충분했는지 몰랐다.

"알겠어요."

들숨을 마신 유진이 오른 약지에 끼워진 반지를 빼냈다.

"여기요, 가져가세요."

"후회하지 않을 거예요."

남자가 잽싸게 반지를 채 갔다. 유진이 찌푸린 눈으로 손바닥에 놓인 개 토우를 내려다보았다. 내가 이 개를 언제 넘겨받았지? 그런 기억이 없는데. 토우를 받쳐 쥔 유진의 오른손 약지에는 그때까지도 반지 자국이 남아 있었다.

남자가 어서 가 보라는 듯 손사래를 쳤다.

"잘 가요. 밤길 조심하고요. 다시 만나는 일은 없었으면 좋겠네요."

유진이 꺼림칙한 표정으로 발걸음을 옮겼다. 지나치게 유쾌한 남자의 태도 때문인지 사기를 당한 느낌이었다.

유진이 토우를 쥔 손을 바지 주머니에 찔러 넣었다. 반지를 줘 버려 아깝다는 생각은 들지 않았다. 남자의 말마따나 아무한테나 쥐여 주려고 한 참이었으니까. 눈을 감고 돌아선 다음 있는 힘껏 팔을 휘둘러 두 번 다시 찾을 수 없도록 수풀 깊숙한 곳으로 던져 버려도 괜찮았다. 그런데 그 남자, 내가 그럴 작정이라는 걸 어떻게 알았을까.

달아나야 할 쪽은 유진이 아니었다. 하지만 유진은 어린 시절부터 늘 도망치는 역할을 맡았다. 한 달 전 서우와 크게 다투었던 날에도 그랬다. 화를 내는 서우 앞에서 한마디 대꾸도 하지 못하고 입술만 잘근거리다 자리를 박차고 나갔다. 택시를 잡아탄 이후에도 가방 속에서 울리는 휴대 전화는 모른 체하고 차창만 쏘아보았다. 부모님의 이혼 소식을 듣고 방문을 걸어 잠갔던 때에서 한 치도 나아지지 않았다. 유진은 그날 옷장 속에 웅크린 채로 울다 지쳐 잠들었다.

골목 양옆으로 주택가가 이어졌다. 오래된 동네였다. 무슨 영문인지 바로 앞 갈림목, 세 갈래로 나뉜 길들 가운데 제일 왼편에만 가로등이 밝혀져 있었다. 그러므로 유진이 무의식 중에 그 길로 발길을 튼 것도 이상한 일은 아니었다.

여름밤이었다. 유진이 서우와 첫 키스를 했던 때도 늦여름이었다. 저녁 내내 함께 산책을 한 그들의 심장은 같은 박자로 박동했다. 알레그로에서 모데라토로, 다시 비바체로, 빠르고 격렬하게, 즐겁고 생기 넘치게, 행진하듯 그렇게.

유진이 걸음을 늦추었다. 딴생각에 빠져 있느라 길가 담장 위에서 띄엄띄엄한 광색을 흩뿌리고 있던 것들이 가로등이 아니라는 사실을 뒤늦게 깨달았다. 이제 보니 그것들은 종이갓을 씌운 등롱들이었다. 부처님 오신 날이 지난 지가 언젠데. 축제라도 준비하는 걸까.

기와지붕 위로 올려다보이던 하늘이 으스스할 만큼 망막했다. 유진이 주머니 속 손을 그러쥐었다. 문득 여기가 어디인지 모르겠다는 자각이 들면서 불안해졌다. 대로에서 벗어나 내키는 대로 걸어 들어온 탓이었다. 뒷일은 고려하지 않고 무책임하게 행동한 탓이었다. 그 자리에서 달아난 탓이었다.

돌연한 두려움에 사로잡힌 유진이 우물쭈물 골목 초입으로 되돌아갈 때였다. 여남은 걸음 앞에 행인 둘이 서 있는 게 보였다.

유진은 반가운 나머지 평소답지 않게 큰 소리로 외쳤다.

"죄송하지만 길을 좀 묻고 싶은데요."

거무스름한 형상이 등불 쪽으로 돌아서는 순간, 유진은 이것이 자신이 바라던 상황과 거리가 멀다는 것을 직감했다.

"으음?"

키가 큰 쪽이 고개를 갸웃거렸다. 그는 비단 바지에 비단 저고리를 입고 넙데데한 정수리에 복두까지 얹은 채로 직립

해 있었지만 머리 부분만 놓고 보면 틀림없는 늑대였다. 그렇다면 그를 무엇이라고 불러야 할까. 늑대 사람?

그와 동행해 있던 건 들쥐였다. 고깔 모양 모자를 쓴 그는 늑대보다 훨씬 왜소했으며 얼굴을 덮은 털 역시 잿빛에 듬성듬성하니 쥐어뜯겨 있었다. 하지만 유진을 훑어 내리던 까만 눈동자만큼은 늑대 못지않게 교활해 보였다.

"우리와 다르게 생긴 여자인데?"

늑대가 말했다. 그 순간 새롭게 밝혀진 사실 중에 가장 놀랍다고 할 수는 없었으나 그는 인간의 말을 할 수 있었다. 들쥐가 아첨이라도 하듯 맞장구를 쳤다.

"옳으신 말씀입니다. 그렇고말고요."

"여자가 맞긴 한가."

"복색을 뜯어보자니 사내아이 같기도 하고요. 심지어 관도 쓰고 있지 않은데요?"

유진이 팔뚝에 소름이 돋는 것을 느끼며 주춤댔다. 자신이 어떤 위기에 처했는지 이해할 수는 없었지만 이쯤에서 물러나는 게 신상에 좋을 것임은 분명해 보였다.

"달아나려는 겐가."

그런 유진의 옆으로 늑대가 바짝 다가들었다. 몸집만큼 보폭이 넓어서인지 그 몸짓만으로 유진은 숨도 못 쉴 정도의 압박감을 받았다. 늑대가 잔뜩 움츠린 유진을 흘기며 끌

끌거렸다. 늑대의 숨결에서 피비린내와 썩은 고기 냄새가 풍
겼다.

"처용님께서 행차하시는 밤이다. 어떤 불경을 저지를지 모
르는 잡것들이 돌아다니도록 내버려둘 수는 없지."

"죄송해요. 제가 길을 잃어서요."

유진이 말끝을 흐리자 늑대가 더욱 의심스럽다는 듯이 눈
꼬리를 치켜세웠다.

"길을 잃었다고? 이리 환한 밤에 어찌 그럴 수 있을꼬?"

"저, 그게……."

우물거리던 유진은 누군가 뒤에서 어깨를 건드리는 순
간, 놀라 펄쩍 뛰어오를 뻔했다. 뻣뻣하게 굳은 채로 몸을
돌리자 낯선 청년이 서 있었다. 늑대처럼 윤기 흐르는 검은
복두를 쓴 청년은 매끈한 피부에 혈색이 좋았다.

유진을 놀라게 만든 데 사과하듯 눈인사를 건넨 청년이
늑대에게 읍했다.

"늑대님, 제 정혼자가 결례를 저지른 것을 대신 사과드리
겠습니다. 처용님의 행차 날에는 종종걸음조차 함부로 떼서
는 안 된다고 신신당부했건만 혼례 준비로 정신이 없는 터
라 깜빡 잊었나 봅니다. 너그러이 이해해 주시길 부탁드리겠
습니다."

"저이가 자네의 정혼자란 말이지."

늑대가 송곳니가 불거진 주둥이 옆으로 불퉁하게 입김을 내뿜었다. 청년이 예의 바르게 맞받았다.

"네, 시간만 허락된다면 저희가 어떻게 만나 부부의 연을 맺게 됐는지 세세하게 고하고 싶습니다만 바쁘신 분을 모시고 그런 실례를 저지를 수는 없지요. 늑대님이야 워낙에 명성이 자자하신 분이니까요. 이토록 늠름한 자태라니 과연 대장부라고 불릴 만하십니다."

청년의 아부에 우쭐해진 늑대가 거드름을 피우며 헛기침했다. 뒤이어 들쥐 쪽을 넘겨다본 청년이 또 한 차례 입에 발린 칭찬을 늘어놓았다.

"처음 뵙겠습니다, 들쥐님. 콧수염 손질에 공을 많이 들이시는 모양입니다. 숱이며 모양이 가히 수염 중의 수염이라 할 만하군요. 부럽습니다."

들쥐가 으스대는 태도로 주둥이를 쓰다듬었다.

"내 수염이 빼어나게 멋있기는 하지."

자신의 계획이 먹혀들었음을 감지한 청년이 유진을 향해 눈짓했다.

"이렇게 멋들어진 임들과 마주하다니 저희가 운이 좋았습니다. 자비로운 분들이여, 저희는 이만 물러가 보겠습니다. 늑대님과 들쥐님, 두 분 모두 경탄할 만한 밤을 보내시기를."

"어이, 잠깐만. 거기 멈춰 보게."

늑대가 정색하며 손을 흔들었다.

"그 여자, 아무래도 수상하단 말이야. 여기 존재가 아닌 것 같은 예감이 들어. 자네, 그 정혼자라는 여자와 함께 나를 따라오게. 자네들을 처용님께 데리고 가야겠어. 신성한 삭일에 처용님의 행차를 망치려는 목적을 띠고 잠입한 적은 아닐지 내 직접 여쭤봐야겠네. 처용님이라면 명확하게 판단을 내려 주시겠지."

그러자 청년이 장난스러운 어투로 맞받았다.

"늑대님은 참으로 신중한 성품의 소유자시군요. 하나 어떤 신중함은 독과 같지요."

"뭣이라, 독이라고?"

늑대가 따져 묻기 무섭게 청년이 유진을 향해 신호했다.

"뛰어요."

그 몸동작에 실린 기운이 유진을 떠밀었다. 청년의 호위를 받으며 모퉁이를 돌아 들어간 유진이 담벼락을 타 올랐다. 날렵하게 흙담을 뛰어넘은 다음 외진 구석에 등을 붙이고 숨었다. 간발의 차이로 그들을 놓친 늑대가 분통을 터뜨렸다.

"어디로 간 거야? 젠장할."

쿵쿵하는 발소리가 담 옆을 스쳐 지났다. 잠시 후 위험에서 벗어났다고 확신한 청년이 유진의 어깨를 감싼 팔을 내렸다. 그럼에도 완전히 안심할 수는 없었는지 쓰고 있던 복두를 벗어 유진에게 내밀었다.

"얼굴을 가릴 수는 없겠지만 없는 것보다야 나을 겁니다."

"감사합니다."

유진이 복두의 끈을 묶으려고 했지만 긴장한 탓인지 매듭이 지어지지 않았다. 그 모습을 지켜보던 청년이 허락을 구하듯 고개를 까딱였다. 끈에서 손을 뗀 유진이 어색하게 턱을 되들었다.

유진은 턱 밑에서 꼼지락대는 청년의 손가락을 의식하지 않으려고 안간힘을 썼다. 청년과의 거리가 지나치게 가까웠다. 제 손놀림에 집중하느라 내리깐 속눈썹 한 올 한 올을 셀 수 있을 만큼.

유진을 대신해 끈을 매듭지은 청년이 흐뭇한 미소를 지으며 물러섰다.

"됐어요. 쉽게 풀리지 않을 거예요."

유진이 단정하게 묶인 매듭을 매만지며 중얼거렸다.

"오늘은 정말로 이상한 밤이네요."

"그야 물론 달님이 없는 밤이니까요. 초하루에는 이런저런 일들이 벌어지기 마련이죠."

당연하지 않냐는 듯 응수한 청년이 덧붙였다.

"이제 슬슬 이곳을 빠져나가는 게 좋겠어요. 늦어지면 늦어질수록 더 위험해질 테니까. 그 전에 세 가지 말씀을 드려야겠어요. 당신이 이 세계에서 지켜야 할 규칙들이요."

"……규칙들이요?"

유진이 청년을 빤히 쳐다보았다. 이 사람의 정체는 뭘까. 내 처지를 어떻게 알고 나타났을까. 노리는 게 있을까. 아니면 그저 순수한 선의로? 갑작스레 휘말린 기이한 사건들 때문에 유진의 머릿속이 복잡했다.

"첫 번째, 잃어버릴 것들에 대해 미리 걱정하지 마세요. 그 반지를 내어 주고 저를 받아 올 수 있었던 것처럼 어떤 것들은 아쉽지만 떠나보낼 필요가 있어요."

눈을 휘둥그렇게 뜬 유진이 입술을 달싹였지만 청년은 질문은 허락하지 않겠다는 듯 고개를 가로저었다.

"두 번째, 함부로 목소리를 내지 마세요. 이 세계는 자신에게 속하지 않은 존재들에게 가혹한 곳이니까. 하물며 목소리란 때론 숨기고 싶은 비밀들까지 드러내지요."

유진의 눈동자에 서린 의혹의 빛을 알아챈 청년이 다시 한번 고개를 젓더니 뒤이어 말했다.

"세 번째, 나아가야 할 순간에 주저앉지 마세요. 이 밤에서 저 밤으로 넘어 다니며 영원히 방황하고 싶지 않다면. 잊지 마세요. 길을 찾지 못한 자들을 기다리는 건 끝없는 어둠뿐이라는 걸."

확실한 건 유진이 청년에게 이상할 정도로 마음이 동한다는 것이었다. 처진 눈꼬리와 풍성하지만 다소 엉뚱한 결을 따라 돋은 듯한 눈썹, 솔직한 사람 특유의 흔들림 없는 눈빛까지, 오늘 처음 만났다고 믿을 수 없을 만큼 친근하게 느껴졌다.

유진이 어쩔 수 없다는 듯 한숨을 지었다.

"알았어요. 묻지 않을게요. 지킬게요."

"좋아요."

청년이 씩 하고 웃었다.

"이제 나를 따라오세요. 나가는 길을 안내해 줄게요."

둘은 흙담 옆으로 드리워진 그림자를 따라 걸었다. 좁다랗던 길이 갈수록 넓어지더니 대낮처럼 환한 대로로 차마 인간이라고 부를 수 없는 존재들이 쏟아져 나왔다. 멧돼지가 팔자걸음을 걸으며 담뱃대를 빼 물었고 조랑말이 그의 옆에서 부채를 뽑아 쥐었다. 개구리가 긴 혀를 내밀어 등불 주변을 날아다니는 날벌레를 먹어 치웠으며 고양이가 침을 묻힌 손으로 마른세수를 했다.

그들은 요괴들이자 잡신들이었다. 기이한 한편으로 아름다우며 위엄에 차 있었다.

그곳에서 머리부터 발끝까지 사람의 형상을 하고 있는 건 청년과 유진, 둘뿐이었다. 하지만 청년이 충고한 대로 목소리를 내지 않아서인지 아무도 유진의 정체를 알아채지 못한 듯했다.

허리춤에 담뱃대를 찌른 멧돼지가 곰과 어깨동무를 했다. 찌그러진 초립을 쓴 그는 목청이 좋고 시원시원했다.

"처용님께서 거동하시니 해로운 것들은 물렀거라."

그러자 곰이 구성지게 곡조를 이어받았다.

"월삭이야말로 가장 밝은 밤이니 그 무엇도 두렵지 아니하리다."

너구리에 이어 매가 노래를 흥얼거렸다. 얼마 지나지 않아 길을 걷는 무리들 전체가 함께 입을 모으기 시작했다. 나직하던 노랫소리가 대로를 쩌렁쩌렁하게 울릴 만큼 커졌다.

괴귀들은 이제 음을 지키거나 율을 맞추려는 노력조차 하지 않았다. 술에 취하기라도 한 것처럼 제멋대로 노랫말을 지어냈다. 그들이 허리에 찬 대에는 실로 술병 하나씩이 매달려 있을지 몰랐다.

청년도 어느샌가 은근슬쩍 어깨를 으쓱이고 있었다. 조랑말이 자수가 놓인 부채를 부쳤다. 힝힝거리는 울음 뒤에 따라붙은 음색이 남달리 맑고 고왔다.

"처용님께서 거동하시니 해로운 것들은 물렀거라."

청년이 흠칫 유진을 돌아보았다. 유진이 손바닥으로 벌어진 입을 눌렀다. 아뿔싸, 잊고 있었다. 목소리를 내지 말라는 것이 두 번째 규칙이었는데.

반쯤 내뱉은 숨결에 실린 가느다란 말소리마저 알아듣고 말았을까, 괴귀들을 제치고 나타난 늑대가 그들을 가로막았다.

"찾았다. 요 쥐새끼 같은 놈들!"

늑대의 욕설에 들쥐는 오만상을 쓰면서도 감히 항의하지 못했다. 늑대가 들쥐에게 명령했다.

"이 연놈들을 끌고 갑세."

"분부대로 합지요. 암요, 그렇고말고요."

인상을 누그러뜨린 들쥐가 신나게 찍찍거렸다. 청년이 유진을 등 뒤에 세웠다.

"늑대님, 늑대님은 지금 큰 실수를 저지르시는 겁니다."

"허, 집짐승 주제에 이 몸에게 실수를 운운하다니. 그 여자는 떠돌이임이 분명할진대 자네는 어찌 그런 자를 감싸고도는가?"

늑대가 으르렁거렸다. 두툼한 입술 밖으로 튀어나온 송곳니가 섬뜩할 만큼 날카로웠다.

"이유 불문하고……."

청년이 서글서글한 미소를 지으며 대꾸했다. 몇 초 안 되는 동안 체구가 커지기라도 했는지 저고리의 어깻죽지가 팽팽하게 당겨져 있었다.

"안 될 말씀이요!"

청년이 유진의 손을 잡아끌었다. 청년이 불어넣어 준 기운에 동조한 유진이 사뿐하게 날아올랐다. 둘은 바로 옆 가옥의 지붕에 거의 동시에 내려앉았다. 이번에는 늑대와 들쥐도 두 손 놓고 지켜보고 있지만은 않았다. 그에 뒤질세라 급하게 뛰어오른 늑대가 때려 부수기라도 할 것처럼 흉포하게 기와지붕을 짓찧었다. 들쥐의 뜀박질은 그보다 훨씬 경쾌했다. 등불 빛을 머금은 수염 끝이 율동적으로 낭창거렸다.

청년과 함께 지붕을 달음질하던 유진은 다음 순간 기왓장을 잘못 밟고 미끄러질 뻔했다. 들쥐가 그새를 놓치지 않고 유진을 할퀴려는 자세를 취했다. 청년이 유진을 품에 안고 이 지붕에서 저 지붕으로 도약했다. 그 몸짓으로 말미암은 바람에 떠밀린 들쥐가 요란하게 울면서 지붕 밑으로 굴러떨어졌다.

아차 하는 사이 유진의 머리에 쓰인 복두가 벗겨졌다. 길 아래에서 그들을 지켜보던 괴귀들이 한목소리로 외쳤다.

"떠돌이다! 떠돌이가 나타났다!"

노랫소리만큼 우렁찬 외침이 창공을 찔렀다. 북두칠성이 눈물을 글썽이듯 영롱한 광채를 발했다.

일족들 모두를 등졌음에도 청년은 조금도 개의치 않았다. 이 순간 그는 한 가지 의무에 몰입해 있었으니까. 충성스러운 그의 혼은 어떤 유혹에도 넘어가지 않을 것이었다.

숨이 턱까지 찬 유진이 고개를 돌렸다. 제 왼손을 그러쥔 청년의 오른손, 잔털로 뒤덮인 그것을 이제 와 손이라고 불러도 될지 확신할 수 없었다. 저고리 위로 훤하게 드러난 등에도 희고 빽빽한 털이 돋아 있었다.

청년이 유진을 돌아보면서 컹컹 짖었다. 동그랗게 팽창한 눈동자가 정녕 짐승의 그것과 같았다.

그때 타악기 소리와 함께 근엄한 고함 소리가 울려 퍼졌다.

"처용님께서 행차하신다. 뭇 것들은 예를 표하라."

괴귀들이 덩달아 외쳤다.

"처용님께서 행차하신단다. 뭇 것들은 당장 머리를 조아리지 못할까."

청년이 밤하늘을 우러르며 포효했다. 그는 굴하지 않고 달릴 작정이었다. 옷자락이 잡히고 머리통이 짓눌려 결박될 때까지. 목줄이 걸리고 재갈이 물려 두 번 다시 우짖지 못하게 될 때까지. 좁디좁은 철창에 갇힐 때까지.

그때 하늘을 뒤덮을 듯 거대한 존재가 옷자락을 펄럭이며 나타났다. 그는 붉은 가면을 쓰고 있었다. 청년이 얼굴을 일그러뜨리며 호소했다.

"처용님, 저희를 애처롭게 여기시어 자비를 베풀어 주소서."

그러나 붉은 가면은 더 들을 것도 없다는 듯 무자비하게 팔을 휘저었다. 청년이 일으킨 것과는 비교도 할 수 없을 만큼 거친 바람이 유진과 그를 쓸어 버렸다. 괴귀들이 건들거리며 길 한복판에 나가떨어진 그들을 에워쌌다.

유진과 청년은 동그랗게 빈 터에 무릎을 꿇고 앉았다. 붉은 가면이 뒷짐을 지고 그들 앞에 섰다. 가면으로 낯을 가렸음에도 그의 권위는 조금도 감추어지지 않았다.

"신성한 밤에 소동을 일으켰다고 들었다. 이 무슨 불경한 일인가."

유진은 그 같은 목소리를 한 번도 들어 본 적이 없었다. 한낱 인간의 몸으로 신의 음성을 들은 까닭일까, 신열이 오르면서 뇌리가 아득해졌다. 붉은 가면, 그는 진정 처용이 분명했다.

바로 그때 늑대가 괴귀들 틈바구니에서 모습을 드러냈다.

"처용님, 송구스럽지만 한 말씀만 올리자면 저자들을 맨 처음 발견한 건 바로 이 몸입니다."

들쥐가 손바닥을 비비며 맞장구쳤다.

"그렇습니다. 그렇고말고요."

"가능하다면 저 개새끼와 맞붙어 싸우고 싶을 정도라니까요. 인간에게 길들여진 짐승이라니, 동족으로서 끔찍한 수치가 아니겠습니까."

들쥐가 허리를 굽실대며 다시 한번 아양을 떨려는 찰나,

붉은 가면이 손을 들었다. 들쥐가 소스라치며 입을 다물었다. 처용이 일갈했다.

"정 그렇다면 한번 붙어 보아라."

"예? 그게 무슨 말씀인지."

늑대가 처용의 눈치를 살피며 물었다.

"말한 바 그대로다. 자네들의 대결을 허락하겠다는 뜻이네."

"세상에, 이럴 수가!"

늑대가 득의양양한 웃음을 터뜨렸다.

"감사합니다. 처용님께 제 승리를 바치겠나이다."

인간의 의복을 벗어 던진 늑대는 농담으로라도 사람이라고 일컬을 수 없는 외양으로 돌변했다. 앞발을 내려 네 발로 땅을 디디며 목덜미의 털을 곤두세웠다.

반면 청년은 저고리를 떨어뜨리면서 목 아래에서부터 느릿하게 뒤바뀌었다. 이윽고 완벽하게 변신한 청년은 늑대와 대등할 만큼 덩치가 크고 꼬리가 없는 것이나 다름없는 흰 개의 모습을 하고 있었다.

탐색하듯 주변을 어슬렁거리던 늑대가 돌연 주둥이를 벌리며 땅을 박찼다. 개가 발을 물려 늑대의 공격으로부터 벗어났다. 치열한 접전 끝에 늑대의 코끝에 상처를 입힌 개가 피 맛에 전율하며 울부짖었다.

둘은 또 한 차례 엉겨 붙었다. 늑대가 집요하게 개의 목덜미를 노렸다. 개는 침착하게 늑대의 돌격을 피했으나 유진은 그가 뒷발을 절고 있다는 사실을 눈치챘다.

둘은 원을 그리면서 같은 자리를 돌았다. 다음 순간 개의 약점을 알아챈 늑대가 흙먼지를 일으키면서 달려들었다.

"안 돼! 피해요!"

유진이 개를 향해 외쳤다. 인간의 음성을 들은 괴귀들이 군침이 도는 듯 눈을 부라리고 목젖을 꿀떡였다.

뒷다리를 물어뜯긴 개가 끼깅 소리를 내며 곤두박질했다. 늑대는 승리를 확신하고 더욱 대담하게 움직였다. 개는 반격의 기회를 찾으려고 노력했지만 결국 그 자리에 주저앉고 말았다.

늑대가 환희에 벅차올라 짖어 댔다. 유진이 눈물을 흘리며 달려 나갔다. 두 팔을 펴고 앞을 막아서며 위협했다.

"가까이 오지 말아요. 비록 손톱도 짧고 이도 무디지만 누구든 이 개를 해치려고 하면 가만히 두지 않을 거예요."

괴귀들이 일제히 야유했다. 영겁에 가까운 세월 동안 밤을 헤맨 그들에게 한 입 거리도 안 되는 인간의 으름장이란 가소로울 뿐이었다. 코끼리가 우스워 죽겠다는 듯 긴 코를 세우며 쿵쾅거렸다. 그 야단을 틈타 들쥐가 앞니에 발톱을 갈면서 스리슬쩍 유진을 덮치려는 찰나였다.

"멈추어라."

붉은 가면이 호령하자 술법에라도 걸린 것처럼 괴귀들이 불시에 동작을 멈추었다.

"인간 여자야, 너는 이미 두 가지 규칙을 어겼다. 목소리를 드러냈고 나아가야 할 때 주저앉았지. 하나 첫 번째 규칙만은 아직 깨어지지 않았구나. 그것만은 여전히 유효할 게다."

그는 위협하면서 다독였고 구슬을 들여다보듯 쉬이 상대의 내면을 꿰뚫었다. 붉은 가면, 처용은 회유와 설복에 능한 자였다.

"잃는 것 말이다. 그건 거래와 같으니까."

"그 말씀은 제가 무엇을 잃어야 한다는 뜻인가요?"

"네 뒤에 있는 것, 개 한 마리."

붉은 가면이 가면을 쓸던 손을 내려 유진의 등 뒤 흰 개를 가리켰다. 유진이 단도직입적으로 물었다.

"그 거래를 만약 제가 거절한다면요?"

붉은 가면이 등을 꼿꼿이 했다. 그 존재의 파문이 유진은 물론이고 그 자리에 있던 괴귀들 모두를 집어삼킬 듯했다.

"그래, 밤늦게 돌아와 보니 다리가 넷이었다지?"

붉은 가면에 한일자로 그어져 있던 선이 이지러졌다. 유진은 극렬한 구역감을 느끼며 허청거렸다.

불과 오늘 저녁에 벌어진 일이었다. 현관문을 닫고 뒤돌아선 유진은 예상 밖의 상황에 경악해 쥐고 있던 쇼핑백을 떨어뜨렸다. 욕설을 지껄인 서우가 옷가지를 잡아채며 일어나 앉았다. 신혼 생활을 위해 계약한 아파트, 유진이 직접 주문한 소파 위에서 서우는 한 여자와 엉켜 있었다. 서우의 뒤에 숨은 여자가 누구인지 유진은 한눈에 알아보았다.

붉은 가면이 귀엣말을 건넸다. 역신을 물리치고 불온한 것들을 쫓는다는 목소리가 거부할 마음을 품지 못할 만큼 유혹적이었다.

"그 남자를 자네 품으로 돌려보내 주지. 일평생 자네를 배은하지 않게 해 줄 수도 있어. 솔깃하지 않은가. 그에 반해 자네가 주어야 할 값은 몹시 하찮고 사소하지. 개, 그 개 한 마리만 내게 주면 돼. 그러면 원래 세상으로 돌아갈 수 있어. 어두컴컴한 뒷골목을 돌며 눈물 흘리는 일은 벌어지지 않을 걸세. 어떤가, 내 제안에 응하지 않겠는가."

"안 돼요. 못 넘겨줘요, 이 개는."

유진이 개를 끌어안았다. 가슴 깊숙한 곳에 억누르고 있던 항변이 입 밖으로 맹렬하게 쏟아져 나왔다.

"저를 돕고자 했던 존재예요. 어떤 대가를 치러야 하든 제가 끝까지 책임질 거예요."

괴귀들이 신에게 거역한 인간의 형벌을 요구하며 아우성쳤다. 곧 내려질 판결을 예감한 유진이 눈을 부릅떴다. 진땀이 흐르고 목이 타는 가운데 스스로가 인간이 아닌 존재로 바뀌고 있음을 인지했다.

콧등 위로 잔털이 자라고 있었다. 손가락이 구부러졌고 손톱이 길어지면서 끝에서부터 차츰 색이 짙어졌다. 시야가 넓어졌고 냄새가 또렷해졌으며 소리가 두꺼워지면서 한층 입체적인 층을 이루었다.

유진은 개로 변하고 있었다. 꼬리가 짤막하고 털이 검은 동경이로. 하지만 그 결정에 일말의 회한은 없었다.

그때 피어 절어 붉어진 흰 개가 자리에서 일어났다. 이 목숨이 붙어 있는 한 반드시 그대를 지키겠노라는 듯 상처 입은 몸을 끌며 끙끙댔다.

"충직한 자들! 멍청하고 가긍한 자들!"

붉은 가면이 소맷자락을 당기며 쓴웃음을 터뜨렸다. 유진은 털이 빠져 매끄러워진 손등을 내려다보며 생각했다. 내가 언제부터 인간의 모습을 하고 있었지?

"악기를 연주하거라. 노래를 부르며 춤춰 보자. 끝도 없이 걷고 싶은 밤이로구나. 상심한 영들을 위로하고 싶은 날이로다. 가자, 어디까지든 우리 함께 걸어가 보자꾸나."

피리 소리가 창천을 가로지르는 화살처럼 빠르게 멀리까지 날아갔다. 붉은 가면이 행렬의 선두에 섰다. 뭇 것들이 광기 어린 비명을 내지르며 덩실덩실 어깨춤을 췄다. 길 한복판에 꿇어앉아 있는 유진과 개는 눈에 들어오지도 않는 듯했다.

개가 핏방울을 흩뿌리며 움직였다. 유진이 말없이 그를 뒤따랐다. 악다구니나 다름없는 노래가 멀어지면서 거리는 조금씩 어두워졌고 등불은 희미해졌다.

얼마나 더 걸었을까, 유진이 멈칫거리며 옆을 돌아보았다. 커다랗던 개가 언젠가부터 어른 주먹 크기만큼 작아져 있었다. 무릎을 굽힌 유진이 금방이라도 숨이 멎을 듯 할딱이던 개를 들어 올렸다.

유진의 손바닥 위에서 개는 원래 모습, 흙빛의 토우로 되돌아왔다.

바지 주머니에 토우를 넣은 유진이 길을 따라 나아갔다. 한참 동안 앞만 보고 걸음을 놀리다 고개를 들었을 때 거기에는 불 꺼진 가로등이 서 있었다.

그날 이후로 유진은 토우를 침대 옆 보조 테이블에 놓아두었다. 잠들기 전 때때로 개를 쓰다듬어 주었다. 진짜 반려동물에게 그러하듯, 애정을 담아 부드럽게.

눈물이 달콤한 이유

그날의 추천 커피는 핸드 드립으로 내린 만델링이었다.

김이 피어오르는 머그잔을 감싸 쥐고 출입문 옆 계단에 걸터앉았다. 일과를 끝내고 수고한 자신을 대접할 겸 그날의 추천 커피를 만들어 마시는 건 나만의 작은 의식이었다. 연말 분위기를 내기 위해 정원에 걸어 둔 전구 장식이 알록달록한 빛을 퍼뜨렸다.

도시 외곽의 산 아래에서는 어둠마저 일찍 내리는 듯했다. 억새들이 박명 속에서 낯선 손님처럼 수런거렸다.

미지근해진 머그잔을 고쳐 쥐며 그리운 사람을 떠올릴 때였다. 억새밭 저편에서 자동차 엔진 소리가 들렸다. 영업시간은 벌써 끝났는데 곤란하게 됐네. 머그잔을 내려놓고 호기심 반 걱정 반으로 목을 뺐다. 실망한 얼굴과 마주하는 데는 마음의 준비가 필요한 법이었다.

진초록색 픽업트럭은 억새밭을 가로질러 카페 앞 공터로 직진했다. 순간 벌떡 몸을 일으킨 나는 참았던 숨을 내쉬며 스르르 주저앉고 말았다.

연락도 없이 무슨 일이지? 얼결에 손을 허우적대다 커피가 절반 넘게 남은 머그잔을 넘어뜨릴 뻔했다. 동시에 마음 밑바닥에서 인정하고 싶지 않은 감정이 치밀고 있다는 걸 깨달았다. 방금까지만 해도 나는 다른 누구도 아닌 녀석을 그리고 있었으니까.

카디건의 단추를 잠그고 앞치마의 주름을 펴면서 흥분을 가라앉혔다고 믿었다. 하지만 픽업트럭이 정지하고 이하가 운전석 밖으로 몸을 들이밀었을 때 차분하던 마음은 흐트러지고 까닭 모를 울화마저 치받았다.

차 문을 닫은 이하가 겸연쩍게 웃었다.

"잘 지냈어? 누나한테 주려고 선물을 하나 샀는데."

하마터면 헛웃음을 터뜨릴 뻔했다. 다짜고짜 용건부터 던지는 버릇은 여전하구나. 나는 울타리 앞으로 다가들며 최대한 심상하게 대꾸했다.

"오면 온다고 메시지라도 보내든가. 선물은 또 뭐야?"

내 질문에 숨은 진의를 아는지 모르는지 이하는 실없이 웃기만 했다.

"근처에 사진을 찍으러 온 참에 들렀어. 골동품 가게에서 보자마자 누나 생각이 나더라고. 인테리어 소품으로 둬도 괜찮을 것 같고."

이하가 얼른 와 구경해 보라는 듯 손짓했다. 인상을 찌푸리며 울타리를 돌아 나갔다. 이하가 뻐기는 듯한 태도로 짐칸을 가리켰다.

"어때, 마음에 들어?"

트럭 짐칸에 놓여 있던 건 다름 아닌 돌이었다. 하지만 단순한 돌이라고 할 수만은 없는 것이 그 물건은 어렴풋하게나마 어떤 형상을 갖추고 있었다. 다만 오랜 세월 풍파에 찌들어 심하게 닳아 있을 뿐 아니라 때가 타 원래 모습을 짐작하기 어려웠다.

"수신水神이래. 잘 봐, 여기가 머리, 저기가 등딱지. 진짜 거북 같지 않아?"

그렇게 설명하는 이하의 뺨에 홍조가 어렸다. 나는 한숨을 섞어 되물었다.

"그런데 말이야, 너는 저 돌이 내 가게에 어울릴 거라고 생각한 거야?"

찻집도 아니고 커피 메뉴를 주력으로 내세운 카페에? 상호명이 크레마인 곳에? 찡그린 눈에 미처 하지 못한 질문을 담아 그를 노려보았다. 이하가 상기된 낯을 만지면서 대답했다.

"지난번 촬영 장소가 골동품 가게였거든. 옛날에는 목조 건물의 축대며 주춧돌에 거북을 새겨 놓았대. 불이 나는 걸 막아 달라고. 내 경우에는 누나의 가게를 잘 부탁한다는 의미에서."

이하의 면면을 새삼스러운 눈빛으로 훑던 나는 제 목덜미를 쓰는 저 손이 한때 나를 어루만진 적이 있다는 사실을 되새기며 헛기침했다.

"너는 정말로 구제 불능이야."

참다못해 쏘아붙였건만 이하는 속도 없이 자꾸 웃기만 했다. 가슴속이 부글부글 거품을 내며 끓어 넘치는 모카포트 같았다. 아무 말이나 마구 쏟아 낼 것 같았다.

"저녁은 먹었어? 계속 밖에 서 있기도 그렇고. 잠깐 들어오든가."

"그게, 내가 곧 돌아가 봐야 해서."

"뭐?"

기가 막혀 입을 떡 벌렸다. 그럼 저 돌덩이 하나를 주려고 여기까지 왔다는 거야? 이하가 손바닥을 펼치며 재빠르게 몇 마디를 보냈다.

"누나랑 같이 있기 싫다는 뜻이 아니라 내일까지 급하게 마쳐야 하는 작업이 있어서 그래. 다음 주 중에 한 번 더 들를게. 괜찮지?"

이하는 제법 무거울 듯한 석상을 솜씨 좋게 짐칸에서 내려 날랐다. 그런 다음 나타난 지 30분도 안 지나 다시 차에 올랐다. 내가 건넨 아메리카노 한 잔을 달랑 받아 들고서. 한 달 만의 재회치곤 대단히 시시한 만남이었다.

픽업트럭이 내는 엔진음이 멀어졌다. 억새밭 사이로 어른대던 헤드라이트 불빛도 더는 보이지 않았다.

머그잔을 챙겨 카페로 들어가려다 이하가 떠맡긴 거북상을 돌아보았다. 분풀이하듯 다가가 있는 힘껏 거북상을 걷어찼다. 돌은 꿈쩍도 하지 않았다.

나는 코웃음을 치면서 그 자리를 떴다.

그날 밤, 누군가의 목소리를 들었다. 잠에 들락 말락 머릿속이 흐리멍덩한 와중에 가까스로 알아들은 바에 따르면 그 목소리는 다음과 같이 말했다.

"……목이 마르구나. 내게 마실 것을 대접해 다오."

쓸쓸한 말투 때문인지 괜히 나까지 막막해지는 기분이었다.

"갈증이 나 견딜 수 없다. 따뜻한 차 한 잔으로 이 몸을 달래 주지 않겠느냐……."

나는 베개를 끌어안으며 신음했다. 이럴 때는 커피부터 내려야지요. 오늘의 첫 커피로는 예가체프가 좋을 것 같아요.
진정으로 카페 주인다운 발상이 아닐 수 없었다.

그러자 호소하는 듯 나지막하던 목소리가 노기 어린 기
색을 띠며 삽시간에 매서워졌다.

"나는 탕약 같은 검은 물은 딱 질색이다! 차, 차, 차를 달
라니까!"

탕약이라뇨. 오해예요. 커피는 그저 쓰기만 한 음료가 아
니라고요. 전력을 다해 항변하고 싶었으나 웬일인지 입이 떨
어지지 않았다.

곧이어 똑 똑 하는 소리가 나더니 꼴깍꼴깍 쪼르르 하는
소리가 뒤따랐다. 유리병이 쨍강대고 문이 덜커덩댔다. 피곤
한 탓이었을까, 나는 베개에 얼굴을 묻고 잠들어 버렸다.

알람이 울리기도 전에 깼다. 꿈자리가 사나워서인지 머리
가 지끈거리고 목이 탔다. 슬리퍼를 끌면서 침실에서 나와
테이블에 놓아둔 물병을 향해 손을 뻗었다.

손아귀에 잡힌 병의 무게가 어이없을 만큼 가벼웠다. 어
라? 어젯밤에 보리차를 끓여 담아 두었던 것 같은데. 잠이
덜 깬 탓인가 싶어 눈을 끔뻑여 보았으나 물병 안은 깨끗하
기만 했다. 한 병 가득 채워 두었던 보리차는 한 방울도 남

아 있지 않았다.

내 기억력이 잘못됐나. 다른 병에 따라 냉장고에 넣어 둔 걸 착각하고 있을까. 물병을 내려놓고 냉장고 앞으로 다가들었다. 문을 당겨 냉장고 내부를 들여다보는 즉시 나는 얼이 빠지다 못해 소름이 돋아 그 자리에 굳어 버렸다.

냉장고 안 병들이 비어 있었다. 측백나무 집 주인이 선물한 오미자차는 물론이고 자몽주스며 우유, 꿀술까지 음료가 담긴 거의 모든 병들이 그러했다. 다급한 손놀림으로 제법 비싼 돈을 내고 산 석류주스를 꺼내 흔들어 보았다. 이럴 수가. 아무 소리도 들리지 않았다. 종이팩에는 공기 외에는 그 무엇도 들어 있지 않았다.

석류주스야 이미 뜯었다고 쳐도 자몽주스는 뚜껑도 열지 않았는데 어떻게 이런 일이 가능하지? 시험 삼아 맥주 캔을 따 보았으나 놀랍게도 그 역시 텅 빈 채였다. 캔 안에서는 희미한 알코올 냄새도 풍기지 않았다. 기이한 능력을 소유한 어떤 이가 마지막 한 방울까지 남김없이 핥아 마신 것 같았다.

단 하나, 그제 내린 더치커피만은 무사했다.

도둑의 소행일까. 음료수만 축내는 도둑이 있다는 소리는 못 들은 것 같은데. 불행 중 다행으로 그밖에는 도난당한 물건이 없었다. 주방 조리대에 딸린 서랍을 비롯해 곳곳을 뒤졌지만 이혼 후에도 처분하지 못한 결혼반지는 물론이고 귀중품들은 하나같이 원래 자리에 보관돼 있었다.

이러고 있을 때가 아냐. 나는 슬리퍼를 벗어 던졌다. 카페 쪽 상황은 어떤지 확인해 봐야겠어.

내가 운영하는 카페와 살림집은 니은 자 형태로 이어진 한 동의 건물을 나눠 썼지만 둘 사이에 출입문은 존재하지 않았다. 인테리어 공사를 진행하면서 내가 카페와 집을 잇는 통로를 없애기를 강력하게 주장한 까닭이었다. 일터와 생활 공간을 구분하고자 하는 의도에서였다.

잠옷 바람으로 정원을 건너갔다. 두 팔을 엇갈려 상체를 감싸고 잰걸음을 놀리다 문득 이하가 두고 간 거북상을 넘겨보았다. 먼지가 껴 꾀죄죄한 거북의 입가에 붉은 얼룩이 져 있었다. 나는 추위도 잊은 채 거북상 앞에 쪼그려 앉았다.

집게손가락을 펼쳐 거북상의 표면을 문질렀다. 손끝에는 아무것도 묻어나지 않았다. 거북상 가까이로 고개를 수그리며 킁킁댔다.

거북의 입가에서 풍기는 과일 냄새, 석류가 분명했다. 다년간 생두를 볶고 커피를 내리며 단련한 후각을 속일 수는 없었다.

바로 그때 얼굴 정면에서 꺼억 하는 소리가 터져 나왔다.

나는 경악해 뒤로 벌러덩 넘어지고 말았다. 오미자와 자몽, 레몬과 꿀, 석류와 우유와 초콜릿, 탄산과 맥주 냄새로 범벅된 악취가 사방으로 퍼져 갔다.

살얼음이 언 바닥에 퍼질러 앉아 헉헉거렸다. 믿기 어려웠지만 그 냄새는 내게 무엇보다 현실적인 감각이었다.

그러는 동안에도 거북은 시치미를 뚝 떼고 나를 바라보고 있었다.

그날의 추천 커피를 씨솔트커피로 정한 데는 나름의 노림수가 있었다. 나는 한술 더 떠 굵은소금 한 움큼을 카페 출입구 앞에 뿌리기까지 했다. 내가 미신을 맹신하는 부류라는 의미는 아니었다. 영하의 날씨에 길이 얼어 미끄러지는 것을 방지하는 효과도 있지 않겠는가.

그런데도 불안감은 가시지 않았다. 나는 주문서를 작성하고 커피를 나르고 테이블을 정리하면서 연신 창문 밖을 흘끔댔다. 그럴 수밖에. 거북의 형상을 본떠 만든 석상이 트림하는 소리를 듣는 것이 누구나 흔하게 겪을 수 있는 일은 아니었으니까.

그러나 그 악취를 맡은 이상 망각하기란 불가능했다. 과일과 유제품과 알코올 따위를 무작위로 섞어 부패시킨 듯한 냄새는 몽상으로 치부하기에는 지나치게 구체적이었다. 더군다나 그날 손님들로부터 반복적으로 들은 말이 내가 보고 느끼고 체험한 것이 혼자만의 망상이 아님을 확신하게 했다.

"저기, 죄송하지만 물 한 잔만 더 가져다주시겠어요? 물 잔이 왜 비었지? 나는 입도 안 댄 것 같은데."

소금 요법은 효과가 없는 것이 분명했다. 저 수신인지 뭔지 하는 존재가 커피에는 관심이 없다는 점이 나로서는 천만다행이라 아니할 수 없었다.

하루가 저물어 출입문에 걸린 팻말을 영업 종료 쪽으로 돌려 놓았다. 숨도 돌릴 겸 쿠키 부스러기를 주워 먹은 다음 셔츠 소매를 걷어붙였다. 오늘 저녁에는 추천 커피인 씨솔트커피가 아닌 다른 메뉴를 만들 작정이었다.

블랙커피에 위스키와 설탕, 생크림을 더해 완성하는 아이리시커피는 한 잔을 끝까지 비우면 눈앞이 환해지면서 만사에 너그럽고 대범해진다는 특징이 있었다.

크림을 얹은 달고 진한 커피를 한입에 털어 넣은 뒤에 앞치마 주머니에서 휴대 전화를 꺼냈다. 전화 통화를 시도하는 만용은 부리지 않았다. 나는 그때까지도 이하의 목소리를 다시 듣는 순간 하지 말아야 할 얘기까지 내뱉고 말 것이라는 두려움에 붙들려 있었다. 그래서 문자 메시지를 전

송했다.

「시간 날 때 연락 줘. 묻고 싶은 게 있어서 그래.」

그 즉시 아이리시커피의 효용이 다한 것처럼 어깨에서 힘이 빠졌다. 홧홧하던 뺨이 식으면서 눈앞마저 침침해진 듯했다. 계산대에 기대 기다렸으나 답 메시지는 오지 않았다.

한창 바쁘게 움직이고 있을까. 아마도 그럴 것이다. 이 빠듯한 공간에서 혼자 일하는 나와는 다르게 이하는 언제나 사람들에게 둘러싸여 있었으므로.

시무룩한 표정으로 앞치마를 벗어 옷걸이에 걸었다. 코트를 걸치고 카페 출입문을 잠그고 느릿느릿 정원으로 나갔다. 거북상은 자신에게는 아무런 죄도 없다고 항변하는 것처럼 지는 볕을 받으며 웅크리고 있었다. 어젯밤부터 음료수를 고루 훔쳐 마신 까닭인지 메말라 있던 표면에 자르르한 윤기가 흐르는 듯한 착각마저 들었다.

그 꼴을 지켜보고 있자니 느닷없는 화가 치받았다. 거북상 앞으로 달려가 놈의 머리를 운동화 밑창으로 꾹꾹 눌러 밟았다. 아무래도 에스프레소에 위스키를 과하게 탄 모양이었다.

"돌덩이한테 부탁하긴 뭘 부탁한단 거야. 여하튼 윤이하, 그 자식은!"

거북상은 여전히 꿈쩍도 하지 않았다. 당연했다. 그건 그냥 돌에 불과했으니까.

나는 몇 번의 발길질만으로 기진맥진해졌다. 헝클어진 앞머리를 불어 넘기며 돌아서려는 찰나, 팍 하는 소리와 함께 정원을 장식하고 있던 전구가 한꺼번에 꺼졌다. 먹빛 구름이 슬금슬금 들머리를 넘기 직전이던 해를 가렸다.

"그자의 말이 옳다. 나는 수호하는 존재, 그중에서도 수신이니까."

귀로 듣는 것이 아니라 머릿속으로 곧바로 스미는 듯한 목소리였다. 나는 잔뜩 겁을 집어먹고 쭈뼛쭈뼛 고개를 돌렸다.

"그래, 이 몸은 그 돌 속에 깃들어 있다. 그대여, 나를 들인 책무를 저버리지 말고 부디 지친 이 몸을 달래 주려무나."

찬바람을 맞으며 선 채로 식은땀을 흘렸다. 차마 받아들이고 싶지 않은 예상이 맞아떨어졌을 때처럼 섬찟한 한편으로 짜릿하기도 했다.

세상이 한밤처럼 어두컴컴해진 가운데 거북상이 입을 오물거렸다. 마치 석상이 아니라 살아 움직이는 진짜 거북 같았다.

"나를 뭐라고 부르든 괘념치 않겠다. 어떤 무례를 저질러도 좋다. 내게 차 한 잔을 대접해 준다면. 참으로 가없는 세월이었다. 이토록 참혹한 갈증을 그대는 상상도 할 수 없겠지."

원치 않은 고백을 들은 것처럼 안절부절못하던 나는 이렇게 응수하고 말았다.

"죄송하지만 여기는 찻집이 아니라 카페라서요. 차 말고 커피라면 얼마든지 만들어 드릴 수 있는데 어떠세요?"

"내 누누이 설명하지 않았느냐! 내가 원하는 건 차라고. 탕약 같은 검은 물은 꼴도 보기 싫다니까!"

품위 있게 타이르는 듯한 태도는 간데없이 수신이 대번에 토라졌다. 탕약 같다니 커피를 뭐라고 생각하는 거야? 나는 대들고 싶은 심사를 억누르며 억지로 미간을 폈다.

"알겠어요. 꼭 차를 드셔야겠단 말씀이죠."

현관문을 열고 운동화를 벗으며 찬장 안 상황을 따져 보았다. 차 종류라면 보리차와 둥굴레차, 홍차 티백 몇 개밖에 없을 텐데. 어젯밤에 보리차 한 병을 통째로 마셔 놓고 하루도 안 지나 또 차 타령을 하는 걸 보면 저쪽이 원하는 것이 곡차는 아닐 것이라는 짐작이 갔다. 그렇다면 무슨 차를 내어가야 한담.

차에 대해서는 그다지 전문가가 아니던 나는 고심 끝에 얼그레이를 골랐다. 꽃무늬가 그려진 찻잔에 끓인 물을 따르고 티백을 넣어 차를 우렸다. 쟁반에 찻잔을 올려 들고 어스름한 정원을 걸어 거북상 앞에 섰다.

"수신님, 얼그레이를 가져왔어요. 한번 맛을 보시면."

"아니다…… 아니야……."

설마, 울고 있는 거야? 흠칫한 나는 속내를 감추고 최선을 다해 응대했다.

"그러니까 이 차가 아니라는 말씀이시죠? 그럼 다른 차를 준비해 볼게요. 얼그레이 말고 무슨 차가 더 있더라."

"그 향기, 그 색깔…… 내가 원한 건 그런 차가 아니야……."

낮은 목소리가 가물거리는가 싶더니 쟁반을 든 손끝에 온기가 퍼졌다. 이건 무슨 냄새지? 얼그레이는 아닌 것 같은데. 고개를 갸웃거리는 찰나 하얗게 풀어지는 김과 함께 얼굴 가득 풋내가 끼얹어졌다.

코끝을 스치는 향취를 쫓아 시선을 돌리기 무섭게 휘둥그렇게 뜬 눈앞에 전혀 다른 시공간이 펼쳐졌다. 한 세계가 지워지는 동시에 덧그려지는 혼돈 속에서 나는 쟁반 귀퉁이를 움켜쥐고 와들와들 떨었다.

시야 가장자리가 하얗게 번지면서 먹구름이 걷혔다. 치렁치렁한 치마저고리를 입은 여자들이 콧노래를 부르며 햇잎을 땄다. 아궁이 속에서 불이 너울거렸고 물웅덩이 위에서 소금쟁이가 떠다녔다. 노승이 목탁을 두드리며 경을 외웠다. 종소리가 산과 들의 테두리를 따라 굽이굽이 메아리쳤다.

"여, 여기가 어디지?"

중얼거리는 순간, 기울여 든 쟁반 위에 찻잔이 쓰러져 있는 것이 보였다. 얼그레이가 쏟아진 모양새가 눈물 같았다. 나는 숨을 헐떡이며 쟁반을 고쳐 쥐었다. 빨갛고 노란 전구들이 호들갑스럽게 깜빡였다.

억새밭 위로 내리깔린 저녁 하늘이 가루 커피를 엎지른 자국처럼 얼룩덜룩했다. 불현듯 한겨울의 추위가 못 견딜 만큼 가혹하게 다가왔다. 지금 수신의 심정이 이와 같을까.

"저기, 수신님?"

비굴하다 싶을 만큼 예의 바른 태도로 불러 보았으나 수신은 답하지 않았다.

"사정은 이해하지만 제 입장도 고려해 주실 수 있을까요? 수신님, 듣고 계세요?"

여전한 침묵. 넘어진 찻잔을 세우며 어깨를 들먹였다.

"정 그러시다면 어쩔 수 없죠. 저는 이만 들어가 볼게요. 어젯밤에 잠을 설치기도 했고. 영 피곤해서요."

쟁반을 던져 놓고 침실로 들어가 침대에 드러누웠다. 그제야 바지 주머니 속에서 휴대 전화가 진동하고 있음을 알아챘다.

부재중 전화 다섯 건. 미확인 메시지 세 건. 메시지함을 열어 이하가 전송한 문자 메시지를 읽었다.

「운전 중이라 늦게 확인했어. 그런데 묻고 싶다는 게 뭐야?」

「미안해. 내가 잘못했어. 지금 전화해도 돼?」

「누나는 내가 그렇게 미워?」

안 돼! 전화하지 마! 더는 못해 먹겠어! 못해 먹겠다고! 나는 휴대 전화를 던져 버리고 거친 몸동작으로 이불을 둘러썼다.

흔히들 커피가 쓰다고 하지만 나는 그 같은 통념에 동의할 수 없었다. 제대로 볶아 내린 커피에서는 쌉싸름한 맛은 물론이고 단맛과 고소함, 초콜릿의 감미로움과 강렬한 불의 맛, 꽃과 과일의 다채로운 풍미를 고스란히 느낄 수 있었으니까.

검정은 온갖 다른 색을 섞어 얻을 수 있는 색이었다. 내게는 커피의 검은 빛깔이 의미하는 바가 이와 흡사했다. 이 잔과 저 잔이 똑같을 수 없다는 점에서도 한 잔의 커피는 더없이 오묘한 세계와 같았다.

나는 이하를 미워한 적이 없었다. 1여 년 전 답사를 위해 억새밭을 방문한 이하와 우연히 마주한 뒤부터 내 속의 불씨는 손쓸 수 없이 커져 갔다. 그 감정이 일말의 염치와 두려움을 사르고 불타오르리라는 것을 예감했을 때 나는 그를 거부하기로 결심했다.

나는 이하보다 일곱 살이 많았고 이미 한 차례의 결혼에 실패한 전력이 있었다. 이하는 그것이 허물일 수 없다고 주장했지만 나는 한 명의 사람으로 가득 차 있을 때 보이지 않던 것들이 무시무시한 괴물로 자라나 결국엔 우리를 패배하게 할 것이라는 걸 알았다.

이하가 처음으로 내 곁에서 잠들었던 날. 나는 새벽녘 혼자 침대를 빠져나왔다. 욕실에서 잇몸이 아플 만큼 세게 칫솔질을 하고 돌아와 이하를 깨웠다.

"미안해. 나는 이 관계를 유지할 수 없을 것 같아."

이하는 화를 내지 않았다. 꽉 쥔 손을 무릎에 얹고 내 얼굴을 한참 들여다보더니 말없이 짐을 챙겼을 뿐이었다. 그로부터 한 달이 지나 이하가 수신인지 뭔지 하는 석상을 신고 나타날 때까지 우리는 안부조차 묻지 않는 사이였다.

쓴맛을 음미할 수 없다면 달콤한 부분을 맛볼 자격도 없는 셈이니까. 나는 괴로움을 포용하는 용기를 낼 수 없다면 이하가 내게 주고자 하는 것들을, 미소와 포용과 입맞춤, 그 모든 약속들을 포기해야 한다고 믿었다.

그날 늦게까지 잠들지 못했다. 내일 해야 할 일들을 상기하며 잠든 척 눈을 내리감고 있다 더는 자신을 속이지 못할 지경에 다다라서야 몸을 일으켰다. 스탠드불을 켜고 앉아 테이블에 올려 두었던 휴대 전화를 가져왔다.

인터넷에 접속해 검색창을 열었다. 지금 당장 내게 닥친 문제를 해결할 수는 없어도 최소한 그를 도울 수는 있을 것이라는 생각이 들었다. 환영 속에서 목도한 광경들로부터 유추할 수 있는 정보들이 있을 듯했다. 정확한 연도를 알아내기는 힘들다고 해도 어느 시대인지 정도는 가늠할 수 있지 않을까.

차밭에서 일하던 여자들의 복색을 되새기며 검색어를 바꾸어 입력했다. 높게 얹어 머리꽂이로 꾸민 머리 타래와 주름이 잡힌 치마, 깃에 천을 덧댄 넉넉한 포와 허리에 두른 띠. 그 과정에서 얻은 단서들을 쫓아 여러 기사와 게시글들을 넘어 다니다 한 가지 결론에 이르렀다.

휴대 전화를 내려놓고 침대에 도로 누웠다. 이틀 연속으로 잠을 방해받아서인지 참을 수 없을 만큼 졸렸다. 나는 이불을 끌어 올리기 무섭게 잠들었다.

누각의 지붕 위로 빗방울이 떨어졌다. 연못에 핀 연꽃이 탐스러웠다.

찻상 앞에 정좌하며 저고리 소매를 접었다. 차 한 덩이를 깨뜨려 다연茶碾에 넣고 갈았다. 체에 거른 차에 뜨거운 물을 붓고 격불擊拂하자 소담한 거품이 일면서 여청한 향기가 피어올랐다.

그와 처음 만난 봄, 나는 이 차를 내 손으로 직접 따고 골라냈다. 불을 때 찐 다음 수레바퀴 무늬가 새겨진 틀에 넣고 동글납작한 모양으로 찍어 냈다. 그런 이후에도 오래 공을 들여 숙성했다.

나는 오늘의 자리가 우리의 마지막 음다飲茶일 것임을 절감했다. 이 차 한 잔에 담긴 세월이야말로 내가 그에게 줄 수 있는 가장 값진 선물일 것이었다. 그에게 시간이 영원토록 풀어헤칠 수 있는 실타래와 같다면 내게는 가위로 자르고 남은 짧디짧은 한 토막에 불과했으므로.

거기에는 또한 우리가 함께 보낸 계절들, 마루에 앉아 올려다보았던 안개와 무지개, 잘 익은 자두 한 알과 모시 손수건을 적신 핏방울, 내 모든 소녀 시절과 지금 이 순간이 담겨 있을 것이었다.

나는 한순간도 후회하지 않았다.

이튿날은 카페 크레마의 휴무일이었다. 용무를 마치고 카페로 돌아왔을 때는 저녁에 가까워져 있었다. 털모자를 벗어 쥐고 거북상 앞으로 걸어갔다.

수신은 나와의 대화를 여전히 거부하고 있는 듯했다. 반나절 넘게 아무것도 입에 대지 않은 탓인지 반질반질하던 석상의 표면이 푸석푸석하게 말라 있었다.

카페로 들어가 환기를 한 뒤 출출한 속도 달랠 겸 카페라떼를 한 잔 만들었다. 입가에 묻은 우유를 핥으면서 이하에게서 온 메시지를 확인했다.

「이따 저녁에 들를게. 괜찮을까?」

답 메시지를 입력하면서 지금의 내가 어제의 나와 얼마나 다른지 실감했다.

「오늘은 힘들 것 같아. 다음에 보자.」

우유를 듬뿍 넣은 커피 한 잔을 비우고 나니 기운이 나면서 침울함이 얼마간 가시는 듯했다. 배낭에서 측백나무 집 주인에게서 받아 온 꾸러미를 끄집어냈다. 오늘 아침 몇 가지를 문의하고자 전화를 드렸을 때 그분은 이렇게 대답했다.

"단차라면 찾는 사람이 많은 차는 아닌데. 마침 가지고 있는 게 있어서 다행이지 뭐예요. 오후에 잠깐 오실래요? 어떻게 마시면 좋을지 알려 드릴게요."

측백나무 집은 뒷산으로 이어지는 오솔길에 자리한 찻집이었다. 내가 맨 처음 이 건물을 사들여 카페를 개업하기로 결정했을 때 측백나무 집 주인은 누구보다 그 소식을 반기며 마음 써 주셨다. 나는 요즘도 시간이 날 때마다 틈틈이 직접 볶은 커피를 들고 그곳을 방문하곤 했다.

그날 가져간 커피는 블루마운틴이었다. 측백나무 집 주인은 커피를 담은 종이봉투를 열며 활짝 웃었다.

"이름만큼이나 향기가 좋네요. 이 한 톨 한 톨에 얼마나 큰 정성이 들었을까. 잘 먹을게요. 덕분에 많이 배워요. 차든 커피든 즐기는 시간은 짧아도 그 순간의 마음은 오래도록 기억에 남잖아요."

설거지를 하면서 창밖을 곁눈질했다. 구름이 낀 하늘에 황혼이 드리우고 있었다. 내가 하루 중 가장 좋아하는 시간이었다.

카페 앞 정원에 간이 테이블을 옮겨 와 펼쳤다. 의자는 두 개를 놓았다. 그가 직접 앉지 못한다고 해도 상관없었다. 상상으로 그려 볼 수 있었으니까.

어둠이 짙어지자 전구에서 뿜어져 나오는 빛이 한결 밝아지는 듯했다. 거칠었던 바람이 잦아들었다. 그 사실에 안도하면서 미리 데워 둔 다완에 가루차를 덜었다. 다선茶筅을 놀려 부지런하게 다말茶沫을 낼 때 머리 위에서 새의 깃털 같은 것이 나풀나풀 떨어졌다.

다선을 움직이던 손길을 멈추고 다완 속으로 내려앉는 눈송이를 바라보며 중얼거렸다.

"첫눈이잖아."

바로 그때 귓가에서 나직한 목소리가 들렸다.

"한때 차를 끓이며 설수雪水를 썼다는 분과 말씀을 나눈 적이 있지. 그분의 주장에 따르면 눈을 녹인 물이야말로 찻물로 제격이라는 걸세."

그 목소리가 어찌나 반갑던지 자칫 크게 웃을 뻔했다. 목청을 가다듬으며 진지한 말투로 받아쳤다.

"그 시절의 눈이라면 그랬을 수도 있을 것 같은데요. 지금처럼 오염되지도 않았을 테고요."

"그래도 그 정도야 감수할 만하지 않겠나. 그게 이 세상의 맛이라면."

찻주전자를 기울여 다완에 뜨거운 물을 부었다. 차 향기가 겹겹으로 부풀며 흐트러졌다. 완성한 차를 맞은편 자리에 가져다 놓으며 권했다.

"입맛에 맞으실지는 모르겠지만 성심껏 준비했어요. 한번 드셔 보세요."

"고맙네. 맛있게 들겠네."

정다운 인사말이 들리는가 싶더니 다완이 허공으로 떠올랐다. 나는 그제야 그가 한참 전부터 내 앞에 앉아 있었다는 걸 깨달았다. 다완 속 차가 조금씩 줄어들었다. 긴장한 눈초리로 그 광경을 지켜보다 조바심을 못 참고 묻고 말았다.

"어때요, 기억하고 계신 것과 비슷한 맛인가요?"

"궁금하군. 왜 단차를 고른 건가?"

"풍경들을 보여 주셨잖아요. 거기에 답이 있을 거라고 생각했어요. 찻잎을 따는 일꾼들의 옷차림이 가장 큰 단서였죠. 요즘에는 인터넷이라는 걸 이용할 수 있어서 말이에요. 웬만한 정보들은 다 찾을 수 있거든요. 색다른 경험이기는 했어요. 그 먼 옛날을 바로 앞에서 보는 것처럼 구경하다니."

"좋군. 아주 좋아."

되뇌는 목소리에서 감출 수 없는 즐거움이 전해졌다. 나는 의기양양한 태도로 내 몫의 다완을 들어 입으로 가져갔다.

듬성듬성 흩날리던 눈은 금세 그쳤다. 침묵 속에서 낯설고도 아름다운 차의 맛을 즐겼다. 뿌듯한 얼굴로 다완을 내려놓으려는 찰나, 테이블 건너에 한 사람이 있음을 알아차렸다. 어젯밤 꿈속에서 마주한 바로 그 사람이었다. 하지만 다음 순간 비단옷을 입은 젊은 남자의 모습은 신기루처럼 흩어졌다.

빈 의자만이 덩그러니 놓여 있는 가운데, 수신이 이야기를 이었다.

"……다시 없을 가뭄이었지. 나는 신력을 잃고 석상에 갇히고 말았어. 내 힘이 약해졌거나 사람들 사이에 정이 각박해졌거나 기원하는 마음이 없어졌기 때문일 테지. 어쩌면 그 모두일지도 모르고."

다완이 또 한 번 허공으로 떠오르고 찻물이 줄어들었다.

"세월은 하릴없이 흐르더군. 한낱 돌덩이로 전락해 이곳저곳을 떠돌다 깨지고 망가진 물건들 사이에 처박혔지. 숨만 붙은 채 잠들어 있었어. 그 사내가 나를 찾아내기 전까지 그 오랜 시간 동안. 염치 불고하고 그에게 매달릴 수밖에 없었지. 나를 이곳에서 꺼내 달라고, 그러면 자네에게 소중한 사람을 보살펴 주겠다고. 그는 내 말을 알아듣지는 못했지만 나는 그곳에서 데리고 나가 주었어. 그렇게 이곳에 다다르게 된 걸세."

그 사내가 바로 이하였을 것이다. 나는 내 가게를 잘 부탁한다는 말이 무슨 의미인지 깨닫고 얼굴을 붉혔다.

"감사히 마셨네. 이제 내가 자네를 도울 차례군."

울림이 깊은 목소리에 은은한 광택이 감도는 듯했다. 나 또한 대단히 만족스러운 음다였다.

"제가 더 감사한걸요. 그런데 돕다니요? 저를요?"

"물이란 자고로 흐르는 것이지. 하나 수신인 나조차도 그 변화를 받아들이고 싶지 않았는지 모르겠네. 고인 물은 자고로 썩기 마련인데. 가지기 위해서는 놓지 않아야 했으니까. 내게도 잃고 싶지 않은 것이 있었거든."

커피 점을 치기 위해 잔 바닥을 들여다볼 때처럼 당혹스러운 기분이 들었다. 어젯밤 나는 어째서 그런 꿈을 꾸었을까. 수신과 찻상을 두고 마주 앉아 있던 여자는 누구였을까. 그에게 수신은 어떤 의미였을까.

저음의 다감한 말소리가 끊어졌다. 불안한 마음을 억누르며 의자에서 일어났다.

"저기, 수신님? 거기에 계세요?"

"한순간도 후회하지 말게. 나는 그대가 늘 행복하기를 바랐다네."

뺨을 스치는 숨결에서 우리가 함께 마신 차 향기가 풍겼다. 거북상에서 푸릇한 빛이 새어 나오고 있었다. 나는 허둥거리며 달려 나가려다 의자를 넘어뜨릴 뻔했다.

"잠깐만요. 잠깐만 기다려 주세요. 멈춰요. 멈추라고요."

바로 그 순간 수신이 석상 속에서 떨치고 일어섰다.

그는 체구가 크고 당당했다. 옥빛 비단으로 지은 옷자락이 여러 겹의 주름을 펼치며 나부꼈다. 그와 동시에 무수한 물방울이 튀어 올랐다. 상자에서 한꺼번에 쏟아져 나온 보석처럼 허공에 알알이 흩뿌려지는가 싶더니 수만 개의 눈송이로 맺혔다.

나는 그 눈 하나하나에 서로 다른 의미가 서려 있음을 알았다. 하지만 이를 진정으로 이해하지는 못했다. 신의 시간은 인간으로서 결코 헤아릴 수 없는 것이었기에.

함박눈이 몰아쳤다. 뺨에 부딪혀 녹아내린 눈이 눈물로 어렸다. 나는 수신의 축복을 받고 있었다. 이 눈은 신이 세상에 건네는 마지막 인사였다.

눈발이 더욱더 굵어졌다. 흐린 눈으로 울타리 너머를 바라보았다. 진초록색 픽업트럭이 억새밭을 가로지르고 있었다. 갈림길에서 직진하지 않고 카페 앞 공터로 후진해 들어왔다.

폭설이 쏟아지는 가운데 운전석에서 내린 이하가 차 문을 닫으며 웃는 듯 얼굴을 찡그렸다.

"미안해. 오지 말라고 했는데 도저히 그럴 수 없어서."

그 순간 젖어 떨게 될 것을 알면서도 눈길 속을 헤매는 사람처럼 황홀한 마음으로 직감했다. 맹세는 오래전에 이미 이루어졌다는 것을. 어떤 일은 예보되지 않은 눈을 맞는 것과 같았다.

머리 위로 떨어지는 눈송이를 느끼면서 성큼성큼 울타리를 돌아 나갔다. 차마 이하를 마주 보지 못하고 필사적으로 목소리를 높였다.

"있잖아, 너한테 거짓말을 했어."

"거짓말이라니. 무슨 거짓말?"

용기를 내 고개를 돌렸을 때 이하는 금방이라도 울 듯한 표정을 짓고 있었다. 나는 손을 뻗어 그의 눈썹에 묻은 눈을 털어 주었다. 후회하지 않기 위해. 우리 앞에 남은 시간을 위해.

"너를 원한 적 없다고. 단 한 번도 좋아한 적 없다고. 하지만 그건 사실이 아니야."

발꿈치를 들고 이하가 입은 코트의 깃을 틀어쥐며 속삭였다.

"나한테는 네가 필요해. 가지 마. 같이 있어, 제발."

이하가 맹세라도 하듯 대답했다.

"있을게. 가지 않아, 절대로."

이하의 눈물은 쓰지 않았다. 달콤했다.

우리 안에 불꽃이 있어

1판 1쇄 찍음 2026년 3월 5일
1판 1쇄 펴냄 2026년 3월 12일

지은이 | 장아미
발행인 | 박근섭
편집인 | 김준혁
책임편집 | 정미리, 전승효
펴낸곳 | 황금가지

출판등록 | 2009. 10. 8 (제2009-000273호)
주소 | 06027 서울 강남구 도산대로 1길 62 강남출판문화센터 5층
전화 | **영업부** 515-2000 **편집부** 3446-8774 **팩시밀리** 515-2007
홈페이지 | www.goldenbough.co.kr

도서 파본 등의 이유로 반송이 필요할 경우에는 구매처에서 교환하시고
출판사 교환이 필요할 경우에는 아래 주소로 반송 사유를 적어 도서와 함께 보내주세요.
06027 서울 강남구 도산대로 1길 62 강남출판문화센터 6층 민음인 마케팅부

㈜민음인은 민음사 출판 그룹의 자회사입니다.
황금가지는 ㈜민음인의 픽션 전문 출간 브랜드입니다.